黒後家蜘蛛の会 1

アイザック・アシモフ

JN129131

〈黒後家蜘蛛の会《ブラック・ウィドワーズ》〉の会員――弁護士、暗号専門家、作家、化学者、画家、数学者の六人、それに給仕一名は、毎月一回〈ミラノ・レストラン〉で晩餐会を開いて、四方山《よもやま》話に花を咲かせていた。そこでいったん話がミステリじみてくると会はにわかに活況を呈し、会員各自が素人《しろうと》探偵ぶりを発揮する。ところが最後に真相を言い当てるのは、常に給仕のヘンリーだった！　SF界の巨匠アシモフが著した、安楽椅子探偵の歴史に燦然と輝く連作推理短編集。第1巻には記念すべきシリーズ第1作「会心の笑い」ほか全12編を収録、各編に著者あとがきを付した。

〈黒後家蜘蛛の会《ブラック・ウイドワーズ》〉会員

ジェフリー・アヴァロン……特許弁護士
トーマス・トランブル……暗号専門家
イマニュエル・ルービン……作家
ジェイムズ・ドレイク……有機化学者
マリオ・ゴンザロ……画家
ロジャー・ホルステッド……数学者
ヘンリー……給仕

黒後家蜘蛛の会 1

アイザック・アシモフ
池　央　耿　訳

創元推理文庫

TALES OF THE BLACK WIDOWERS

by

Isaac Asimov

目次

黒後家蜘蛛の会1

本書の登場人物はすべて架空の人物である。生死を問わず、万一実在の人物をいくらかでも彷彿とさせるものがあったとすれば、それはまったくの偶然である。

まえがきに述べた理由により
〈エラリー・クイーンズ・ミステリ・マガジン〉
デイヴィッド・フォード
そして、〈トラップ・ドア・スパイダーズ〉
にこれを捧げる

まえがき

私の文体が大変気やすく個人的であるためか、読者はよく私に気やすく個人的な手紙を寄越し、気やすく個人的な質問をしてくる。そして、文は人なりの言葉のとおり、私は気やすい男なので、それらの手紙には必ず返事を書くことにしている。ところが、私は秘書はおろか、助手と呼ぶべき誰もいっさい雇っていないので、本来作品を書くために使われるべき時間の多くを、返事を書くことに割《さ》かなくてはならない。

そんなわけで、あらかじめ想像される質問に前もって答え、読者からの手紙の山をいくらかでも減らそうという考えで、私がまえがきを書く習慣になったのはむしろ当然の成行きだった。

私はいろいろな分野で文章を書いているために、たとえば、こんな質問がちょくちょく寄せられる。

「二流のSF作家でしかないあなたに、どうしてシェイクスピアについて二巻ものの本が書けると思いますか?」

「シェイクスピア学者であるあなたが、選りによってSFスリラーを書くのはなぜですか?」

「生化学者のあなたが、歴史の本を書くとはいったいどういう神経ですか?」

「一介の歴史学者にすぎないあなたは、科学についていくらかでも知っているつもりなのですか？」

云々等々。

と、まあこんな具合だから、あるいは面白半分に、あるいは憤激に駆られて、私に何故に推理小説を書くかと質問してくる読者があるだろうことは充分予測される。

そこで一言。

私はSFを書いて作家の仲間入りをした。今も機会があればSFを書いている。SFは私にとってもっとも愛着が深くかつ私の関心のもっとも大きな部分を占めているからである。しかし、私の興味は多方面にわたっている。ミステリもその一つである。ミステリとの付き合いはSFに劣らず長い。十歳の頃、私は昼寝をしている父親の枕の下から、読むことを禁じられていた『ザ・シャドウ』をこっそり持ち出したことを憶えている（私が読んではならないものならばなぜ父はそれを読むのか、と私は父に尋ねた。父は英語の勉強だと言った。私は学校で英語を習っているから読まなくていいのだ、というのである。何と馬鹿げた理屈だろうとその時私は思った）。

やがて私はSFを書くようになり、しばしばSFにミステリの発想を持ち込んだ。私の二つの長編『鋼鉄都市』（一九五三）と『はだかの太陽』（一九五七）はともにSFであると同時に本格殺人ミステリである。私はSFミステリの短編もあれこれと書き、それらは『アシモフのミステリ世界』（一九六八）として単行本になっている。

『死の商人（The Death Dealers）』（一九五八）と題する本格ミステリもある（これは、関心のある向きのために断わっておくと、ダブルデー社では出版を拒まれた）。一九六八年に私自身がつけた題名『死の臭い（A Whiff of Death）』でウォーカー社から出版された作品である（『象牙の塔の殺人』創元推理文庫刊）。ところが、この作品は科学者や科学の世界を扱ったものだったので、どうもSF臭が抜けなかった。ミステリ雑誌に発表した二つの短編もまたそのきらいがあった。

私はしだいに、まったく科学とは無縁のミステリを書きたいという気持に駆られるようになった。けれども、一つだけ私に二の足を踏ませる事情があった。それはこの四半世紀の間にミステリは大きく変わったのに、私自身の好みは少しも変わっていないことだった。最近のミステリは酒に浸《ひた》した上にたっぷりと麻薬を注ぎ込み、セックスで味つけをしてサディズムで焼き上げてある。一方、私の理想とするところはエルキュール・ポワロとあの小さな灰色の脳細胞なのだ。

ところが一九七一年のこと、私は〈エラリー・クイーンズ・ミステリ・マガジン〉（略してＥＱＭＭ）の編集長である見事な金髪の若い女性エリナ・サリヴァンから、同誌のために短編を書く気はないかという手紙をもらった。もちろん、私はしめたと思った。向こうから頼んだ以上、私が書いたものをむげに没にはできないと思ったからである。そういうことになれば、私は安心して私好みの作品を書くことができる。きわめて知的な作品をだ。

私はあれこれ知恵を絞って話の種を考えた。これには少々苦しんだ。というのは、私は私なりにひねりのきいた話を書きたいと思ったのだが、すでにアガサ・クリスティが事実上考えられる限りのトリックをすべて、使い果たしてしまっていたからである。

頭の隅で歯車がのろのろと回っている頃、私はたまたま俳優のデイヴィッド・フォードを訪ねた（彼はブロードウェーの舞台とハリウッドの映画の両方で『一七七六年』に出演した）。彼のアパートにはありとあらゆる珍品奇物が所狭しと並べられていた。そして、彼は誰かが何かを持ち出したに違いないのだが、彼自身何かが失くなっているかどうかわからず、はっきりしたことは言えないと語った。

私は笑った。と、私の頭の中の歯車は一斉にほっと安堵の吐息を洩らしてはたと止まった。知恵が浮かんだ。


次に私はその知恵を物語に仕組むために背景を準備しなくてはならなかった。それについてもう一つの話がある。

伝えられるところによれば、時代は溯って一九四〇年代のはじめ、ある男が妻を迎えたところ、その妻は夫の付き合っている友人たちにどうしても好感を持つことができなかった。夫のほうでもまた妻の交友関係に我慢がならなかった。友情の絆を重んじ、これが絶たれることを憂えた友人たちは、月に一度会食することだけを唯一の目的とした、役員も規則もないクラブを結成した。これは女人禁制の集まりで、件《くだん》の夫は会員に迎えられたが、その妻は丁重に参加を断わられた（ウーマン・リブの今日《こんにち》だったら、とてもそうはいかなかったに違いない）。

この集まりは〈戸立て蜘蛛の会《トラップ・ドア・スパイダーズ》〉（略してＴＤＳ）と名づけられた。おそらく彼らは世を忍ぶという気持だったのであろう。

結成後三十年余を経た今日ＴＤＳはなお現存している。相変わらず女人禁制である。その結婚によってこのクラブに発足の契機を与えた当の夫婦ははるか昔に離婚してしまったけれども（男の排他主義に対する埋め合わせの意味で、一九七三年二月三日にカクテルパーティが催され、ＴＤＳの会員の妻たちは一堂に会して互いに知己を得た――これはきっと恒例の行事になるだろう）。

毎月一度、いつも金曜の夜にＴＤＳは集まる。場所はまずほとんどの場合マンハッタンで、レストランのこともあれば、会員の私邸のこともある。毎回会員のうちの有志二人が世話役を務め、一夜の経費一切を負担する。世話役はそれぞれにゲストを一人招くことが許されている。出席者はたいてい十二人である。六時半から七時半まで食前酒と歓談。七時半から八時半までが食事と歓談。そしてその後は談論風発。

食後にゲストは、折々の関心事、職業、趣味、意見等について会員たちの質問攻めに遭う。結果はほぼ例外なくきわめて興味深く、時として感動的でさえある。

ＴＤＳは一風変わった集まりだが、中でも特筆すべきことは、（１）各メンバーは互いに〝ドクター〟と呼びあう。メンバーはメンバーであることによってこの肩書を持つ。（２）各メンバーは死亡広告の文中で必ずＴＤＳのことに触れることが期待されている。

私はかつて二度この集まりに招かれたことがあり、ニューヨークに移った一九七〇年には会員に迎えられた。

そんなわけで、私はミステリを書くに当たって、TDSのようなある集まりを舞台にしてはどうかと思い立ったのである。私はその集まりを〈黒後家蜘蛛の会《ブラック・ウイドワーズ》〉と名づけることにした。そして人物の処理を手頃にするために半分の人数、すなわち会員六名、中の一人を主人役《ホスト》とした。

当然ながらこのクラブは、実際の集まりとは様子が違う。実在するTDSにおいては決して謎解きなど行なわれたことがないし、〈ブラック・ウィドワーズ〉のような奇人変人は一人もいない。実際、TDSのメンバーたちは誰一人を取ってみても例外なく愛すべき好漢であり、その友愛の情は傍目《はため》にもうるわしい。だから、本書の登場人物やそこに語られる出来事はことごとく私自身の創作であると心得ていただきたい。彼らがきわめて知的な人物であり、個性豊かな好人物である点を除いて、ここにはTDSの誰に似た男も出てこないし、TDSの集まりで出た話題に材を得た物語も一つとしてありはしない。

とりわけ、給仕のヘンリーは私の創造である。いかなる意味においても、彼を思わせる人間はTDSにはいない。

こうして、材料と舞台が整ったところで私はまず『快哉《かいさい》』と題する話を書いた。EQMMはこれを採用と決定して題名を『会心の笑い』に変えた（EQMMは私のつけた題名をそのまま使ったためしがない。しかし、私は一向に構わない。私は後に単行本にする時を待って元の然るべき題名に戻してしまうからである。もっとも、ごく稀に、編集者のつけた題が私の気に入ることもあって、そんな時は私はそのまま頂くことにしている。たとえば、この『会心の笑い』はなるほど『快哉』よりいいと思う。だから、ここではそれを生かすことにした）。

一つ書くと、もう私は止められなくなった。私は立て続けに〈ブラック・ウィドワーズ〉ものを書き、一年そこそこの間に仕上げた八本を残らずEQMMに発表した。

困ったことに、私はかなり遠慮して、勢いにまかせて書きたいだけ書くことは控えたつもりでいたにもかかわらず、なおかつEQMMが載せるより、私の書くほうが早かった。

そしてとうとう、私は書くことを控える束縛に耐えかねて、さらに三本書き上げた。私にしてみれば、これが普通の早さなのだ。けれども、これをEQMMに押しつけるのは遠慮した。それからさらにもう一本書いて、これは同誌に出した。全部で十二本。単行本になる量はたまったことになる。私が〈ブラック・ウィドワーズ〉ものを書きはじめたその瞬間から、私とは親交の深いダブルデー社は忍耐強く脇に控えて機会を待っていた。そんな経緯から、私はこの短編をまとめて、『黒後家蜘蛛の会1』と題して同社から出すことにした。それがこの本である。

何か質問がおありですか？

（ありませんように）

特記

見識ある原稿校正者は、以下の短編がもともとは雑誌に掲載されたものであるために、私は登場人物たちをその都度《つど》新しく紹介しており、重複が生じていることを指摘した。そして彼はそのとりわけくどい部分をいくつか例示した。彼の名誉ある地位に敬意を表し、私はその意見に従って訂正を加えた。しかし、さらに刈込むべき重複はなお多く残っている。けれども、私は一度書いたものにやたらに手を入れることを好まない。それ故、なお重複があることをお断わりして読者諸子のご寛恕《かんじょ》を願うしだいである。

1　会心の笑い

〈黒後家蜘蛛の会《ブラック・ウイドワーズ》〉のその夜のゲストは、ハンリー・バートラムだった。彼らは毎月、邪魔の入らない静かな場所で例会を開いた。そして、何はともあれ、月に一度のその夜だけはいかなる女性の闖入《ちんにゅう》も断じてこれを許さなかった。

出席者の数は毎回変わった。その晩は五人だった。

主人役《ホスト》はジェフリー・アヴァロンだった。彼は長身で、きちんと刈りととのえた口髭と顎鬚はすでにほとんど白くなっていたけれども、髪の毛は今なおかなり黒々としていた。

会食のはじめを飾るマザーグースの歌を踏まえた乾杯の音頭はホストの役目だった。嬉々として彼は声を張り上げた。「聖なる思い出のオールド・キング・コールのために。そのパイプの火の永遠に絶えざらんことを。そして、そのボウルの永遠に満たされてあらんことを。彼のヴァイオリン弾きたちの永遠に健勝たらんことを。そしてまた、彼がそうであったように、われわれも残る生涯を快楽のうちに過ごし得んことを」

一同は銘々《めいめい》に「アーメン」を唱えてグラスを口に運び、着席した。アヴァロンは彼のグラスを皿の脇に置いた。二杯目のグラスで、ちょうど半分まで空けられていた。食事中、彼は決してそのグラスに手を触れぬであろう。彼は特許弁護士で、その仕事が要求する緻密さを、日常の生活にも持ち込んでいる。こうした席では酒は一杯半と、自ら厳しく定めていた。

トーマス・トランブルは例によって最後の瞬間に階段を駆け上がってくるなり大声で言った。

「ヘンリー。死にかけている男にソーダ割りのスコッチを頼む」

彼らの例会の給仕を務めてすでに何年にもなるヘンリー（〈ブラック・ウィドワーズ〉の誰一人として、彼の苗字を知っている者はいなかった）はすっかり心得たもので、ソーダ割りのスコッチを用意して待っていた。すでに六十代だったがその顔には皺一つなく、まるで年齢を感じさせなかった。彼が口を開くと、その声はどこか遠くのほうへ吸い込まれて消えていくかのようであった。「さあ、どうぞ。トランブルさま」

トランブルはすぐにバートラムに気づくと、そっとアヴァロンに尋ねた。「きみの客人かね？」

「是非来たいというのでね」アヴァロンは言った。彼としては精いっぱい声を落として囁いたつもりだった。「面白い男だよ。きっと気に入ると思う」

〈ブラック・ウィドワーズ〉の例会の常として会食の顔触れは多士済々であった。イマニュエル・ルービンはその席で今一人の顎鬚を生やした男だった。その鬚は隙間だらけの歯をした口の下に、ささやかにしょぼしょぼとへばりついていた。彼は文士村からやってきて、書き上げたばかりの小説のことを細々《こまごま》と話して聞かせた。四角く細長い顔をして、顎鬚はなく、口髭だけを蓄えたジェイムズ・ドレイクは、あまりかかわりのない他の作品の記憶を辿りながら茶々を入れた。ドレイクは有機化学者だが、三文小説に関しては百科事典のような知識を誇っている。

暗号の専門家トランブルは、自分が政府の内幕に精通しているつもりでいた。そして、マリオ・ゴンザロの政治的な発言を目の仇にしていた。「馬鹿なことを言いなさんな」彼にしては控え目な侮蔑をこめてトランブルは叫んだ。「きみは阿呆臭いコラージュだの麻の叺《かます》の芸術やらのことだけを考えていればいいんだ。天下国家のことはきみなんぞよりはもっとふさわしい人間にまかせておきたまえ」

トランブルはその年のはじめに開かれたゴンザロの個展で受けたショックからまだ立ち直っていなかった。ゴンザロはその点を理解して屈託なく笑って言った。「ぼくよりもふさわしい人間がいたらお目に掛かりたいねえ。たとえば？」

短軀肥満で縮れ毛のバートラムはゲストの立場をよくわきまえていた。彼は男たちの話にじっと耳を傾け、誰に対してもにこやかに笑いかけ、自分からはほとんど何も話さずにいた。

やがて、ヘンリーがコーヒーを注いで回り、各人の前にいかにも馴れた手つきでデザートの皿を並べた。これをきっかけに、当夜のゲストの尋問が開始される仕来りだった。

最初の尋問者は、これも半ば習慣としてトーマス・トランブルと定まっていた（彼が出席していればである）。彼は浅黒い顔に皺を寄せ、何やら憮然とした表情で、それなしではじまらない第一の質問を発した。「バートラムさん。あなたは何をもってご自身の存在を正当となさいますか？」

バートラムはにっこり笑うと、非常に歯切れの良い口ぶりで答えた。「そのようなことは考えたことがありません。わたしの依頼人たちは、わたしが彼らに満足を与えた場合に、わたしの存在を正当と認めるのです」

「依頼人？」ルービンが言った。「お仕事は何をなさっておいでです、バートラムさん？」

「わたし、私立探偵です」

「これはいい」ジェイムズ・ドレイクが言った。「この席に私立探偵を迎えるのはこれがはじめてだね。マニー、きみもたまには正確な資料を使って冒険活劇を書いてはどうかね」

「わたしのところには、そのような話はありません」バートラムはすかさず言った。

トランブルは眉をひそめた。「諸君。ここは尋問者として任じられているわたしにまかせてくれたまえ。バートラムさん、あなたは依頼人に満足を与えた場合に、と言われましたが、あなたは常に依頼人を満足させるのですか？」

「時によっては、議論の余地なしとしない場合もままあるのです」バートラムは言った。「実を申しますと、わたしは今晩、特に疑問を残したある事件についてお話ししようと思うのです。あるいは、そのことで皆さんのうちのどなたかにお知恵を拝借できるかもしれないと思いまして。この集まりのことをつぶさに伺って、わたしは親友であるジェフ・アヴァロンに、是非ともこの例会に招《よ》んでくれとねだったようなわけなのです。ジェフはわたしの願いに応えてくれました。わたしは大変嬉しく思っています」

「ではその、あなたが依頼人を満足させ得たか、あるいはさせ得なかったのか、疑問を残したという事件について話していただけますか？」

「ええ、お許しがあれば」

トランブルは男たちをひとわたり見回して承諾を求めた。ゴンザロは大きな目をバートラムに向けて言った。「途中で質問を挟んでも構いませんか？」彼はメニュー・カードの裏にさらさらと無駄のない筆遣いでバートラムの似顔を描いていた。すでにずらりと壁を飾っているこれまでのゲストたちの似顔絵に加えられるはずのものであった。

「あまりかけはなれたご質問でなければ」バートラムは言った。彼はやおらコーヒーを啜《すす》って語りだした。「ここに、アンダースンという男がおりました。この席では、アンダースンとだけ申し上げておきます。この男は大変な握り屋《アクウィジター》でした」

「宗教裁判長《インクウィジター》ですか？」ゴンザロが眉を寄せて尋ねた。

「アクウィジターです。何でも抱え込んでしまうのです。人から貰ったり、買ったり、拾ってきたり、蒐集したり。彼にとっては、世の中はたった一つの方向に流れているのです。すべてが彼に向かって動いている。決して彼から遠ざかる方向には行かないのです。彼の家にはそうやって手に入れた品物があふれていました。高価なものもあれば、がらくたもあります。が、とにかく一度彼の手に入ったものは、二度と再び他所《よそ》へ渡るということがないのです。長い間には、それが積もり積もって大変な数になりました。その種々雑多なことといったらありません。彼には仕事の上の相棒《パートナー》がおりました。ここではジャクスンとだけしておきましょう」

トランブルが顔を顰《しか》めて遮った。別に深い意味があったわけではない。彼はいつも顔を顰めているのだ。「これは、実際にあった話ですか？」

「わたしは実際のことしか話しません」バートラムはゆっくり、そしてはっきりと答えた。「作り話をするだけの想像力を持ち合わせておりませんので」

「他聞を憚《はばか》ることですか?」

「誰のことか、わかるような話し方はいたさぬつもりではおりますが、もしそれがわかってしまったとしたら、他聞を憚ります」

「その仮定はわかります」トランブルは言った。「しかし、これははっきりと申し上げておきますが、この部屋の中で話されたことは、壁の外へ一歩出たら、決して口外されることもないし、たとえわずかだとしても、それにかかわりのあるようなことは絶対に口の端に上るようなことはありません。それはヘンリーも心得ています」

二人の男のカップにコーヒーのお代わりを注いでいたヘンリーは微かな笑みを浮かべてうなずいた。

バートラムもにっこり笑って先を続けた。「ジャクスンもまた欠点を持っていました。彼は正直者だったのです。救いようもないほどの底無しの正直者でした。この性格は、もう早いうちから彼の全人格を決定していたに違いないと思われるほど、彼の精神を厳として支配していました。

「アンダースンのような男にとっては、パートナーとしてジャクスンという正直者がいることは何よりも好都合でした。と申しますのは、彼らの仕事……これは敢《あ》えて詳しくお話しすることを控えますが、彼らの仕事は一般の人々との接触を必要としていたからなのです。これはアンダースンの柄ではありませんでした。彼の貪欲な性格が邪魔になるのです。彼が何か一つ物を手に入れると、そのたびに彼の顔には陰険な皺が一本増えました。ですから、その頃はもう、彼の顔はまるで蜘蛛の巣そっくりで、蝿などはそれを見るとたちまち逃げだしてしまうほどでした。そんなわけで、人に会うのは真面目一途で正直者のジャクスンの役でした。未亡人などはいそいそと虎の子を彼に預けます。孤児ですら、なけなしの小遣いを彼に渡すほどでした。

「一方、ジャクスンもまた、アンダースンを必要としていました。正直な男なのに、いや、むしろあまりにも正直だったためにでしょうか、ジャクスンはまるで金を殖やす才覚というものがなかったのです。彼一人だったら、決してそんな心算《つもり》はないのに、託された財産をたちまち残らず失ってしまったでしょう。そうして、せめてもの償いに自ら命を絶つ破目に追い込まれたことでしょう。ところが、アンダースンは金を太らせることを知っていました。肥料が薔薇を大きく咲かせるようにです。そんなわけで、彼とジャクスンは実にうまい組合わせで、仕事も大いに繁盛していました。

「とはいえ、うまいことはそういつまでも続くものではありません。持って生まれた性格は、放っておけばますます強く根を張って、もっと極端なものになっていきます。ジャクスンの誠実さは、それはもう大層なもので、アンダースンはそのために、彼の老獪《ろうかい》さにもかかわらず、時として二進《にっち》も三進《さっち》も行かずに金銭的な損害を被ることになったりしました。同様に、アンダースンの強欲はまったく底知れぬものでして、そのためにジャクスンは彼の潔癖な性分にもかかわらず、時として、いかがわしいやり方に手を染めるようなことにもなりました。

「アンダースンは損をすることを嫌いましたし、ジャクスンは自分の人格に傷がつくことを何よりも厭がりましたから、当然、二人の間には冷たい風が立ちはじめました。こうした状況では、アンダースンのほうに分があるのは明らかです。彼は自分のやり方にこれといって限界を意識していませんでしたけれども、ジャクスンのほうは自分の倫理観に縛られていることを感じていましたから。

「アンダースンはひそかに手を打ちました。やがてとうとう、気の毒に、正直者のジャクスンは共同経営者としての権利を、それはもう、考えられる限りもっとも不利な条件で人手に渡さなくてはならない立場に追いつめられてしまったのです。

「アンダースンの強欲は、言わば最高潮に達しました。彼は事業を一手に支配するようになったのです。彼は、毎日の仕事は人手を雇ってまかせ、自分は利益をポケットに入れることだけを心配することにして、引退する決心でした。一方、ジャクスンは自分の正直だけを頼りに生きていかなくてはならなくなりました。正直であることは、大変結構です。しかし、正直を質に入れるわけにはいきません。

「ここで皆さん、はじめてわたしが登場するのです……ああ、ヘンリー、ありがとう」

ブランデーのグラスが配られているところだった。

「あなたは、そもそもはじめからその二人をご存じではなかったのですね?」ルービンが鋭い目をしばたたきながら尋ねた。

「まったく存じませんでした」バートラムはブランデーにそっと上唇を当てて静かに香りを嗅

ぎながら答えた。「もっとも、今この部屋にいるうちの誰か一人は知っていたと思いますが。もう、ずいぶん前のことです。

「アンダースンにはじめて会ったのは、彼が頭から湯気を立ててわたしの事務所を訪ねてきた時でした。『何が失くなったか調べてもらいたい』と彼は言いました。わたしはそれまでにもずいぶん盗難事件を手掛けていました。ですからもちろん、わたしは言いました。『いったい、何を失くされたのですか?』すると彼は言うのです。『だから、それをあんたに突き止めてくれと頼んでいるのだ』

「彼はそれまでの経緯をやや聞き苦しい言葉で話しました。アンダースンとジャクスンは、それは激しく言い争ったそうです。ジャクスンは烈火のごとく怒っていました。自分の人格が他人の陰謀の前にまったく無防備であることを知った正直な男にしてはじめて示すことができるといったふうな、大層な憤りでした。彼は復讐してやると言いました。アンダースンは笑って相手にしませんでした」

「気の長い人間の怒りはこわいですからな」アヴァロンが、どんな些細な発言にもゆるがせにしない彼一流の、精密な研究作業に臨むかのような厳格な口ぶりで言った。

「よくそのように言われますね」バートラムは言った。「もっともわたしはまだその金言を試す機会に恵まれておりませんが。いや、その意味では、アンダースンもわたしと同じでした。まるでジャクスンのことなど眼中になかったのです。ジャクスンは病的に正直だし、法律を守ることにかけては偏執的であるからして、彼が妙な真似をする気遣いはまったくない、とアンダースンは言うのです。まあ、とにかく彼はそう思っていたわけですね。彼はジャクスンにオフィスのキーを返せと言うのも忘れてしまったほどでした。オフィスはアンダースンの家のがらくたに囲まれた場所にあったのですから、これは考えてみればずいぶんおかしな話でした。

「諍《いさか》いの後、何日か経ってアンダースンはキーを返してもらわなかったことに気がつきました。夕方、人と会う用事を済ませて、戻ってみるとジャクスンが来ていました。アンダースンが入っていくと、ジャクスンはまさに古ぼけたアタッシェケースを閉めようとしているところでした。アンダースンには、彼がぎくりとして、慌てて蓋を閉めたように見えました。

「アンダースンは不審に思って尋ねました。『ここで何をしている?』

「『書類をいくつか返しにきたのだよ。わたしのところにあったものだが、今ではきみのものだから』ジャクスンは言いました。『それから、オフィスのキーも返しておくよ』彼はアンダースンにキーを渡して、デスクの書類を指さしました。そして、彼の古ぼけたアタッシェケースの鍵をかけたのですが、アンダースンはその指がふるえているのをはっきりと見たと言っています。ジャクスンは部屋の中をぐるりと見渡しました。アンダースンにはその時彼が何やら不思議な、密かな満足の微笑みを浮かべているように思えたそうです。ジャクスンは『それでは、これで失礼するよ』と言って出ていきました。

「ジャクスンの車の音が遠ざかって消えてからはじめて、アンダースンは呪縛されていたような茫然自失の状態からはっと我に返りました。彼は何かを盗まれたと思いました。そして、次の日わたしのところにやってきたのです」

ドレイクは口をすぼめ、半ば空《から》になったブランデーのグラスをゆっくりと回しながら言った。

「どうして警察に届けなかったんです？」

「それが厄介なことに」バートラムは言った。「アンダースンは何を盗《と》られたかわからなかったのです。何か盗られたな、と思った時彼は当然金庫を調べました。何も失くなってはいませんでした。抽斗《ひきだし》をひっくりかえしてみましたが、何も失くなってはいないようでした。彼は部屋から部屋を調べて歩きました。どう考えても何一つ、手を触れた形跡はなさそうでした」

「断言できないのですか？」ゴンザロが尋ねた。

「できるはずがありません。何しろ家じゅういっぱい山のようながらくたで、足の踏み場もない有様でしたし、彼はそれを一つ一つ全部憶えていたわけではないのですから。たとえば、彼の話によると、一時、古い時計を集めていたのだそうです。時計は書斎の小さな抽斗に入れていました。全部で六つです。その時も抽斗を開けてみると時計はちゃんと六つありました。ところが、彼は時計が七つあったような気がして仕方がなかったそうです。何事につけ、物をはっきりと正確に記憶するということができない男なのです。それだけではありません。その六つある時計のうちの一つが、どうも見馴れないもののように思えてならなかったそうです。もしかすると、時計はもともと六つだったけれども、中の高価な一つが安物とすり替えられたのではなかろうか？　他の隠し場所でいろいろなものをあらためるたびに、彼はそんな気持に悩まされました。そうして、考えあぐねた末にわたしのところにやってきたわけなのです……」

「ちょっと待ってください」トランブルがテーブルをどんと叩いて言った。「何を根拠に、その男はジャクスンが何かを盗っていったと確信したのですか？」
「ああ」バートラムは言った。「それがこの話の聞かせどころなのです。ジャクスンが慌ててアタッシェケースを閉めた時の様子。部屋を見回した時の意味ありげな薄笑い。これだけでもアンダースンに疑惑を抱かせるに充分なものがありました。ところがです。ドアを閉じてから、向こう側で、ジャクスンはくっくっと笑ったのです。ただの笑い方ではありませんでした。……このところは、わたしの記憶している限り、アンダースン自身の言葉でお話ししましょう。『『バートラム』彼はこんなふうに言いました。『わたしは生涯に数えきれないほど何度も人があんなふうに笑うのを聞いたよ。かく言うわたしも、何度ああして笑ったかわからない。あれは会心の笑いだ。咽喉から手の出るほど欲しがっていたものを、他人の負担において手に入れた時のしてやったりという会心の笑いだよ。この世の中に、ドアの向こう側で聞いても、あの笑いの意味を解せる者がいるとしたら、それはこのわたしを措《お》いて他にない。わたしの耳に狂いはない。ジャクスンは何かわたしのところから盗っていったのだ。そして、快哉《かいさい》を叫んでいたのだ』
「この点については議論の余地がありませんでした。彼は実際、自分が被害者であるという考えにすっかり溺れ込んでいました。わたしとしては、彼の言うとおり信じるしかありません。わたしはジャクスンが病的な潔癖性にもかかわらず、ほんの一瞬の出来心から、盗みの誘惑に負けたのではあるまいかと考えました。出来心を起こさせたのは、彼がアンダースンという男を知りつくしていた事実に違いありません。彼はアンダースンが、まったくどうしようもないがらくたに対しても強い所有欲を抱くことを知っていました。ですから、アンダースンのところから何かをくすねとってやれば、それがどんなに安価なものだとしても、それ以上にもっと深く大きく彼を傷つけることになるだろうと考えたのです」

ルービンが言った。「そのアタッシェケースそのものではありませんか」

「いえいえ、それはジャクスンのものでした。何年も愛用していたのです。さあ、これからが問題なのです。アンダースンはわたしに、何が盗られたのか、それをまず突き止めろと言うのです。それもそのはずで、何が盗られたかをはっきりさせた上で、さらに、それをジャクスンが所有している、あるいは、していた、ということをはっきりさせない限り、彼は告訴のしようがありません。アンダースンは何が何でも告訴してやると言って息まいていました。となると、わたしの仕事は彼の家を隈なく調べて、何が失くなっているか、それを突き止めることです」

「それは無理な相談ではないですか。本人がわからないと言うのに」トランブルが唸った。

「わたしもそう言ったのです」バートラムはうなずいた。「しかし彼はいきり立っていましたし、とても理屈のとおる相手ではないのです。結果の成否を問わず、礼はたっぷりはずむからと言って聞きません。事実、彼の申し出は大変な金額で、しかも、そのうちの相当な額を前払いすると言うのです。自分の握り屋根性を明からさまに揶揄《からか》ったやり方に、彼が度を失って腹を立てていることは明らかでした。ジャクスンのような無欲恬淡《てんたん》の素人《しろうと》が、こともあろうに彼の信仰にも等しいほどの情熱に真っ向から挑戦したかと思うだけでも、もう、いても立ってもいられないのです。この点について、彼の怒りは狂気の域に達していました。相手の勝利をくつがえすためならば、どんな犠牲をもいとわないという剣幕でした。

「わたしは、こう見えてもきわめて人間的な男でして、予約料と報酬を受け取ることにしました。ともあれ、わたしにはわたしのやり方がある、と自身で納得したのです。わたしはまず保険のリストを調べることから着手しました。保険はどれも期限が切れていましたが、それでも保険証から、家具やその他の大きな品物は何一つジャクスンの窃盗の被害には遭《あ》っていないことがわかりました。リストに載っているものは全部ちゃんと家の中にあったからです」

アヴァロンが口を挟んだ。「保険証を見るまでもないでしょう。盗まれた品物はアタッシェケースに入るような小さなものだったはずですから」

「確かにアタッシェケースで運び出されたのだとすればです」バートラムは落ち着きはらった様子で答えた。「しかし、アタッシェケースは相手の注意をそらすための小道具だったとも考えられます。ジャクスンはその気になればアンダースンが戻る前にトラックでやってきて、グランド・ピアノを運び出すことだってできたはずです。そうしておいて、アンダースンの気を引くために、目の前でアタッシェケースを閉めて見せたのかもしれないのです。

「しかしまあ、それは考えなくてもいいでしょう。まずあり得ないことですから。わたしはアンダースンと一緒に部屋を一つ一つ調べて歩きました。順序よく、床、壁、天井を調べました。戸棚を残らず調べ、ドアというドアは全部開けてみました。家具も隅から隅まで覗きました。戸棚も隅から隅まで覗きました。屋根裏や地下室も忘れませんでした。アンダースンはその時はじめて、ちょっとした品物の取り合わせの記憶から、どこかで、何かが失くなっていないかを知るために、まったく無定見に溜め込んだ夥《おびただ》しい持ち物を調べる破目になったのです。「いや、彼の家の広いことと言ったらありません。おまけに、何とも雑然としてまとまりのない家でして、どこまでいっても切りがないのです。全部調べるには何日もかかりました。気の毒に、アンダースンは日に日に頭がこんがらかっていきました。

「次にわたしはまったく別の方向から調べを進めることにしました。ジャクスンは明らかにあまり目立たない、おそらくは小さな品物を盗んでいったのです。当然、アンダースンがおいそれとは気がつかないもの、従っていつも手近にあるわけではないもの、ということになります。しかし、一方においてそれは、ジャクスンが持っていく気になるだけのもの、それだけの価値があると彼が考えているものである、と推定することができます。事実もし、アンダースンもまたそれに価値を認めているものであるならば……何が失くなっているのかがわかった時の話ですが……ジャクスンの満足は非常に大きいことになります。とすると、さあ、はたして何が失くなっていたのでしょう?」

「小さな絵はどうです」ゴンザロが身を乗り出して言った。「たとえば、ジャクスンはそれがセザンヌの本物であることを知っていたけれども、アンダースンはがらくただと思っていたとか」

「アンダースンのコレクションの中の一枚の切手かもしれない」ルービンが言った。「ちょっと他にはない印刷のずれにジャクスンが気がついた」彼はかつて、まさにそれを小説の種に使ったことがあるのだ。

「本はどうだろう」トランブルが言った。「そこには、彼の家柄にまつわる秘密が隠されていて、いずれジャクスンはそれを種にアンダースンを強請《ゆす》る気だったのではないかね」

「写真だ」アヴァロンが思い入れたっぷりに言った。「アンダースンは忘れているんだが、それはかつての愛人の写真で、やがてそいつを買い戻すために大枚の金を払う破目になるという」

「彼らの仕事の性質がわたしにはよくわかりませんが」ドレイクが考え深げに言った。「それは一見何の価値もないようでいて、実は競争相手にとっては計り知れない価値がある何かだったのではありませんか。そのために、アンダースンは倒産の憂目に遭うというような。以前わたしが手掛けたことのある特許で、ある種の水化物の、中間生成物の化学式が……」

「奇しくもわたしは」バートラムは決然とした口ぶりでドレイクを遮った。「まさに今皆さんがおっしゃったとおりの可能性を考えました。そして、一つずつアンダースンに尋ねてみたのです。彼はおよそ美術の趣味などはありません。いくつかある絵はどれも本当のがらくたでした。これは間違いありません。彼は切手を集めてもいませんでした。それから、本は確かにたくさん持っていましたし、その中の一冊が失くなっているかどうか、自分でもわからないと言いましたが、しかし、脅迫者が胸をときめかせるほどの、家柄にまつわる秘密などは断じてないそうです。それに、彼には昔の愛人などいませんでした。若い頃はもっぱら商売女ばかりを相手にしていましたから、写真を大切に取って置くこともなかったのです。職業上の秘密という点ですが、これはむしろ競争相手よりは政府のほうがずっと関心を示す性質のものでした。

そもそも、そのようなものはすべて潔癖なジャクスンの目には触れないようにしていましたし、現に金庫の中にちゃんと残っていました。あるいはとっくの昔に火にくべてしまっていました。わたしは他にもいろいろな可能性を考えましたが、それも皆、一つずつ消去されていきました。「もちろん、ジャクスンのほうから尻尾を出すという望みもありました。急に金回りがよくなったりすれば、金の出所を辿って捜すことで盗品がそもそも何だったのか知ることができるかもしれません。

「アンダースン自身がそれを言いだして、金に糸目をつけずにジャクスンを四六時中監視させました。これは空振りでした。ジャクスンは地味な暮らしを続けましたし、一生かかって溜めた蓄えを失った男にふさわしく慎ましくふるまっていました。しばらくしめしめとした生活をした後、やがてジャクスンはあるささやかな仕事に就きました。そこでは、彼の誠実な人柄と穏やかな態度物腰が幸いして、大変重宝がられています。

「最後に、たった一つの可能性が残りました……」

「ああ、待ってください」ゴンザロが言った。「わたしに、わたしに考えさせてください」彼は飲みさしのブランデーをぐいと干し、ヘンリーにお代わりの合図をしてから言った。「あなたは、ジャクスンに尋ねた！」

「わたしも、いっそのことそうしたいと思いました」バートラムは哀しげに言った。「しかし、尋ねたところでどうにもならないでしょう。わたしの商売では、何の証拠もなしに告発をほのめかしたりすることは禁物なのです。われわれの免許などは吹けば飛ぶようなものですから。

それに、いずれにしたところで、問い詰められればジャクスンは窃盗を一切否認するでしょうし、用心して自分を罪に陥れるようなことはしますまい」

「なるほど。となると……」ゴンザロは消沈して引きさがった。

他の四人は申し合わせたように眉を寄せたが、誰も口を開こうとはしなかった。

バートラムは慎ましく待ってから言った。「おわかりにはならないでしょう。皆さん門外漢でいらっしゃるのですから。皆さんがご存じなのは、小説などでお読みになったことだけです。ですから、わたしのような仕事をしている人間は後から後からいろいろな考えを繰り出して、どんな事件も必ず解決するものだと思っておいでなのです。わたしは、こう見えても探偵のはしくれですから、そんなものではないことを知っているのです。皆さん、最後に残されたたった一つの方法とは、降参することでした。

「アンダースンはそれでも報酬を払ってくれました。これは彼のためにもはっきりと申し上げておきます。わたしがさようならを言うころには、彼はげっそりと痩せ細っていました。握手しながらも、彼はなお虚ろな目で何かを捜して部屋じゅうぐるぐる見回していました。どうしても諦めきれない様子でした。彼は呟きました。『あの笑い方は断じてただの笑い方ではなかった。あいつは何かを盗っていったのだ。わたしから、何かを盗みおったのだ』

「その後アンダースンには二、三度会いました。彼はまだ諦めていませんでしたが、ついに盗品はわからずじまいでした。それからというもの、彼は下り坂でした。この事件があったのは、かれこれ五年前のことです。で、先月、彼は亡くなりました」

短い沈黙があって、アヴァロンが言った。「何が失くなったか、わからぬままですか？」

「とうとう、わからぬままです」

トランブルが不平そうに言った。「で、あなたは、わたしたちの知恵を借りて解決の糸口を摑もうということで、きょうここへお見えになったわけですか？」

「ある意味では、そのとおりです。願ってもない機会ですからね。この機会を無駄にするわけにはいきません。アンダースンはもう亡くなっているのですし、この部屋で話されたことは、絶対に他所へは洩れない。これは皆さんの約束です。ですから、わたしは今、これまで口にすることのできなかった質問を発することができるのです。……ヘンリー、火をくれないか」

どこか表情の欠けた慇懃《いんぎん》な態度で耳を傾けていたヘンリーはマッチを取り出してバートラムの煙草に火をつけた。

「ヘンリー。きみが実に行届いたサーヴィスに努めているこの方たちに、わたしからあらためてきみを紹介しよう。……皆さん、ヘンリー・ジャクスンをご紹介します」

一瞬面々は見るからに愕然とした。ドレイクが言った。「そのジャクスンというのは……」

「そうです」バートラムは言った。「わたしは彼がここで働いていることを知っていました。そこへ持ってきて、皆さんが例会を開かれるのがこのクラブだということを知ったものですから、あつかましくも招待してくれとねだったようなわけなのです。あの会心の笑いを洩らした男に、何のわだかまりもなく自由に会うことのできる場所はここしかありません」

ヘンリーは穏やかな笑顔で会釈した。

バートラムは言った。「捜査の途中でね、ヘンリー、わたしは何度も、これはひょっとするとアンダースンが間違っているのではないか、そもそも何も盗まれたりはしなかったのではないか、と首をかしげたのだよ。しかし、そのたびにわたしは例の会心の笑いというものを思い出した。それでわたしはアンダースンの判断を信用したのだよ」

「信用なさったのは正しいことでした」ジャクスンは静かに言った。「わたくしは確かにかつてのパートナー、あなたがアンダースンの名でお話しになった男から、あるものを盗んだのですから。そのことで後悔を覚えたことはただの一度もございません」

「何か、非常に価値のあるものだったのだろうね？」

「それは大変に価値のあるものでございました。それを盗んだことを思って、あのよこしまな男がもはやわたくしが盗んだものを二度と再び手にすることはないという事実に喜びを覚えなかった日は一日としてございませんでした」

「きみはその喜びをより大きなものにするために、わざと彼に疑惑を抱かせたのだね」

「そのとおりでございます」

「逮捕を恐れることはなかった？」

「ただのひと時もございません」

「もうたくさんだ」アヴァロンが突如として頓狂な声をはり上げた。「さっきも言ったろう。気の長い男の怒りは怖いぞ。わたしは自分でもかなり気は長いつもりだが、しかし、もうこういう切りのないなぞなぞは飽きあきした。わたしを怒らせるなよ、ヘンリー。きみはそのアタッシェケースでいったい何を持ち出したんだ?」

「いえ、何も持ち出しはいたしません」ヘンリーは言った。「空でございました」

「いい加減にしてくれ。じゃあきみは、何か知らんが、その男から盗ったものをどこへ隠したんだ?」

「どこにも隠す必要はございませんでした」

「ほう。と言うと、きみは何を盗ったのかね?」

「あの男の心の平和だけでございます」ヘンリーは穏やかに言った。

"The Acquisitive Chuckle"

あとがき

この話は〈エラリー・クイーンズ・ミステリ・マガジン〉の一九七二年一月号に最初に発表された。

この論理的な演繹《えんえき》の連鎖を展開する作業から私は一つの具体的な教訓を学んだ。私はかねがね、小説に登場する探偵たちがいとも易々と、決して破れることのない論理の網を張りめぐらす様がどうもご都合主義に思えてならなかった。現実の場面ではどこかに必ず大きな穴があるのではなかろうかという気がしてならなかったのだ。

時として、作品そのものにそうした穴が歴然と示されている場合がある。『会心の笑い』が発表された時、ある読者は私に手紙をくれて、私がジャクスンのアタッシェケースは確かに彼自身のものであることを断わるのを忘れており、盗まれたのはそのアタッシェケースであるという解決も成り立つのではないかと指摘してきた。これは私が考えもしなかったことで、当然、登場人物の誰一人としてそこに気がついた者はなかった。

そこで、単行本にまとめるに当たって私はその可能性に対処する科白《せりふ》をいくつか書き加えた（因《ちなみ》にこのことは、まえがきでほのめかされているように読者というのはただただわずらわしい質問を寄越すばかりではないことを物語っている。中にはこういうありがたい読者もいるのだ。私はこのような指摘を心から感謝するものである）。

2　贋物（Phony）のPh

にではあったけれども、白けたものになってしまった。

〈黒後家蜘蛛の会《ブラック・ウイドワーズ》〉の例会はジェイムズ・ドレイクの胸の奥のしこりのために、ほんのわずか

それははなはだ残念なことだった。と言うのは、毎月一度のこの特別な客たちのために、ミラノ・レストランがとりわけ腕によりをかけていることを差引いて考えても、なおその夜の料理はいつになく素晴らしかったからである。料理長《コルドン・ブルー》の作品である子牛料理に画龍点睛《がりようてんせい》を加えるものがあるとすれば、それはヘンリーの水際立った給仕ぶりだった。彼は何もなかったテーブルの上にまるで手品で取り出しでもするように皿を並べた。そして食卓を囲んだ男たちの誰一人、運ばれてくる途中で料理に気づく者はないのであった。

その夜の主人役はトーマス・トランブルだった。彼はどことなくふてくされた態度でその役を務めていたのだが、そんなことは誰も小指の先ほどにも気にしていなかった。彼の不機嫌な態度は、主人役である以上、他の面々が食前の酒を二杯ずつ（どんなに飲んでもけろりとしているルービンは三杯）飲み終えようとする直前にあわただしく駆け込むのは具合が悪いと考えたことによって、とりわけ高じているのであった。

トランブルは主人役の特権を行使して尋問するべきゲストを連れてきた。ゲストは〈ブラッ

ク・ウィドワーズ〉のメンバーである特許弁護士ジェフリー・アヴァロンと同じくらいの長身で、また、ジェフリー・アヴァロンと同じように痩せた男だった。しかし、彼はきれいに髭を剃っており、その押出しの重厚さにおいてややアヴァロンに及ばなかった。実際、彼は丸顔でそこばかりはふくよかな頰は、他の部分といかにも釣り合いが悪く、頭部移植の手術を受けたのではないかと思われても仕方なかった。彼の名はアーノルド・ステイシーといった。

「アーノルド・ステイシー博士（Ph. D.）」トランブルが紹介した。

「ほう」アヴァロンがどんな些細な発言に際しても無意識に示す重々しい態度で言った。「ドクター・ドクター・ステイシー」

「ドクター・ドクター？」ステイシーは口ごもった。彼の唇は半ば開き、今にも嬉しそうに笑いだすかと思われた。

「〈ブラック・ウィドワーズ〉の決まりでね」トランブルが気短に言った。「メンバーはすべて、メンバーであることでドクターなんだ。それ以外の何らかの事由によってドクターの肩書を持つ人間は……」

「ドクター・ドクターというわけだね」ステイシーが引き取って言った。彼はにっこり笑った。

「名誉博士も勘定に入れていいんですよ」ルービンがアヴァロンのそれがきちんと手入れされているのと正反対にみすぼらしい顎鬚の上に隙間だらけの歯を覗かせて言った。「しかし、その場合あなたは、ドクター・ドクター・ドクター……」

ちょうどそこへマリオ・ゴンザロが階段を上がってきた。アトリエからまっすぐここへ駆けつけたとでもいうように、テレピン油の匂いを漂わせていた（トランブルに言わせると、テレピン油の匂いに騙されてはいけないのであって、ゴンザロは人前に出る時にはいつも両の耳朶《みみたぶ》にテレピン油を一滴ずつ垂らして出かけるのだ）。

ゴンザロはイマニュエル・ルービンの言葉を聞きつけて、まだ階段を上がりきらぬうちから言った。「きみがいつ名誉学位をもらったって、マニー？　不名誉学位なら話はわかるがね」

奇襲攻撃を受けた時の常で、ルービンは一瞬顔を強張《こわば》らせた。しかし、それは彼が態勢を立て直すまでのほんのわずかのことだった。彼は言った。「全部聞かせてやろうか。一九三八年、ぼくは弱冠十五歳にして信仰復活運動の説教師でね、それで不名誉博士号を……」

「わかったわかった」トランブルが言った。「ずらずらと並べ立てるのは願い下げにしてくれ。全部信じるよ」

「骨折り損だよ、マリオ」アヴァロンが抑揚のない声で言った。「若い頃の話をはじめたら、ルービンは絶対に間違ったことを言わないんだからね。わかっているだろう」

「そうさ」ゴンザロは言った。「だから彼の小説はつまらないんだ。どれもこれも自伝でね。およそ詩的なものがない」

「詩だって書いているぞ」ルービンが言い返したところへドレイクが登場した。いつもは一番乗りする彼が、この日に限って一番遅かった。

「電車が遅れてね」彼はコートを脱ぎながら誰にともなく言った。この例会に出るためにニュージャージーから出てくるのだから、めったに遅刻しないことのほうがむしろ驚きに値することだった。

「ゲストに紹介してくれたまえ」ドレイクはヘンリーの差出す飲物を受け取りながら言った。ヘンリーはもちろん、彼が何を所望するか心得ていた。

アヴァロンが言った。「ドクター・ドクター・アーノルド・ステイシー……こちら、ドクター・ドクター・ジェイムズ・ドレイク」

「はじめまして」ドレイクはグラスを上げて言った。「後のほうのドクターは、どういった方面ですか、ドクター・ステイシー?」

「化学の学位です、ドクター・ドクター。ああ、どうぞ、アーノルドと呼んでください」

ドレイクの白いものが混じったささやかな口髭は、心持ち逆立ったかと思われた。「これはこれは」彼は言った。「わたしの学位も、化学でしてね」

二人は一瞬、たがいに探るように相手の顔を覗き込んだ。ややあって、ドレイクは言った。

「どこか企業にお勤めですか? それとも、政府関係のお仕事ですか? あるいは、学問的なお立場で?」

「教師をしています。ベリー大学の助教授を務めています」

「どこですって?」

「ベリー大学です。大した学校ではありません。わたしは……」

「知っているも何も」ドレイクは言った。「わたしはあそこの大学院ですよ。あなたよりはかなり前だと思いますがね。教職に就かれる前に、ベリーで学位を受けられたわけですか?」

「いえ、わたしは……」

「とにかく坐ったらどうかね」トランブルが大声で言った。「いつもこの会は食べるよりも飲むほうが多いんだ」彼はホストの席に立ってグラスを構えたまま、他の男たちがそれぞれの席に着くのを見守った。「さあ、坐った坐った」それから彼は仕来りに従ってオールド・キング・コールのために節をつけて乾杯の音頭を取った。ゴンザロは音頭に合わせて堅パンで拍子を取り、音頭の最後の一句が終わると同時にパンをちぎってバターをつけた。

「何だね、これは？」ルービンが突然、目の前の皿を見ながらうろたえた叫びを発した。

「パテ・ド・ラ・メゾンでございます」ヘンリーが泰然と答えた。

「やっぱり。肝臓の細切れだ。参ったね。ヘンリー、病的な正直者であるきみに訊くがね、これは食べられる代物かね？」

「それはきわめて主観的な問題でございます。好みにかかわることでございますから」

アヴァロンがテーブルを叩いた。「議事進行！　マニーの〝病的な正直者〟という形容詞句の用法にわたしは抗議する。これは秘密の侵犯だ！」

ルービンはやや色をなして言った。「待てよ、ジェフ。ぼくは何も秘密を犯してはいない。先月の会の話とはかかわりなく、ぼくはもともとヘンリーをそういうふうに思っているんだ」

「座長の裁定を要求する」アヴァロンは頑《かたく》なに言った。

トランブルが言った。「二人とも静かに。座長は、〈ブラック・ウィドワーズ〉のすべてがヘンリーを稀にみる、掛値なしの正直者であると認めていると判断する。判断の理由を述べる必要はない、これは常識に属することだ」

ヘンリーは穏やかに笑った。「パテはお下げいたしましょうか?」

「きみは、こいつを食べるかね、ヘンリー?」ルービンが尋ねた。

「おいしゅうございますよ」

「そうか。じゃあぼくも食べることにしよう」ルービンは料理に手をつけた。こみ上げてくる吐気を隠そうともしなかった。

トランブルはドレイクに顔を寄せて、彼にしては低い声で言った。「どうかしたのかね?」

ドレイクは何やらぎくりとして言った。「いや、別に。きみこそどうしたっていうんだ?」

「何かあるな」トランブルは言った。「そんなふうにパンを細かくちぎるなんていうのは見たこともないよ」

それ以後食卓の会話はとりとめもなく流れていった。その中でも、ルービンの持論であるところの、誠実の徳は存続の価値に欠けていて、自然淘汰の力は挙げてこれを人間の性質から抹殺しようとして働いているという説をめぐって議論が沸騰《ふっとう》した。ルービンはかなり強硬に自説を主張した。と、ゴンザロは彼に作家としての成功(まがりなりにも、とゴンザロは言った)を剽窃《ひょうせつ》に帰するのかと質問した。ルービンは真っ向から受けて立ち、あやしげな理屈で、そもそも剽窃は一般の不正とは根本的に性質を異にするものであって、まったく別の問題として扱われるべきであるということを立証しようとしたところで立往生してしまった。

メイン・コースが済んでデザートになる前にドレイクは手洗いに立った。トランブルが彼の後を追った。

トランブルは言った。「あのステイシーって男をきみは知っているのか、ジム？」

ドレイクはかぶりをふった。「いや、全然」

「ほう。じゃあ、いったいどうしたっていうんだ？　きみは確かにレコード針みたいなルービンのようにおしゃべりじゃあない。それはわたしもわかっているよ。それにしても、きみは食事中、まるで口をきかなかったじゃあないか。しかも、じっとステイシーのほうばかり見ていた」

ドレイクは言った。「一つ頼みがあるんだ。このあと、わたしからあの男に質問させてくれないか」

トランブルは肩をすくめた。「いいとも」

コーヒーが出て、トランブルは言った。「さて、これからゲストの尋問に移るわけなのだが、いつもなら、このテーブルを囲んでいる中でただ一人、物事の筋道をわきまえているこのわたしが皮切りに立つべきところを、今夜は、われわれの名誉あるゲストと同じ道を歩む故をもって、わたしはそれをドクター・ドクター・ドレイクに譲りたいと思う」

「ドクター・ドクター・ステイシー」ドレイクは重々しく口を切った。「あなたは何をもって、あなたの存在を正当となさいますか？」

「時とともに小さくなる一方です」ステイシーは悪びれる様子もなく言った。

「それはまた、どういう意味です？」トランブルが口を挟んだ。

「わたしは質問しているんですよ」ドレイクは常にも似ずしゃちこばって言った。「いいですよ、お答えします」ステイシーは言った。「大学は年々泥沼の深みに嵌《はま》っていきます。わたしはただ手を拱《こまね》いて傍観するばかりです。大学の教職員の頭数としてわたしの立場は、それにつれて弁解の余地がなくなっていく、というほどの意味ですよ」

ドレイクはこれを黙殺して言った。「あんた、わたしが修士課程を勉強した学校で教えているそうだが、わたしのことを知ってるかね？」

ステイシーはやや口ごもった。「申し訳ないけれども、ジム、化学者と名のつく人を全部知っているわけじゃあないんでね。いや、別に悪気で言っているんじゃあないよ」

「そんなことを気にするわたしだと思うか。第一、わたしだってあんたのことなんぞ知ってはいなかった。いや、わたしが訊いているのは、ベリー大学でわたしの名前を耳にしたことはないかということだよ。学生として」

「いや、聞いたことはないね」

「まあ、そうだろうなあ。でも、一緒にベリーで勉強してたやつがいてね。博士課程もベリーでやった。ファロンという男だよ。F—A—R—O—N。ランス・ファロン。この名前を聞いたことはないかね？」

「ランス・ファロン？」ステイシーは首をかしげた。

「ランスはおそらくランスロットを縮めて言った名前だと思うがね。ランスロット・ファロン。はっきりとはわからないが。わたしらはもっぱらランスと呼んでいたよ」

ややあってステイシーは首を横にふった。「いや、記憶にないね」

ドレイクは言った。「じゃあ、デイヴィッド・セント・ジョージは知ってるかな?」

「セント・ジョージ教授? もちろん。わたしが教師になった年に亡くなった。だから、知っているとは言えないけれども、もちろん、名前は聞いているよ」

トランブルが割り込んだ。「いい加減にしてくれ、ジム。何だ今の質問は? これは同窓会か?」

何やら物思いに沈んでいたドレイクは我に返って言った。「待てよ、トム。考えてることがあるんだ。質問はひとまず置いて、その前に話したいことがあるんだよ。いや、実はね、前々から気になって仕方がなかったことなんだが、皆に話すのは躊躇《ためら》われてね。ところがきょうのゲストは……」

「その話ってのを聞こうじゃないか」ゴンザロが大声で言った。

「条件をつけよう」アヴァロンが言った。「それを先例にしないこと」

「先例云々《うんぬん》は座長が決めることだよ」トランブルはすかさず切返した。「話してくれ、ドレイク。ただし、くれぐれも言っておくが、ひと晩じゅうかかるような話は困るよ」

「すぐ済むさ」ドレイクは言った。「ランス・ファロンのことなんだ。これは本名だよ。それに、わたしは彼を中傷することになるんだ。だから、アーノルド、この部屋で話されたことはすべて一切秘密と心得てもらいたいんだ」

「その点は聞いているよ」ステイシーは言った。

「さっさと話せよ」トランブルが急かした。「ひと晩じゅうかかるぞ。目に見えている」

ドレイクは言った。「ランスについての話というのは、どうも彼はもともと化学者になる心算《つもり》なんぞはなかったらしいということなんだ。裕福な家の倅《せがれ》でね。なにしろ金を持っていた。卒業研究をやっている時には実験室の床を自前でコルク張りにしたくらいだよ」

「何だってまたコルクに？」ゴンザロが尋ねた。

「タイルの床にビーカーを落っことしたらどうなるか考えてみたまえ」ドレイクは言った。「学部で化学を専攻したのは、とにかく何か専攻を決めなきゃあならなかったからというだけでね。で、卒業するとそのまま化学の修士課程に進んだ。ヨーロッパでは第二次世界大戦が勃発していて、徴兵がはじまっていたからだよ。一九四〇年のことだ。徴兵逃れには化学専攻がいいと彼は考えた。これはうまくいって、わたしの知る限り彼はついに軍隊には取られなかったよ。これは合法的なんだ。こういうわたしも、軍服を着ずに済んだのだからね。そのことで彼を非難するには当たらない」

陸軍の将校だったアヴァロンは憮然たる面持だった。しかし、彼は言った。「文句なく合法だ」

ドレイクは続けた。「ランスはおよそちゃらんぽらんだった。化学に関してという意味だよ。もともと素質がない上に、全然勉強しなかった。成績はいつもBマイナス以下で満足していた。土台、どうやってみたところでそれが実力だったんだよ。それはそれで別に問題はない。それだけの成績を取っていれば、何とか修士にはなれるからね。化学の修士なんていうのは何の役にも立たないけれども。ところが、この成績では博士課程の研究へ進む資格がない。「さあ、問題はそこだ。わたしら皆……その年大学院で化学をやっていた仲間は皆、ランスは修士止まりだろうと思っていた。修士を取って、何か徴兵逃れになるような仕事に就くのだろうと思っていたんだ。そこは親父のコネで……」

「きみらは皆やっかんでいたのかね？」ルービンが尋ねた。「そんな程度の男が……」

「やっかみはしないさ」ドレイクは言った。「そりゃあもちろん、羨《うらや》ましいとは思ったね。とにかくあの当時、政府の助成金は見るみるうちに縮小されていたからね。わたしは毎学期、サスペンス小説を地で行くようなものだったよ。〝学資を捻出《ねんしゅつ》できるか、勉強を止めるか〟というわけでね。誰もが金に飢えていた。ところがこのランスってやつはなかなかの好人物でね。自分が金に困っていないことを鼻にかけたりはしなかった。わたしらが二進《にっち》も三進《さっち》もいかなくなった時なんぞはいくらか貸してくれたりしたくらいだよ。それも、そっと何気なくね。おまけに、ランスは自分が出来の悪い男だってことを充分承知していた。

「わたしらは手取り足取りランスを助けてやったよ。ガス・ブルーは謝礼を取って彼に有機物理の講義をしてやった。もちろん、ランスだっていつも真面目にやってばかりいたわけじゃあないさ。一度、実験室である薬品を調合することになったんだが、やっこさん、それを自分でやらずに、化学実験用の道具や材料を売る店へ行って出来合いを買ってきた。自分で調合したと彼は言ったけれども、わたしらは買ってきたものだってことを知っていた。こっちは知っていたけれども、まあ、そんなことはどうでもよかったんだ」

ルービンが口を挟んだ。「どうでもいいことかね？　そいつは不正行為じゃあないか」

「どうだろうと、彼にとっては同じことなんだよ」ドレイクはやや苛立ちを見せて言った。「どうせ彼はまたBマイナスなんだ。いや、この話を持ち出したのはね、わたしらは皆、やっこさんにはカンニングの才があることを知っていたと言いたかったからなんだよ」

「他の連中はカンニングなぞしなかったと言うことかね？」ステイシーが割り込んだ。その声には微かな皮肉の響きがあった。

ドレイクはきっと眉を上げ、それから元の位置に降ろした。「そりゃあ、本当に追い詰められれば絶対にやらんとは言いきれまい。しかし、そこまでは誰もいかなかったし、カンニングなどという危ない橋を渡らなくてもいいように、わたしらは一所懸命頑張ったよ。わたしの知っている限り、そんなことをしたやつは一人もいない。もちろん、わたしだってやらなかった。

「で、そうこうするうちに、ランスは学位（Ph. D.）に挑戦する決心をしたんだ。皆で雑談をしている時に、やっこさんはその決心を打ち明けたんだよ。戦雲は急を告げていた。学校にも新兵募集係がちらほら姿を見せるようになっていた。志願すれば金がもらえるし、徴兵で引っ張られることもない。とはいえ、学位はわたしらにとって大きな意味があった。何らかの理由で学校を一度去ってしまったら、はたしてまた戻って学問を続けられるかどうかがわたしらにとって最大の関心事だったんだよ。

「誰か（わたしじゃあない）が、ランスはいいよなあ、と言った。ランスには選択の余地がなかった。彼は就職すればよかったんだ。

「『そうかなあ』とランスは言った。あるいはただ皆の言い方に異を唱えたかっただけかもしれない。『ぼくはここに残ってPh.D.を取るつもりなんだ』

「冗談かもしれなかった。わたしはそう思ったね。いや、皆も彼が冗談を言ってると思ったんだよ。皆笑いだした。皆いくらか酔っていたもんでね、よくあるやつで、別にそれほどおかしくもないのに、ただただ笑いが止まらなくなってしまったんだ。ようやく笑いをこらえて、ひょいと誰かの顔を見ると、またぷっと噴きだしてしまう。おかしいわけじゃないんだ。全然おかしくない。それなのに、わたしらは息が詰まるほど腹を抱えて笑い転げたんだ。ランスはまっ赤になった。それから顔面蒼白になった。

「わたしは、『きみのことを笑ってるんじゃないよ、ランス』と言おうとしたのを憶えているよ。しかし、言葉にならなかった。何しろ息が切れて声も出ないほどだったからね。ランスはぷいと立って行ってしまった。

「そんなことがあって、ランスはいよいよPh.D.に挑戦する決心を固めた。わたしらとは口もきかなかったけれども、やっこさんは学校に必要な書類を提出したよ。書類を出すと、彼は満足したらしくて、そのうちまた前のように、わたしらと親しく言葉を交すようになったんだ。

「わたしは言ってやった。『なあおい、ランス。泣きを見ることになるぞ。何しろ、これまでの成績にAが一つもないんじゃあ、博士課程の研究は学校のほうが許可しないよ。お話にならないじゃないか』

「やつは言ったね。『そんなことはないさ。審査委員会とも話したよ。セント・ジョージ先生の化学反応速度論《ケミカル・キネティックス》を取って、Aをもらってみせると言ってやったんだ。ぼくが本気になったらどんなことができるかまあ見てくれってね』

「まったくなってない話だった。わたしらが大笑いした科白《せりふ》よりももっととんちんかんなんだよ。セント・ジョージを知っていればわかるんだがね。きみはわたしの言う意味がわかるね、アーノルド」

ステイシーはうなずいた。「あの人のキネティックスの講義はそれはむずかしかったそうだね。一番優秀な二人くらいがAマイナスで、残りは皆BかCだったという話だよ」

ドレイクは肩をすくめた。「教授の中には往々にしてそういうことにこよなく喜びを見出すやつがおってね。言うなればバウンティ号の反乱の、キャプテン・ブライの学者版さ。しかし、セント・ジョージは化学者としては一流だった。おそらくベリーの歴代の教授じゅうでもぴか一だろう。あの大学で教えていた中で、戦後アメリカでも指折りと言われるようになったのはあの男だけだよ。もし、ランスがあの教授のコースを取っていい成績を上げたら、これは大変なことだ。他の課目が全部Cだったとしても、ちょっとした噂になるだろう。『あいつはやる必要がなかったから怠けてたのさ。でも、いざその気になった時には、見ろ、とてつもない底力を発揮したじゃあないか』てな調子でね。

「わたしはやっこさんと一緒にケミカル・キネティックスを取ったんだ。講義のある日は、そりゃあもう、七転八倒だったねえ。ところが、ランスのやつは隣りの席で、いつ見てもにこにこ笑っていやがるじゃないか。ノートはよく取っていたし、確かによく勉強もしていたよ。図書館でもいつもケミカル・キネティックスの本に取り組んでいた。まあ、とにかくそんなふうにして学期末になった。セント・ジョージは中間試験をやらない。すべては討論と、最後の試験で判断するのだよ。試験は三時間……ぶっ続けに三時間だよ。

「最後の一週間は講義がなくて、学生たちはその一週間で期末試験に備えて勉強の仕上げをするんだ。その時になってもランスのやつは相変わらずにこにこしている。他のコースの成績は、ランスとしてはいつものとおり可もなく不可もなくといったところだった。やつはそんなことを全然意に介していないらしかったよ。わたしらはよく声を掛けた。『キネティックスはどうだ、ランス?』するとやつは『軽い軽い』とこうだ。いかにも嬉しそうに言うじゃあないか。

「で、いよいよ試験の日がやってきた……」ドレイクは言葉を切って、きっと唇を引締めた。

「それで?」トランブルが促した。

ドレイクは思い入れたっぷり、やや声を落として言った。「ランス・ファァロンは及第した。及第したどころの段じゃあない。何と九六点だ。それまでセント・ジョージの試験で九〇点以上取ったやつは一人もいなかった。それ以後も、たぶんいないんではないかな」

「九〇点以上というのは聞かないね」ステイシーが言った。

「きみは何点だ?」ゴンザロが尋ねた。

「八二点だよ」ドレイクは答えた。「ランスを別とすれば、クラス一番だよ。ランスを別とすれば」

「で、その男はどうなったね?」アヴァロンが尋ねた。

「もちろん、Ph.D.を受けたよ。教授会は文句なくやつに学位を与えた。話によると、セント・ジョージが強力に彼を推したそうだ。

「わたしはその後ベリーをやめて、戦争中はアイソトープを分離する研究に従事した」ドレイクは続けた。「結局わたしはウィスコンシンに移って学位を取るための研究を続けたんだ。それはそれとして、わたしはその後も時々、古い友人からランスのことを伝え聞いた。何でも最後に聞いた話では、やつはメリーランドのどこかに自分の研究所を作っているそうだ。かれこれ十年ばかり前になるが、〈ケミカル・アブストラクツ〉でやつの名前を見かけたよ。いくつか、やつの論文が載っていた。どうということもない、いかにもランスの書きそうな論文だった」

「今でも羽振りはいいのかね?」トランブルが尋ねた。

「そうだろうと思うがね」

トランブルは椅子の背に凭《もた》れて言った。「話というのはそれだけか、ジム。いったい何がそんなに気になるんだ?」

ドレイクはテーブルの男たちを順に一人ずつ見渡すと、いきなり拳を固めてどんとテーブルを叩いた。コーヒーカップが飛び上がってかたかたと鳴った。「やつはカンニングをしたんだ。太い野郎だ。あの試験は無効なんだ。やつがPh.D.を持っている限り、わたしの学位はそれだけ重味がなくなってしまう。……あんただってそうだ」彼はステイシーの顔を見た。

ステイシーは呟いた。「贋博士(Phony Doctor)」

「何?」ドレイクはやや気色ばんで言った。

「いや、何でもない」ステイシーは言った。「わたしの友人で、医科大学で教えている男のことを考えていたのだよ。そこの学生たちは、世の中で正当に学位と呼べるのは医学博士、M.D.だけだと言っている。彼らに言わせるとPh.D.とは贋博士(Phony Doctor)のことだというわけなんだよ」

ドレイクはふんと鼻を鳴らした。

「まったくの話」ルービンが何でもないことを切り出す時によく見せる彼一流の議論調で何やら言いはじめた。「もしきみが……」

アヴァロンが見上げるような高みから彼を遮った。「きみはそう言うがね、ジム。仮にカンニングしたとしても、どうしてそれがばれなかったのかね?」

「カンニングしたという証拠はどこにもなかったからさ」

「カンニングなんぞはしなかったとは考えられないかね?」ゴンザロが言った。「いざという時になって、とてつもない底力を発揮したというのは、案外本当じゃあないのかね」

「違う」ドレイクはまたテーブルを叩いた。コーヒーカップが飛び上がってかたかたと鳴った。「そんなことはあり得ない。後にも先にも、やつがそんな実力を示したことは一度だってありゃあしなかったんだ。それに、やつは講義の間も自信たっぷりだった。どんな大間抜けでもAが取れる絶対確実な策を編み出したから、だから自信たっぷりだった。そうとしか考えられんよ」

トランブルがものうげに言った。「まあいいじゃないか。その男はカンニングした。学位を取った。しかし、大して成功もしなかった。きみの話じゃあ、どこか隅のほうへ引っ込んでのそのそ暮らしてるっていうじゃないか。何も今にはじまったことじゃあなかろうが、ジム。カンニングしようがしまいが、いろいろな人間が、いろいろな方面でそれなりに専門の地位に着く。そういった連中は、本当に優秀な人材を手足に雇うんだ。それがどうした？　カンニングしたかしないかは知らないが、きみはどうしてその特定の男一人にこだわるのかね。きみがなぜそのことで悶々としているのか、わたしの考えを言おうか。きみが腹に据えかねているのは、その男がどうしてそれをやってのけたか、そこのところがわからないということだよ。それさえわかれば、きみはもう何もかもきれいさっぱり忘れてしまうさ」

ヘンリーが口を挟んだ。「ブランデーはいかがでございますか？」

五つの華奢《きやしや》な小ぶりのグラスが高く上がった。自分の許容量を厳密に定めているアヴァロンだけはグラスを上げなかった。

ドレイクは言った。「じゃあ、トム。きみに訊こう。やつはどうやってそれをやってのけたんだ？　きみは暗号の専門家だろう」

「これは暗号とは関係ないよ。そうだねえ。その男は、その……誰か替玉を見つけて、他人《ひと》の書いた答案を提出したんではないかね」

「他人の筆跡でかい？」ドレイクは問題にならないという口ぶりで言った。「わたしもそれは考えた。皆それを考えたさ。ランスがカンニングしたと思っているのはわたしだけじゃあなかったからね。皆彼を疑っていたんだ。九六点という成績が掲示板に貼出された時には、わたしら皆息を飲んだよ。呼吸が元に戻るまでにはずいぶん時間が掛かった。それから皆でやつに答案を見せろと言ったんだ。やつは見せてくれたよ。わたしらは皆でそれを読んだ。まず完璧に近い答案だったね。まさしくやつの筆跡だったし、文章も彼のものだった。ほんのいくつか間違いもあったが、そんなものは問題じゃあなかった。後で考えると、どうもあれは、あんまり完全じゃあ具合が悪いというので、わざと間違いをあしらったのではないかとさえ思えたね」

「これはどうかね」ゴンザロが言った。「誰かがまず模範解答を書いて、そいつをきみの友だちが自分の文体で、自分の手で書いた」

「そんな馬鹿な。教室には大学院生とセント・ジョージの助手のほか誰もいなかったんだよ。助手は試験のはじまる直前に問題用紙を開封したんだ。誰も見ていなかったとしても、自分の答案のほかにランスの分まで書けるはずがないじゃあないか。それに、九六点の答案を書けたやつは一人もいないんだ」

アヴァロンが言った。「その場でやるのは無理だろう。しかし、誰かが事前に問題用紙を手に入れて、教科書と首っぴきで完璧な答案をでっち上げたとしたらどうかね。ランスは何らかの方法でそれをしたのではないかね」

「いや、そんなことができるはずはないよ」ドレイクは言下に答えた。「あんた方の言うようなことは、皆わたしらだって考えたさ。ああ本当だとも。大学では、その十年ばかり前にもカンニング事件があってね、試験問題の管理はえらく厳しかったんだ。セント・ジョージもきちんと所定の手続に従っていた。セント・ジョージは試験の前日に問題を作ってそれを秘書に渡した。秘書はセント・ジョージの見ている前で必要な部数だけ謄写版で刷った。教授はそれを校閲して、原紙と自身が書いたオリジナルを断裁した。問題は封印をして学校の金庫におさめられた。金庫は試験の直前に開けられて、セント・ジョージの助手に問題が渡された。だから、ランスが事前に問題を手に入れることは不可能だよ」

「その時とは限るまい」アヴァロンが言った。「仮に教授が問題を謄写版で刷らせたのが試験の前日だったとしてもだよ、問題そのものはもっと前から教授の手許に用意されていたということだってあるのではないかね？　前の学期に出した問題を……」

「いや」ドレイクは彼を遮った。「当然わたしらは期末試験の前に、それまでセント・ジョージが出した問題を残らず当たったさ。そこに目をつけないほどの馬鹿だと思うか。ダブった問題は一つもなかった」

「なるほど。しかしだね、まったく新しい問題を作ったとしても、それを作ったのは学期のはじめだということだってあり得るじゃあないか。ランスは学期がはじまったばかりの頃に問題を見たのかもしれない。そうすれば、あらかじめわかっているいくつかの問題に答えられるように勉強すればいいわけだから、全体を苦労して覚えるよりはずっと楽じゃないか」

「どうやらその見当らしいね、ジェフ」ゴンザロが言った。

「ところがそれは見当違い」ドレイクは言った。「セント・ジョージはそんなやり方はしないからね。その最後の試験の問題はどれも皆、講義や討論の途中で誰かがへまをやらかした点にかかわりがある問題だったよ。中でも一題、ひっかかり易い問題があったんだが、こいつは最後の講義の時にわたしが恥をかいたところでね。わたしはどうも推論に誤謬《ごびゅう》があるように思って質問したんだが、セント・ジョージは……いや、そんなことはどうでもいい。要するに、試験問題は最後の講義の後に作られたに違いないんだ」

アーノルド・ステイシーが口を挟んだ。「セント・ジョージはいつもそうしていたのかね？　そうだとしたら、生徒たちはかなり事前に鍵を与えられていたことになるわけだ」

「討論の時に問題になった箇所に山を賭ければいいということかね？」

「そればかりじゃあない。生徒のほうでよくわかっているところでわざと奇想天外な発言をしてセント・ジョージをうまく嵌めれば、それで少なくとも二〇点がとこ稼げるだろうじゃあないか」

ドレイクは言った。「その点は何とも言えんね。それまであの教授の講義は聴いたことがなかったから、前の試験もそんなふうだったかどうかこっちにはわからない」

「先輩から情報が入っていなかったのかね？　四〇年代の大学や大学院が今と同じだったとしたら、先輩からの情報はあったろうに」

「それは、そんなこともあったろう」ドレイクはうなずいた。「しかし、わたしらの場合は上の人たちからは何も聞かなかった。とにかく、それがその時の教授の出題の仕方だったのさ」

「なあ、ジム」ゴンザロが言った。「そのランスって男は、討論の時はどんなふうだったかね？」

「だんまりで通していたね。雉《きじ》も啼《な》かずば撃たれまい。わたしらは皆、やつがだんまりを極《き》めこんだところで、それは当然と思っていた。意外ではなかったね」

ゴンザロは言った。「化学科の秘書はどうかね？　ランスが秘書を抱き込んで問題を聞き出したってことはないかね？」

ドレイクは不機嫌に言った。「あの秘書を知っていたら、そういうことは考えられんね。第一、ランスにそんな芸当ができるはずはない。ランスが秘書を買収できたはずはないし、金庫破りを働くはずもない。そういうことは一切できなかったはずだよ。問題の性質から言って、それが作られたのは試験前の一週間であることは間違いなかった。それに、その最後の一週間、やつは何一ついかがわしい行動は取れなかったはずなんだ」

「それは確かかね？」トランブルが尋ねた。

「ああ、誓ってもいい。やっこさんがあんまり自信たっぷりなんで、わたしらはどうも何かが臭いと睨んだのだよ。こっちは試験をしくじるんじゃあないかと戦々兢々だというのに、やつは涼しい顔で笑っているんだからね。講義の最後の日に誰かが言ったんだ。『あいつ、問題用紙を盗む腹だぞ』ってね。いや、白状すると、そう言ったのはわたしなんだが、他の連中もそうだそうだと賛成した。それで、つまりその、皆でやつを監視することにしたんだよ」

「絶対に目をはなさなかったか？」アヴァロンが尋ねた。「夜も交代で見張ったかね？　手洗いにもついていったか？」

「ほぼそれに近いところまでやったね。やつはバローズと相部屋だった。このバローズというのが眠りの浅い男で、ランスが寝返りを打つのも全部知っているというくらいだった」

「バローズは薬を盛られたかもしれない」ルービンが言った。

「考えられないことではないが、バローズはそんなことはなかったと言っているし、実際それはなかったと思うよ。それはともかく、ランスはまるで怪しげな行動は取らなかった。見張られていることを気にする様子もなかった」

「見張られているのを知っていたのか?」

「おそらくね。どこかへ出かける時にはいつも『誰が一緒に来るんだ?』と言いやがったよ」

「どこへ出かけた?」

「ごく当たり前の場所さ。やつは飯を食って、酒を飲んで、寝て、用足しをした。大学図書館で勉強していない時は自分の部屋に閉じこもっていた。それから郵便局や銀行や靴屋に行った。彼が出かけるといつもわたしらはその後をつけてベリーの町のメインストリートを端から端まで歩いたものさ。それに……」

「それに、どうした?」トランブルが言った。

「それに、もし仮にやつが事前に問題用紙を手に入れたとしてもだよ、それは最後の数日間、あるいは試験の前の晩のことだろう。ランスがどう頑張ったところで、そんなに短い時間であれだけ完璧な答案を作れるはずはないんだ。教科書や参考書と首っぴきで、何日もかかったに違いない。問題をひと目見てすらすら答案が書けるくらいなら、やつはそもそもカンニングの必要はなかったはずじゃあないか。試験がはじまってからその場で問題に目を通せば済むことだからね」

ルービンが皮肉な口ぶりで言った。「きみの言い方を聞いてると、ジム、きみは自分で自分を追い詰めているみたいだね。その先生はカンニングなんぞしなかったはずだってことになる」

「そこなんだよ」ドレイクは声を張り上げた。「やつは絶対にカンニングしたんだ。ところが、実に巧みにやってのけたんで、誰もそれを見抜けなかった。どういう方法でやったか、誰も見当がつかなかった。トムの言うとおりだよ。わたしが我慢できないのは、まさにそこなんだ」

ヘンリーが咳払いして言った。「ひと言、よろしゅうございますか、皆さま」

男たちは目に見えぬ傀儡師《くぐつし》の糸に引かれたかのようにいっせいに顔を上げた。

「何だね、ヘンリー?」トランブルが言った。

「わたくし、思いますのに、皆さまはささいな不正にはあまりにも馴れっこになっておいでで、それでこの謎がおわかりにならないようでございます」

「ほう、ヘンリー。それはまた、聞き捨てならんね」アヴァロンは笑顔で言った。しかし濃い眉は彼の目を覆うばかりに垂れ下がっていた。

「決して皆さまに対して失礼を申し上げるつもりではございません。ルービンさまもおっしゃいました。不正にはそれなりの価値がございます。トランブルさまは、ドレイクさまのお腹立ちはカンニングが行われたということのためではなく、それがあまりにも巧みに行われて誰にも見抜けなかったということのためだとお考えのようでございますが、おそらく皆さまもそのとおりだとお思いでございましょう」

ゴンザロが言った。「つまり何だね、ヘンリー。きみは自分があまりにも潔癖で不正に対してはわれわれよりもずっと敏感だから、この謎がわかると言いたいんだな」

ヘンリーは言った。「そうでございますね。ドレイクさまのお話の中には、とても考えられない点がございまして、それがすべてを説明しているように思うのでございますが、どなたもそこをご指摘にならなかったことを考えますと、おっしゃるとおりと申してよろしいかと存じます」

「考えられない点というと？」ドレイクが尋ねた。

「それ、セント・ジョージ教授の態度でございますよ。教授は学生をどしどし落第させることに大変喜びを感じるお方だそうでございますね。最終試験には決して八〇点以上をつけないのでございましょう。ところが、どうしようもない出来の悪い生徒、おそらく教師や生徒たちの間でも、その出来の悪さは知れ渡っていたことと存じますが、そんな劣等生が九六点を取ったというのに、教授はそれを認めたばかりか、剰《あまつさ》え、審査委員会では強くその生徒を後押ししたそうでございますね。本来ならば教授自身が誰よりも先に不正を疑って然るべきではございますまいか。それも、大層腹を立ててでございます」

男たちは声もなかった。ステイシーは何やら深く考え込んでいる様子だった。

ドレイクが言った。「教授にしてみれば自分の試験で不正が行なわれたなどということは断じて認められなかったのではないかな。わたしの言う意味がわかるかね」

ヘンリーは言った。「そこが穴でございますよ。教師が問題を出して生徒がそれに答えるという場合、もし不正が行なわれたといたしますと、皆さまいつも、不正は必ず生徒の側にあると頭から決めておしまいになります。なぜでございましょう？　不正を働いたのが教授のほうだったとしたらいかがでございましょう？」

ドレイクが言い返した。「そんなことをして教授は何の得がある？」

「普通、不正には何が付き物でございますか？　わたくしは金だろうと存じます。先程のお話では、その生徒は大変裕福だったそうでございますね。それに、あの当時はまだ政府の助成金も充分ではございませんでしたし、教授の俸給と申しましたら、それは高の知れたものでございました。ですから、その生徒が何千ドルかを教授に握らせて……」

「何のために？　点数を水増しさせるためにかい？　わたしらはランスの答案を見たんだよ。これは本物だった。それとも、印刷する前にランスに問題を見せるためにかい？　見たところでランスには手も足も出まい」

「その反対のことを考えてごらんなさいませ。その生徒が教授に金を掴ませて、自分のほうから教授に問題を見せたとしたらいかがでございましょう」

今一度目に見えぬ傀儡師が糸を引いた。男たちは高低さまざまの音程でいっせいに叫んだ。

「何だって？」

「よろしゅうございますか」ヘンリーは嚙んで含めるように言った。「そのランス・ファロン氏が学期の間じゅうかかって一つ一つ推敲を重ねながら問題を作ったとしたらいかがでございましょう。討論の時間は、自分が発言せずに皆の話をよく聴いて、面白い問題になりそうな箇所を拾い出したのでございます。学期が進む間、一所懸命に勉強して、問題を考え、その答案を練り上げたのでございます。アヴァロンさまもおっしゃいましたとおり、いくつかの決まった課題を取り出して勉強することは、その科目を全般にわたって勉強するよりもずっとたやすいことでございます。その方はさりげなく、最後の講義で取上げられた問題も加えておかれました。他の方たちが問題は確かに最後の週に用意されたものであるとお思いになるようにするためでございます。これで問題はそれまでのセント・ジョージ教授の出題とはまったく傾向の違ったものになったわけでございます。ステイシーさまの大層びっくりなさったご様子から判断いたしますと、それ以前も、その後も、生徒がつまずいた箇所を出題するということはなかったのではございますまいか。で、学期の終わりにすっかり問題ができあがりましたところで、その方はそれを教授に郵送なさったのでございます」

「郵送?」ゴンザロが言った。

「ドレイクさまはたしか、その方が郵便局へ行かれたとおっしゃいましたね。その時に郵送されたのではございませんか。セント・ジョージ教授は問題と一緒に支払いの一部を、おそらく、手頃な小額紙幣で受け取ったのでございましょう。教授はそれを自分の手で書き直すか、タイプするかして、秘書に渡しました。それから後は、何もかも通常の手続で試験が行なわれたのでございます。当然、教授としては最後までその生徒を後押ししたでございましょう」

「お見事」ゴンザロが夢中で叫んだ。「それだ。それなら筋が通る」

ドレイクはゆっくりと言った。「なるほど、それは誰も考えなかった一つの可能性には違いないんだが……しかし、今となっては何とも言えんよ」

ステイシーが大声で言った。「わたしはとうとうひと言もしゃべらずじまいじゃないか。尋問されると聞いてきたのに」

「お生憎さまだったね」トランブルが言った。「きみがベリー出身だったばっかりに、ドレイクの馬鹿者が妙な話を持ち出してしまったんだ」

「じゃあ、そのベリー出身者として、ひと言補足させてもらうよ。さっきも話したとおり、セント・ジョージ教授はわたしがあそこで教えるようになった年に亡くなった。だから、わたしは教授を知っているとは言えないんだがね。ただ、教授を知っていた人間はわたしの周囲に大勢いる。わたしは、教授について、とかくいろいろの噂を耳にしているよ」

「教授は袖の下を取るような人間だったということか?」ドレイクは尋ねた。

「誰もそうは言っていないがね。とにかく、えげつなく立ち回ることでは有名だったらしいんだ。政府の助成金が自分の懐に流れ込むように画策したような、芳しからぬ話もわたしは聞いているよ。ランスについてあんたの話を聞いた時はね、ジム、正直なところわたしは、まさかセント・ジョージがいかさまを働いているとは思わなかった。しかし、ヘンリーが彼の人間離れした潔癖な感覚で、普通なら考えも及ばないことを考えてくれた今、やっぱりわたしはヘンリーの言うとおりだと信ずるね」

トランブルが言った。「一件落着だな。ジム、三十年経って、やっときれいさっぱり忘れることができるというものじゃないか」

「しかしだよ……しかし」ドレイクの顔に奇妙な笑いが浮かんだ。やがて彼は声を立てて笑った。「やっぱり、どうも腑に落ちないね。と言うのは、もしランスがはじめから問題を知っていたんなら、やつはわたしらにヒントの一つや二つ教えてくれてもよさそうなものじゃないか」

「自分をさんざん笑いものにした人たちにでございますか?」ヘンリーはそっと尋ねてテーブルを片づけにかかった。

"Ph as in Phony"

あとがき

この話は〈エラリー・クイーンズ・ミステリ・マガジン〉一九七二年七月号に『いんちき博士(The Phony Ph. D.)』の題名で発表された。

題名変更の理由は明らかである。EQMMは『殺し(Homicide)のH』『強盗(Cutthroat)のC』云々といった題名でローレンス・トリートの秀れた短編を連載している。当然、編集部としてはこのような題名はトリート氏の専売特許にしておきたかったわけなのだ。

しかし、単行本で私が元どおり『贋物（Phony）のPh』としたことをトリート氏はご諒恕《りょうじょ》くださることと思う。私としては、やはりこのほうがいい。このような題名は二度と使わないことを私は約束する。

この作品によってはからずも私は、ある種の、私としては異例の虚栄を披瀝《ひれき》する破目になった（他の面でなら毎度のことだけれども）。

オレゴン大学のポーター教授がこの話に出てくる博士課程の研究のための資格審査手続について、私の誤りを指摘する手紙を下さったのだ。教授は署名の後に〝Ph. D.〟の肩書を添えて、その点について論ずるにふさわしい人物であることを明らかにしておられた。教授のご指摘はいちいちごもっともで、私はそれに従って元の文章に手を入れ、ここにあるような形にしたのである。けれども、教授に返事を書く段になって、私は何としてもそんなことを論ずる資格のない人間だと思われたくなかったので、私もまた署名の後に〝Ph. D.〟と書き添えた。私は一九四八年にコロンビア大学で学位を受けているのだから、これは本物である。しかし、私が学術的な公式文書以外にこの肩書を使用したのは後にも先にもこの時だけだと思う。

3　実を言えば

〈黒後家蜘蛛の会《ブラック・ウイドワーズ》〉の月例会の当日、ロジャー・ホルステッドが階段の上に姿を現わした時そこにいたのは、まだアヴァロンとルービンの二人だけだった。二人は大喜びでホルステッドを迎えた。

　イマニュエル・ルービンは言った。「やあ、きみもやっと腰を上げて、旧《ふる》い馴染に会いに出てくる気になったらしいな」彼は両手を拡げて小走りにホルステッドに近寄った。彼のまばらな顎鬚は、その開けっぴろげな笑顔によく似合っていた。「このふた月、どこでどうしていたね？」

「やあ、ロジャー」ジェフリー・アヴァロンは見上げるような高みから笑いかけて言った。「よく来たね」

　ホルステッドはコートを脱いだ。「外はやけに冷えるねえ。ヘンリー、わたしに……」

〈ブラック・ウィドワーズ〉はじまって以来ずっと一人で給仕を務めてきた男、そして、将来においても、〈ブラック・ウィドワーズ〉たちが断じて手放しはしないであろう男ヘンリーは、すでに飲物を用意して待っていた。「ようこそ、お久しぶりでございます」

　ホルステッドは軽く会釈して飲物を受け取った。「二度続けて、よんどころない用事ができてね……実はね、あることに手を染めたのだよ」

「数学の教師を辞めて、まともな暮らしをすることにしたのか?」ルービンが言った。

ホルステッドは溜息を吐いた。「高等学校の数学の教師というのはきみ、これ以上まともな暮らしなんてありゃあしないよ。だからちっとも儲からない」

「それじゃあ訊くがね」アヴァロンが静かにグラスを回しながら言った。「フリーの文筆業がどうしてやくざな仕事なのかね?」

「フリーの文筆業が何でやくざなものか」フリーの作家ルービンはたちまち餌に喰いついた。「エージェントを利用しない限り作家は……」

「何をはじめたって、ロジャー?」アヴァロンはルービンを黙殺した。

「前々からやりたいと思っていたことさ」ホルステッドは言った。彼の額は白くて広い。十年前にはあったに違いない生え際の線はどこにも見当たらない。しかし、頭の天辺と周囲の髪はまだ房々としていた。「わたしはね、『イリアス』と『オデュッセイア』の全四十八章を、一章ごとに諧謔五行詩《リメリック》に書き直そうと思うんだ」

アヴァロンはうなずいた。「もう、いくつかできたのかね?」

「『イリアス』の冒頭の一章を片づけたよ。こういうんだ——

〝並びなきギリシャの総帥アガメムノン
アキレスめとて向かっ腹の強談判
丁々発止の口諍《いさか》い

アキレス怒髪天つく勢い
座を蹴って陣屋の内へ疾《と》く退散〟」

「悪くないね」アヴァロンは言った。「いや、なかなかよくできているじゃないか。『イリアス』の第一章の主題をよく捉えているよ。ただ、ヒーローの名は正しくはアキッレウスだがね。〝キ〟の音は……」

「そうすると韻律が合わなくなるんだよ」ホルステッドは言った。

「それに」ルービンも傍らから言った。「〝ウ〟の音を入れると、たいていの人間は間違って書かれてると思うよ。で、そこばっかりが印象に残って肝腎の中身が伝わらない」

マリオ・ゴンザロが息せき切って階段を上がってきた。彼は当夜のホストだった。「ほかはまだ誰も？」

「ああ、われわれご老体ばかりだよ」アヴァロンが愉快そうに言った。

「今ゲストが来るよ。面白いやつでね。ヘンリーは気に入ると思うよ。何しろ嘘を言わない男だから」

「まさか、ジョージ・ワシントンを連れてきたんじゃああるまいね」ホルステッドが言った。

「ロジャーじゃないか。これはまた久しぶりで……ああ、そうだ。きょうはジム・ドレイクは来られないそうだよ。何でも家庭の事情でどうしても抜けられないとか、葉書を寄越していた。きょう連れてきたゲストはサンド……ジョン・サンドといってね、かなり前から何となく知り合っているんだ。おかしなやつでね。絶対に嘘を言わない競馬狂なんだよ。こいつが嘘をつくのを聞いたことがない。それだけが取り柄なんだ」ゴンザロは片目をつぶってみせた。

アヴァロンが重々しくうなずいて言った。「嘘も、つける人間はいいさ。ところが、人間年を取ると……」

「きょうの会は面白くなると思うよ」ゴンザロは明らかにアヴァロンの色気のない打ち明け話を封じる意図で、急《せ》き込んで言った。「その男にこの会の話をしたんだ。ここ二度ばかりミステリを解いたという……」

「ミステリだって?」ホルステッドがにわかに目を輝かせて言った。

ゴンザロは言った。「きみはこの会の善良なメンバーだから話してもいいがね。しかし、これはヘンリーから話してもらったほうがいい。何しろ、ヘンリーは二度とも主役だったからねえ」

「ヘンリーが?」ホルステッドは軽い驚きを示して肩越しにふり返った。「きみはこの連中の悪ふざけに巻き込まれたのかい?」

「決してそんな心算《つもり》はなかったのでございますが、ホルステッドさま」ヘンリーは言った。

「そんなつもりはなかっただって!」ルービンが気負って言った。「いやね、このあいだの会ではヘンリーはまさにシャーロック・ホームズだったよ。彼は……」

「問題はだ」アヴァロンが言った。「きみがしゃべりすぎはしなかったかということだよ、マリオ。その人に、この会について何を話したね?」

「しゃべりすぎとはまた、どういう意味だ?　わたしはマニーとは違うよ。サンドにはちゃんと、細かいことは話せないと断わってあるんだ。われわれは懺悔聴聞僧と同じで、この部屋で話されたことに関する限り、絶対に外へ洩れることはないってね。そうしたら、そいつはメンバーになれたらなあと、こう言うんだよ。何でも、悩み事を抱えて苦しんでいるそうなんだ。それでわたしは、次の回のホストだから、ゲストとして連れていってやろうと言ったのさ。ああ、来たきた」

頸に厚手のスカーフを巻きつけた痩せぎすの男が階段を上がってきた。スカーフの下にはまっ赤なネクタイをしていた。その派手な色がこけた蒼白い顔にいくらか生気を与えているようだった。三十代の男と思われた。

「ジョン・サンドだ」マリオはもったいぶって男を紹介した。と、そこへトーマス・トランブルが階段をどたどたと鳴らしながらやってきて、例によって大仰に叫んだ。「ヘンリー、死にかけている男にスコッチのソーダ割りを頼む」

ルービンが言った。「トム、苦労して遅刻しようなんて努力はあっさり諦めて、もっと早く来ることにしたらどうなんだ」

「遅く来ればそれだけ」トランブルは言い返した。「きみの下らんおしゃべりを聞かずに済むからね。そこを考えたことがあるか?」それから彼はゲストに紹介されて席に着いた。

その夜の料理は浅はかにも、アーティチョークからはじまった。ルービンは待っていましたとばかりに、アーティチョークにはそれでなくてはならないというソースの作り方を講釈した。それを聞いてトランブルはさも苦々しげに、アーティチョークの唯一の正しい下ごしらえは大きなゴミの缶に捨てることだと言った。ルービンは答えた。「もちろんだとも。正しいソースがなければね……」

サンドは食欲が湧かぬ様子で、極上のステーキを少なくとも三分の一は食べ残した。太りすぎの気のあるホルステッドは皿に残ったステーキをものほしそうにちらちらと見た。彼自身の皿は他の誰よりも早く空《から》になっていた。そこに残っているのはしゃぶりつくされた骨と、小さな脂の塊ばかりであった。

サンドはホルステッドの視線が気になる様子で言った。「実はわたし、胸がつかえてあまり食べられないんです。この残った分、めしあがりませんか?」

「わたしがですか? いえいえ、もうたくさん」ホルステッドは憮然として言った。

サンドはにやりと笑った。「ざっくばらんに言わせてもらえますか?」

「どうぞ。今までの食事中の話を聞いていれば、ざっくばらんがこの会の趣意だということはおわかりでしょう」

「ああよかった。どうせぼくはざっくばらんな言い方しかできませんからね。何というか……ぼくのフェティッシュですね。ホルステッドさん、あなたは嘘をついています。あなた、ぼくが残したステーキを食べたいんじゃありませんか。事実、誰も見ていなかったら食べるでしょう。わかりきったことですよ。でも、社会的な慣習の手前、あなたは嘘を言ってるんです。あなたは意地汚いと思われたくないし、見ず知らずの人間の唾で汚れたものを食べるような衛生観念のない男だと思われたくないんです」

ホルステッドは眉を寄せた。「立場が反対だとしたら、あなた、どうします?」

「腹が空いてて、もっとステーキが食べたいとしてですか?」

「ええ」

「そうですね。衛生上の理由で食べないかもしれません。でも食べたいと正直に言うでしょうね。嘘っていうのは、たいてい自己防衛本能か、社会的慣習にとらわれている結果ですよ。でも、ぼくに言わせると、嘘っていうのは身を守る手段としてはほとんど無意味ですね。それに、ぼくは社会的慣習なんて、これっぱかりも興味ありませんよ」

ルービンが言った。「あなた、そう言うけどね、嘘は身を守る手段としてなかなか有効だよ。周到であればね。ところが、たいていの場合嘘ってやつは悲しいかなそこまではいかないんだ」

「最近は『わが闘争』かなにか読んでるのか?」ゴンザロが言った。

ルービンは眉を吊り上げた。「きみはヒトラーが大嘘つきのはじめだとでも思っているのか? ナポレオン三世だって、ジュリアス・シーザーだって皆同じだぞ。シーザーの『ガリア戦記』を読んだことがあるか?」

ヘンリーはラムに浸《ひた》した干しぶどう入りのケーキを運び、そっとコーヒーを注いで回った。

アヴァロンが言った。「そろそろゲストの話を聞こうか」

ゴンザロは言った。「当夜のホストとしてまた座長として、わたしは尋問を省略したいと思う。当夜のゲストは悩み事を抱えているということなので、それをわれわれに聞かせてくれるように、わたしからお願いしよう」彼はメニュー・カードの裏にさらさらとサンドの似顔を描いた。痩せこけた、悲しげな顔はブラッドハウンドのように誇張されて描かれていた。

サンドは咳払いした。「この部屋で話されたことは一切秘密だと聞いていますが、その……」

トランブルはサンドの視線を辿って眉をひそめた。「ヘンリーなら心配ないですよ。ヘンリーはわれわれよりもよっぽど信用できる。疑いたければ他の連中を疑いなさい」

「恐れ入ります」ヘンリーはブランデーのグラスをサイドボードに並べながら静かに言った。

サンドは言った。「実はですね、ぼくは犯罪の嫌疑をかけられてるんです」

「どんな性質の犯罪ですか?」トランブルがすかさず尋ねた。いつもならゲスト尋問の先陣をたまわるべきところだった。彼の目には、尋問の機会を断じて逃すまいとする者の執念が宿っていた。

「盗みです」サンドは言った。「会社の金庫から、なにがしかの現金と流通証券が失くなったんです。ぼくは金庫の番号を知っている何人かの一人です。それに、ぼくには誰にも見られずに金庫に近づく機会がありました。動機もあるんです。競馬ですってしまって、えらく金に困っていましたから。そんなわけで、状況はどうもぼくに不利なんです」

ゴンザロが身を乗り出した。「しかし、彼はやってない。そこが問題なんだ。彼はやってない」

アヴァロンは半分空けて、もうそれ以上は口をつけることのないグラスを回しながら言った。「ここはひとつ、原則を通してサンドさんに一応の話をしてもらってはどうかね」

「ああ」トランブルが言った。「きみはどうして、彼がやってないと言えるんだね、マリオ?」

「だから言ってるだろう。彼は自分じゃないと言ってるんだ」ゴンザロは言った。「それで充分じゃないか。そりゃあ、法廷では通用しないかもしれないさ。でも、わたしを含めて、彼を知ってる者にとってはそれで充分なんだ。彼はこれまでにも、自分に不利なことだって正々堂々と認めているんだし……」

「わたしの口から訊かせてもらってもいいかね？」トランブルは言った。「あなたは、それを盗みましたか、サンドさん？」

サンドはいずまいを正し、青い目で男たちの顔を順ぐりに見渡してから言った。「皆さん、ぼくは本当のことを言ってるんです。ぼくは、現金もしくは証券を盗《と》ってはいません。ぼくがそう言うだけで、証拠はありません。でも、ぼくを知っている人なら、ぼくの言葉を信じてくれるはずです」

ホルステッドは疑惑をふり払おうとするかのように顔をこすり上げて言った。「サンドさん。あなたはかなり責任のある地位におられるようですね。会社の資産の入っている金庫に近づける立場なんでしょう。そういう責任のある立場にありながら、あなたは競馬をやるんですか」

「競馬をやる人は大勢いますよ」

「で、負ける」

「負けようと思ってやりはしませんよ」

「しかし、仕事をしくじる心配はありませんか？」

「ぼくは恵まれていましてね、叔父に雇われてるんですよ。叔父はぼくの弱味を知っています。

でも、ぼくが嘘を言わないことも知ってるんです。叔父はぼくが盗みを働く手段を持っていたし、その機会もあったことを知っています。ぼくが借金してることも知ってました。それに、最近ぼくが競馬で負けた分の借金を返したことも知ってます。それはぼくが自分で話しましたから。状況証拠はぼくにとってきわめて不利です。でも、叔父に直接盗難のことを訊かれて、ぼくは今皆さんにお話ししたとおり、同じように答えました。ぼくは、現金もしくは証券を盗ってはいません。叔父はぼくを知っていますから、信じてくれました」

「借金はどうやって払ったんです？」アヴァロンが尋ねた。

「大穴を当てたんですよ。たまにはそういうこともあるんです。それは、盗難が発見される少し前でした。で、ぼくはノミ屋に借りを返したんです。これも嘘じゃありません。叔父にもちゃんとそう話しました」

「じゃあ、動機はないじゃないか」ゴンザロが言った。

「そうは言えません。盗難があったのは、発見前の二週間のあいだと考えられるんですから。その二週間、誰も金庫の、その抽斗《ひきだし》を見ていないんですよ。もちろん、犯人は別としてですが。盗んだ後でぼくの買った馬がきて、盗みの必要はなくなったけれども、もう後の祭りだった、と言われても仕方がないんです」

「あるいは、こうも考えられる」ホルステッドが言った。「あなたはその馬を当てるために、大量に馬券を買う目的で金を盗った」

「そんなに買いませんでしたよ。それに、元手なら他から調達します。ええ、でも確かにそういう筋も成立ちますね」

トランブルが口を挟んだ。「しかし、あなたはそのことで馘《くび》になったりはしなかったんでしょう。そうですね。それに、叔父上もあなたを告発しようとはなさらない。そうでしょう。……叔父上は警察へは全然連絡なさらなかったんですか?」

「していません。その程度の被害なら何とか吸収できますし、叔父は警察がぼくを犯人に仕立て上げるに違いないと思ってるんです。叔父はぼくが嘘を言ってないことはわかっているんですよ」

「ならいったい何が問題なんです?」

「つまりですね、盗むことができた者は他にいないってことなんです。叔父は、ぼくが盗ったとしか説明がつかないと思っています。ぼく自身が考えてもそうです。他に説明がつかない限り、どうしてもわだかまりが残ります。叔父はぼくを疑ってるわけですから。この先、叔父はぼくからひと時も目をはなそうとしないでしょう。ぼくの言うことをなかなか信じようとしなくなるでしょう。馘にこそならないけれども、ぼくはこの先昇進の望みも絶たれるでしょう。居心地が悪くて会社を辞めざるを得なくなるかもしれません。会社にいたとしても、もう叔父が全面的にうしろ楯になってくれることは期待できません。あの叔父に見放されたら、ぼくは破滅です」

ルービンが眉を寄せて言った。「それでここへ来たというわけですね、サンドさん。われわれがミステリを解くという話をゴンザロに聞いて、誰が盗みを働いたか、ぼくたちに考えてほしいということですね」

サンドは肩をすくめた。「それはどうでしょうか。ぼくは皆さんに、充分手がかりになるような話をできるかどうかだって自信がありませんからね。でも、皆さんが、こういうこともあり得るという話をしてくださったら、仮にそれが奇想天外だったとしても、ずいぶん助かると思います。叔父のところへ行って、『ねえ、こういうことも考えられるんじゃない？』って話せれば、確証がなくても、盗られたものが出なくても、少なくともぼくだけが疑われることはなくなるでしょうからね。叔父のほうでも、ぼくが犯人じゃないかっていうもやもやした気持にいつまでも悩まされずに済むと思います」

「そう」アヴァロンが言った。「少し論理的に考えてみようじゃないか。叔父上の会社で働いている他の人たちはどうですか？　えらく金に困っているような人はいませんでしたか？」

サンドはかぶりをふった。「逮捕される危険を冒すほどですか？　さあ、どうですかね。そりゃあ、借金している者がいたかもしれません。あるいは強請《ゆす》られているとか、欲に駆られたとか、ただその場の出来心なんてこともあったかもしれません。ぼくが刑事で、彼らにいろいろ聴いてまわるとか、記録を調べるとか、とにかく捜査の真似事でもできればいいですがね。でも、現実には……」

「それはそうだ」アヴァロンが言った。「わたしらにもそれはできませんよ。……ところで、あなたには手段も動機もあった。ほかにそういう人はいませんでしたか？」

「ぼくよりもたやすく金庫に近づくことのできた人間が少なくとも三人はいました。でも、その三人は金庫の番号を知りません。金庫は破られたんじゃなくて、ちゃんと番号を合わせて開けられたんです。これは間違いありません。叔父とぼくのほかに、番号を知ってるのは二人です。でも、そのうちの一人はちょうど問題の時期、入院中でしたし、もう一人は年寄りで会社には長い、信用のおける男です。彼を疑うなんて、思いもよりません」

「ははあ」マリオ・ゴンザロが言った。「その男が怪しいな」

「きみはアガサ・クリスティの読みすぎだよ」ルービンがすかさず言った。「現実にはだね、記録されている犯罪のほとんどの場合、もっとも怪しい人間がまず間違いなく犯人なのさ」

「そんなことはこの際問題じゃない」ホルステッドが言った。「それに、あんまり意味がないね。今必要なのは、純粋に論理的な推理だよ。サンドさんに、会社の人間一人一人について残らず知っていることを話してもらってはどうかね。その上で、手段や動機あるいは機会のあった人物を一人割り出してみようじゃないか」

「何を言ってるんだ、きみは」トランブルが言った。「誰が犯人は一人だと言った？　そうだろう。ある男が入院している。見かけたヤマがある。世の中には電話というものがある。そこで、共犯者に電話で金庫の番号を教える」

「わかったよ、わかったよ」ホルステッドが苛立って言った。「あらゆる可能性を考えてみなきゃあならないんだ。そうするうちにはほかよりも説得力のある推理も出てくるかもしれない。とにかく、考えられる限りの可能性を洗い出した上で、サンドさんがもっとも妥当だと思う話を叔父上に……」

「ひと言、よろしゅうございますか?」ヘンリーがやけに早口で、日頃の控え目な話しぶりとは打って変わった高い声で言った。男たちはいっせいに彼をふり返った。

ヘンリーは穏やかな口調に戻って言った。「わたくしは〈ブラック・ウィドワーズ〉のメンバーではございませんが……」

「どうしてどうして」ルービンが言った。「きみは立派な〈ブラック・ウィドワー〉じゃないか。それどころかきみはこの会はじまって以来、唯一の皆勤者だよ」

「それでは申し上げますが、皆さま、もしどのような結論が出たといたしましても、それをサンドさまが叔父上にお伝えなさいますと、この部屋で話されたことを他所《よそ》へお洩らしになることになってしまいます」

ぎごちない沈黙がわだかまった。ホルステッドが言った。「無実の人間の生涯を駄目にしないためにも、ここはひとつ……」

ヘンリーは静かに首を横にふった。「しかし、他の何人かの方にも疑いが及ぶことになります。その方たちも、無実であるかもしれません」

アヴァロンが言った。「ヘンリーの言うことには一理ある。どうやら出口なしだね」

「ただし」ヘンリーは言った。「外部の方を巻き添えにするようなことにはならずに、この会としては満足すべき、断定的な結論が出るならば話は別でございます」

「ヘンリー。きみは何か心当たりがあるな?」トランブルが言った。

「実を申しますと……わたくし、ゴンザロさまがお食事の前におっしゃいました、決して嘘を言わない方とは、どんなお方かと大変興味がございました」

「今さら何を言うんだ、ヘンリー」ルービンが言った。「きみ自身、病的な正直者じゃないか。自分でもわかってるだろうが。これはもう動かし難いことなんだ」

「あるいはそうかもしれません」ヘンリーは言った。「しかし、わたくしは嘘を申します」

「きみはサンドを疑ってるのか？　彼が嘘をついてるって言うのか？」ルービンが言った。

「はっきりと言っておきますがね……」サンドは気色ばんで口を開いた。

「いえ」ヘンリーは言った。「サンドさまのおっしゃることは、何もかもそのとおりだと存じております。サンドさまは、現金もしくは証券をお盗りにはなりませんでした。けれども、理屈から申しますと疑いをかけられてもいたしかたのない立場においでです。経歴に汚点のつくことにもなりかねません。しかし、一方、もし現実に解決には至らないとしましても、それなりに人をうなずかせる別の理屈が見つかるならば、一生を棒にふらずに済むかもしれません。ところが、ご自分では、筋の通った別の絵解きをお考えになれませんでした。そこで、わたくしどもに何とか絵解きをしてほしいとおっしゃるのです。皆さま、わたくしは、このお話は何もかも本当だと確信いたしております」

サンドはうなずいた。「ああ、それはどうも」

「とは申しながら」ヘンリーは言った。「いったい、本当のこととは何でございましょう？　たとえば、トランブルさま。あなたがいつも決まって遅くおみえになって『死にかけている男にスコッチのソーダ割りを頼む』と大声でおっしゃる例の癖でございますが、わたくしは、あれは、品の悪い蛇足であると存じます。それどころか、近頃ではいささか鼻についた感じがいたします。おそらく、ここにおいでの皆さまも同じお気持ではなかろうかと存じます」

トランブルは満面に朱を注いだ。しかし、ヘンリーはひるまず続けた。「けれども、普段の場合でしたら、あれが嫌いかと訊かれれば、わたくしは嫌いではないとお答え申し上げるだろうと存じます。厳密に申しますと、これは嘘でございます。しかし、わたくしはあのようなたわむれなど問題にはならないほかの理由で、トランブルさまが大好きでございます。ですから、厳密な意味で本当のことを申し上げますと、わたくしはトランブルさまが嫌いだという含みになりまして、実際には大きな偽りになってしまいます。それ故、トランブルさまが好きだという真実を伝えるために、わたくしは嘘を申します」

トランブルは口ごもった。「そんなふうに好かれているというのは、喜ぶべきことかどうか、迷うね、ヘンリー」

ヘンリーは言った。「ホルステッドさまの『イリアス』第一章のリメリックにしてもそうでございます。アヴァロンさまは、いみじくも、英雄の名前はアキッレウスだとご指摘になりました。〝キ〟の音はkhが正確であるともおっしゃったように思います。ところが、ルービンさまは正しい名前はかえって間違いと取られて、せっかくのリメリックの面白さが損なわれてしまうとおっしゃいました。ここでも、本当のことがむしろ妨げとなっているのでございます。「サンドさまは、嘘は自己防衛本能や、あるいは社会的慣習にとらわれた結果であるとおっしゃいました。しかし、自己防衛本能や社会的慣習を、何もかも一緒に頭から否定するわけには参りません。嘘がいけないということになりますと、わたくしどもに代わって本当のことに嘘をつかせなくてはなりません」

ゴンザロが言った。「何を言ってるんだか、さっぱりわからないなあ、ヘンリー」

「いえ、そんなことはございません、ゴンザロさま。言葉を正確に聴く人は稀でございます。文字どおりの真実は、多くの場合、そこに嘘を含んでおります。そのことは、常に周到に文字どおりの真実のみを話す人間が誰よりもよく知っているのではございませんでしょうか？」

サンドの蒼白い顔に心なしか赤味が射したようであった。それとも、ネクタイの赤い色が余計光に映えていたのだろうか。彼は言った。「あんた、何が言いたいの？」

「わたくしは、あなたに一つお尋ねしたいのです、サンドさま。もちろん、皆さまのお許しがあればですが」

「皆が何と言おうと知ったことじゃないね」サンドはヘンリーを睨んで言った。「そんな言い方には、ぼくは答えないかもしれない」

「お答えにならなくても結構です」ヘンリーは言った。「わたくしが言いたいのは、盗みを犯したことを否定なさるたびに、あなたは必ず同じ言葉をお使いになるということです。あなたが決して嘘をおっしゃらないと伺いまして、わたくしは、あなたの言葉を注意深く聴くことにいたしました。あなたはいつも『ぼくは現金もしくは証券を盗っていない』とおっしゃいましたね」

「だって、それは本当なんだ」サンドは大声を上げた。

「それはわかっております。本当でなければそうはおっしゃらないでしょう」ヘンリーは言った。「そこで一つお尋ねしたいのです。あなたは、ひょっとして、現金および証券を盗んだのではありませんか?」

一瞬の沈黙が一座を覆った。ややあって、サンドは立ち上がった。「ぼくはこれで失礼します。さようなら。皆さん、ここでの話は一切他言無用ですから、念のため」

サンドが立ち去ってから、トランブルが言った。「いやあ、おれは何て馬鹿なんだろう」

それに答えてヘンリーは言った。「そうでもございません、トランブルさま。お気を落とされませんように」

"Truth to Tell"

あとがき

この話は〈エラリー・クイーンズ・ミステリ・マガジン〉一九七二年十月号に『嘘をつかない男』の題名で発表された。この題名はどうも間が抜けているような気がするので、ここでは私がつけた元の題名に戻した。

これを書いたのは一九七二年二月十四日である。なぜそれを憶えているかと言うと、私が人並みはずれた記憶力の持ち主だからではなく、（これまでのところ）生涯にたった一度の手術の前日に病院で書いたからである。その日、ダブルデー社の編集者ラリー・アシュミードが病院に見舞に来てくれた。私は原稿を彼に託し、使いの者にそれをＥＱＭＭのオフィスに届けさせるように頼んだ。

いつもなら自分で原稿を届けて、美人のエリナをからかうのだが（陽気な部長秘書コンスタンス・ディリエンゾと話をするのはもちろんのこと）、入院中でそれができないということづても併せて頼んだ。

もちろん、ラリーは私の頼みを聞いてくれた。私は病院で手術後の回復を待っている間に、原稿が採用になったという知らせを聞いた。以来私は（他にすることもない時には）この作品が惨めな有様の私に対する同情から採用になったのではなかろうかと思い悩んだが、どうやらそうでもなさそうだ。ダットン社から出た年間最優秀ミステリ選集に入ったから、まあ満足していいと思う。

そう言えば、この作品が本書の中でもっとも短いのも入院のためである。医者が口にくわえていたメスを手に取り、白衣の腿のあたりでごしごし砥いで仕事にかかる前に書き上げなくてはならなかったのだ。

4　行け、小さき書物よ

「女房のやつ」イマニュエル・ルービンはまばらな顎鬚を怒りにふるわせて言った。「また牛を買ってきやがったよ」

女の話、とりわけ女房どもの話は、いみじくも〈黒後家蜘蛛の会《ブラック・ウイドワーズ》〉と名づけられた女人禁制の集まりにおいては断じてご法度《はっと》とされていた。しかし、習慣が哀れな最後を辿るのは世のならいである。当夜のゲストの似顔を描きながらゴンザロは言った。「きみのミニ・アパートにかい？」

「ぼくのアパートは申し分ない広さがあるよ」ルービンはかっとして言った。「ただ、小さく見えるだけさ。それだって、女房のやつが木彫りだの焼きものだの、タイルだのブロンズだのフェルトだのの牛をごたごた並べなきゃああれほど狭い感じはしないんだ。胴の直径が一フィートから一インチまで、とにかく数えきれないくらいだからね。壁と言わず棚と言わず、やたらに飾りやがる。床は足の踏み場もありゃしない。天井からもぶら下がってるんだからねえ……」

アヴァロンはゆっくりとグラスを回しながら、見上げるような高みから言った。「男の精力のシンボルに対する願望だな、それは」

「ぼくという亭主がいてかい？」ルービンは言った。

「きみが亭主だからさ」ゴンザロは〈ブラック・ウィドワーズ〉の給仕を務めてもう何年にもなる、彼抜きではじまらないヘンリーから飲物を受け取り、ルービンの猛反撃をかわして急いで自分の席に戻った。

テーブルを隔てた向かい側で、ジェイムズ・ドレイクはロジャー・ホルステッドをつかまえて「A、B……」と言い、それきり口をつぐんだ。

「何？」ホルステッドが眉を高々と持ち上げると、広く白い額は赤味を帯びて皺になった。

「いつまで経ってもCがない、すなわち、Long time no C《ひさしぶりだなあ》 (see)」ドレイクはそう言って自分の煙草にむせた。彼はよく自分の煙草にむせる。

ホルステッドは苦笑した。「この次はもっと長くなるぞ。先月はわたしは出たのに、きみは出てこなかったね」

「家庭の事情さ」ドレイクはそっけなく言った。「何でもきみは、『イリアス』をリメリックに書き直してるんだそうだね？」

「一章一編でね」ホルステッドは得意満面に答えた。「『オデュッセイア』もだよ」

「ジェフ・アヴァロンがわたしの顔を見ていきなり第一章のリメリックってやつを聞かせてくれたよ」

「第二章もできた。聞かせようか？」

「いや、結構」ドレイクは言った。

「こういうんだ――
〝アガメムノンの夢の一計功薄し
須臾《しゅゆ》にして麾下《きか》の将兵意気低し
罵詈《ばり》讒謗《ざんぼう》はテルシテス
諫言《かんげん》するはオデュセウス
さあお立合いギリシャの軍勢の船づくし〟」
ドレイクはつまらなそうな顔で聞いていた。「最後の一行は字余りだな」
「これはしようがないんだ」ホルステッドはいつになく気色ばんで言った。「第二章をやるには、船づくしに触れないわけにはいかないだろう。ところが、それだとアクセントのない音節が三つ続いてしまう。だから、アポストロフィを使って音節を一つ落としたんだ。そうすれば十五脚が全部短短長格《アナペスト》で揃う」
ドレイクは首を横にふった。「純粋主義者は満足すまいね」
トーマス・トランブルが険悪に顔を歪めて言った。「わかってるだろうな、ヘンリー。わたしはきょうはちゃんと早く来たよ、ホストじゃあないのに」
「承知いたしております、トランブルさま」ヘンリーは上品な笑顔を見せて言った。
「このあいだわたしのことをあんなふうに言ったからには、せめて、皆の前ではっきりと認めてもらいたいね」
「認めておりますとも。でも、あまり大袈裟にいたしませんほうがよろしゅうございます。大袈裟にいたしますと、遅刻なさらないために大層ご苦労をなさっておいでのように受け取れます。それでは、皆さまが、次からまた遅くみえるだろうとお思いになってしまいます。さりげなくいたしておりますなら、あなたが早くおみえになれるのは当然のことのようになりましょう。そういたしますと、次からは気兼ねなく、早目においでになれるわけでございます」

「スコッチのソーダ割りを頼むよ、ヘンリー。それから、そういう持って回った言い方は願い下げにしてもらいたいね」

実際には、その夜のホストはルービンだった。ゲストは彼の作品を扱っている編集者の一人で、つやつやとした頬の丸顔に人の好さそうな笑いを浮かべていた。名前はロナルド・クラインといった。

大方のゲストと同様、彼はテーブルをめぐる言葉のメリーゴーラウンドにうまく乗れずにいた。やがて彼は顔見知りの相手に狙いを定めて切り出した。

「マニー」彼は言った。「ジェーンがまた牛を買ったって?」

「そうなんだよ」ルービンは答えた。「本当は雌牛だと思うんだがね、三日月の上に坐ってるから。しかし、何とも言えないよ。ああいうのを作ってる連中は、解剖学的な細部の表現なんてめったに注意しないんだからね」

職人のような態度仕種《しぐさ》でナイフとフォークを操りながら子牛の料理を切り刻んでいたアヴァロンがその手を休めて言った。「蒐集熱というのは、余裕のある人間がほとんど例外なくとりつかれるものらしいね。蒐集にはいろいろな面白さがある。研究の喜び、獲得の陶酔、鑑賞の楽しみ。どんなものにもそれはあるね。わたし自身、切手を集めているよ」

「切手集めなんていうのは」ルービンはすかさず言った。「まさに最低だよ。何しろわざとらしいからねえ。猫の額みたいな小さな国がさ、金儲けのために変わった切手を出すんだ。図柄の間違いだの、印刷のずれなんぞが架空の値打ちを生む。業者と資本家が何もかも一手に取り仕切っている。何かを蒐集するんなら、それ自体何の価値もないものを集めるべきだよ」

ゴンザロが言った。「わたしの友だちに、自分の本を集めてるのがいるよ。今までに百八十冊ばかり本を出してるんだが、そいつは、あらゆる版を残らず集めているんだよ。重版改訂版はもとより、アメリカ版、外国版、ハードカバー、ペーパーバック、ブッククラブ版、縮刷版にいたるまで全部さ。部屋じゅう自分の本で埋まってる。自分の作品の完全なコレクションを持っているのは世界でもおれ一人だと威張ってるよ。いつかそのコレクションに途方もない価値が出るようになるなんて言ってる」

「死んでからな」ドレイクがそっけなく言った。

「そいつは死んだふりをする気だよ、きっと。で、そのコレクションを億万長者に売りつけて、それから生き返って別の名前でまた本を書くつもりなんだ」

ここに至ってクラインは今一度メリーゴーラウンドに飛び乗ることを試みた。「昨日、ある人に会いましてね」彼は言った。「その人はマッチブックを集めてるんです」

「わたしも、子供の頃マッチブックを集めたことがありますよ」ゴンザロが言った。「よく歩道の縁や路地裏を捜して歩いたもんだ……」

黙々として食べていたトランブルが、いきなり頓狂な声を発した。「いい加減にしないか、きみたちの下らないおしゃべりは。ゲストが何か話そうとしているんじゃないか。ああ……クライン、さん。今、何とおっしゃいました？」

クラインはきょとんとした。「昨日、マッチブックを集めてる人に会った、と言いましたが」

「マッチブックは面白いかもしれないねえ」ホルステッドが嬉しそうに言った。「もし……」

「うるさい」トランブルは怒鳴った。「わたしはその話を聞きたいんだ」彼は皺の刻まれたブロンズのような顔をクラインに向けた。「名前は何といいますか？　そのコレクターの」

「それがその、はっきりとは憶えていないんです」クラインは言った。「昼食の席で一緒になったんですがね。それが初対面でして。テーブルには六人いました。で、その人がマッチブックの話をしたんです。いやそれがね、最初わたしは頭がおかしいんじゃないかと思いました。ところが、その人の話が終わる頃には、わたしも集めてみようっていう気持になっていましたよ」

「灰色のもみあげがある男じゃありませんでしたか？　赤いものが混じった」トランブルが尋ねた。

「ええ、ええ、そういえばそうでした。ご存じですか？」

「んー」トランブルは言った。「おい、マニー。きみが当夜のホストであることは承知しているよ。わたしはきみの特権を犯したくはないんだが……」

「ないんだが、しかし犯す。ということかね？」ルービンは言った。

「いや、違う。そうじゃないんだ」トランブルは激して言った。「わたしはきみの許可を求めているんだよ。わたしは当夜のゲストに、昨日そのマッチブック蒐集家と一緒だったという昼食の時のことを残らず聞かせてもらいたいんだ」

ルービンは言った。「つまり、尋問は抜きにしてということかい？　いつから尋問の仕来りは破られたんだ？」

「重大なことかもしれないんだ」

ルービンは不服の表情でやや考えてから言った。「よかろう。ただし、デザートが済んでからだ……きょうのデザートは何だ、ヘンリー？」

「ザバリオーネでございます。今晩のイタリアふうの料理に合わせまして」

「カロリー、カロリー」アヴァロンが低く呻いた。

ホルステッドはコーヒーに砂糖を入れ、スプーンを鳴らしてかきまぜた。うまいコーヒーに何かを入れて飲むやつは野蛮人だというルービンのご託宣を彼は軽く聞き流した。彼は言った。「それじゃあトムに花を持たせて、われらがゲストにマッチブックの話をしていただこうか？」

クラインはテーブルを見回して照れたように笑った。「お話しするのはいいんですが、皆さん興味がおありかどうか……」

「わたしは興味がありますよ」トランブルが言った。

「わかりました。お話ししましょう。実を言いますと、きっかけになったのはかく申すわたしなんです。場所は五十三丁目の《コック・アンド・ブル》でした……」

「ジェーンのやつが一度どうしてもあの店に行こうと言ってね。名前が雄鶏と雄牛だから」ルービンが言った。「大した店じゃない」

トランブルは言った。「絞め殺すぞ、マニー。何だってまたきょうは奥さんの話ばっかりするんだ？　奥さんが恋しけりゃあ、さっさと帰れよ」

「誰だろうと、人に女房を恋しがらせることができるのは、トム、あんたぐらいのもんだろうね」

「どうぞ、先を続けてください、クラインさん」トランブルは言った。

クラインは再び語りだした。「はい。さっきも言いましたように、きっかけはわたしでした。メニューが来るのを待ってる時、煙草をつけたんですよ。ところが、どうも具合の悪い気持がしましてね。どういうわけでしょう、最近食事の時に煙草を喫う人が少なくなりましたね。たとえば、今この席でも煙草を喫ってらっしゃるのはドレイクさんだけです。ドレイクさんはあまり気になっていらっしゃらないようですが……」

「一向に」ドレイクは低く言った。

「でも、わたしは気になりましてね。で、ほんの二口か三口で消してしまいました。それがどうも恥ずかしいような気がして、わたしは煙草をつけたマッチブックをいじくりまわしました。どこのレストランでもテーブルに出てるやつです」

「店の宣伝用のやつですな、はあ」ドレイクが言った。

「すると、その人が……ああ、思い出しました。オティウェルです。ファースト・ネームは存じません」

「フレデリック」トランブルが案の定といった調子で不機嫌らしく言った。

「やっぱりご存じなんですね」

「知っています。まあ、ともかく先をどうぞ」

「わたしはマッチブックをひねくりまわしていました。すると、オティウェルが手を出して、見せてくれと言うんです。わたしはマッチを渡しました。彼はそれを見て、こんなようなことを言いました。『ちょっと面白いね。デザインはとりたてて独創的でもないけれど。ぼくのところにもこれはある』とまあ、そんな意味のことでした。はっきりと言葉は憶えていませんがね」

ホルステッドが考え深げに言った。「そこのところが面白いですな、クラインさん。少なくとも、あなたは相手の言葉を正確に憶えていないということをご自分で知っていらっしゃる。一人称で書かれた小説を読むと、語り手は必ず、他人の言葉をそっくりそのまま、順序まで正確に記憶しています。わたしには、どうもあれが信用できません」

「便宜上の問題さ」アヴァロンはコーヒーを啜《すす》って真顔で言った。「しかし、わたしも三人称のほうがいいと思うね。一人称で書くと、主人公は死ぬ目に遭《あ》うような危険を潜り抜けたことがはじめからわかってしまう……」

「ぼくも一度一人称小説を書いたことがあるよ」ルービンが言った。「その小説では、主人公が死ぬんだ」

「ウェスタン・ソングの『エルパソ』だってそうだ」ゴンザロが言った。

「そういえば、『アクロイ――』」アヴァロンが言いかけた。

トランブルは立ち上がってどんとテーブルを叩いた。「いい加減にしないか、きみたち。今度余計な口をきいたやつは殺してやる。これは重大な話だって言ってるのがわからないのか？

……どうぞ、クラインさん」

クラインは少なからず狼狽していた。「わたし自身、それほど重大だとは思えないんですがね、トランブルさん。土台、大して話すこともないんですから。オティウェルは皆に向かってマッチブックの講釈をはじめました。なるほど、凝ってる人間にとっては、いろいろなことがあるもんですねえ。値打ちになる要素がそりゃあいろいろとあるんですよ。きれいだとか、珍しいとかだけじゃなくて、使われていないか、側薬に擦った跡が残っていないかなんていうことも問題になるんだそうです。デザインの種類とか、側薬の塗ってある位置とか、印刷の様式や質、カバーの裏に何か書いてあるか、それとも何もないかとか、とにかくいろんなことを話してくれました。よくまあそれだけのことがマッチブック一つにあるものだと思うほど、延々と聞かされましたよ。話っていうのはそれだけです。ただ、オティウェルの話はとても面白くて、さっきも言いましたが、わたしは夢中になりました」

「コレクションを披露するから家へ来いと言いませんでしたか？」

「いいえ、言いませんでした」クラインは答えた。

「わたしは行きましたよ」トランブルは言った。そして彼はそう言ったことを深く後悔する様子で椅子の背に低く凭《もた》れた。

沈黙があたりを覆った。ヘンリーが小さなブランデー・グラスを配りはじめると、アヴァロンはやや躊躇《ため》らいがちに言った。「殺してやるとまで威されたからには、トム、そのコレクターの家の様子を聞かせてもらわなくてはなるまいね」

トランブルは遠い意識の底から浮かび上がったように我に返った。「え？　ああ……それが、奇怪なところでね。あの男は子供のころからマッチブックを集めているんだ。わたしが聞いた話では、彼もゴンザロと同じで、最初は歩道の縁や路地裏で拾い集めたんだそうだ。そのうちにだんだん病みつきになった。

「彼は独身でね。何も仕事をしていない。働く必要がないんだ。なにがしか遺産を相続してね、そいつを抜け目なく運用している。だから、彼は、ひたすらやくざなマッチブックのために生きているのさ。彼の家はマッチブックのためにあるようなもので、彼は管理人としてマッチブックに雇われているんだ。

「特に珍品は壁に飾ってある。額に入れてだよ。家じゅう、フォルダーだのケースだのでいっぱいさ。地下室は全部整理用のキャビネットに占領されていてね、種類別、アルファベット順に分類されているんだよ。世界じゅうでどれだけたくさんのマッチブックが作られているか、ちょっと信じられないくらいだね。図柄も多いが、特徴というか個性というか、これがまたびっくりするほどいろいろだ。それをあの男は全部集めているんだ。

「マッチがたった二本しかないちっぽけなやつがあるかと思うと、腕の長さほどもある百五十本入りなんていうのもある。軸がビール瓶の形になってるのやら、野球のバットやボウリングのピンの形をしたやつもある。どこにも何も印刷してないのもあれば、内側に楽譜が書いてあるのもある。あるフォルダーなんかは、全部ポルノグラフィのマッチブックだった」

「そいつは是非見たいね」ゴンザロが言った。

「何でまた？」トランブルは言った。「きょうびどこでも見られるようなものでしかないよ。ただ、マッチブックだから、燃やして処分するには便利だがね」

「そいつは検閲官の感覚だ」ゴンザロは言った。

「わたしは実物のほうがいい」トランブルは言った。

「あんたにも、かつてはそんな時代があったかもしれないね」ゴンザロが言い返した。

「どういうつもりだ、きみは？　言葉のピンポンをしようっていうのか？　今は真面目な話をしてるところなんだぞ」

「たかがマッチブックの話がなぜそう深刻なのかね？」ゴンザロは切り込んだ。

「それをこれから話す」トランブルはテーブルをひと渡り見回した。「いいかね、わからず屋諸君、ここで話されたことは、絶対に他言無用だぞ」

「言われるまでもないよ」アヴァロンがそっけなく言った。「忘れてる者がいたとしたら、それはきみだ。そうでなければ、何もわたしらに断わる必要はないはずじゃあないか」

「クラインさんにもそのことを……」

ルービンがたちまち彼を遮った。「クライン氏はちゃんとわかってる。この部屋で話されたことは、いかなる状況においても他で口にしてはならないことを、よく承知しているよ。それはぼくが保証する」

「ようし、いいだろう」トランブルは言った。「許される範囲で、最小限度のことを話そう。断わっておくがね、クライン氏が昨日の昼食のことを話さなかったら、わたしは決してこんな話はしなかったはずなんだ。ただ、ちょっと気になってね。もう、何か月も前から頭を悩ましていることなんだ。いや、実際には、一年以上になるね。で、たまたまこの話が出て……」

「おい」ドレイクが冷ややかに言った。「さっさと話すか、さもなきゃあ話は止しにするか、どっちかにしてくれ」

トランブルはむっとした様子で目をこすった。「情報が洩れているんだ」

「何の？　どこで？」ゴンザロが尋ねた。

「そんなことはどうでもいい。わたしは何も、政府のとは言ってない。外国の諜報部員がからんでいるとも言ってない。そうだろう。もしかすると、産業スパイかもしれない。あるいは、ニューヨーク・メッツの投球サインを盗もうというのかもしれない。それとも、先々月だったか、ドレイクの話にあったような試験のカンニングかもしれない。とにかく、情報漏洩《ろうえい》とだけ言っておこう。いいね？」

「わかった」ルービンが言った。「で、誰が関係してるんだ？　その、オティウェルって男か？」

「まず間違いない」

「だったら、しょっぴきゃあいいじゃないか」

トランブルは言った。「証拠がないんだ。われわれとしては、情報が彼に渡らないように努力するしかない。とはいうものの、それも、われわれとしてはしたくないんだ……全面的には」

「どうして？」

「つまりだね、問題は何者かではなくて、彼がどうやってそれをやってのけるか、ということなんだ。方法を知らずに彼を逮捕すれば、誰かが彼の代わりを引受ける。誰しも、金には弱いからね。われわれが知りたいのは連中の手口、モードゥス・オペランディなんだよ」

「で、いくらか見当はついているのかね？」ホルステッドがゆっくりと目をしばたたきながら尋ねた。

「マッチブックさ。他に考えられるかね？　マッチブックでしかあり得ない。これまでの調べで、漏洩源がオティウェルであることは確実だ。ところが、そのオティウェルはマッチブックを蒐集している変人だ。きっと関係があるに違いない」

「つまり、彼はそのためにマッチブックを集めだしたという……」

「いや、コレクションは前からずっとやっていたんだ。その点は疑問の余地がない。彼のコレクションは三十年の蓄積があるんだよ。ところが、それだけのコレクションを持っている彼が、情報を売って儲ける連中に雇われたとすればだね、当然、彼はマッチブックを使う方法を編み出すだろうじゃないか」

「どんな方法かね？」ルービンが短気に口を挟んだ。

「だから、それがわからんのだよ。しかし、マッチブックであることはまず間違いない。考えてみれば、マッチブックは情報伝達にはお誂《あつら》え向きだ。マッチブックには、もともと何らかのメッセージが印刷されている。適当なものを選べば何も細工を加える必要がない。たとえば、あなたが昨日行かれたレストランですがね、クラインさん。《コック・アンド・ブル》ですか。マッチブックの表には、当然、《コック・アンド・ブル》と書いてあるでしょう」

「そうでしょうね。注意して見ませんでしたけれども」

「書いてあるはずですよ。ですから、たとえば前のメッセージを取り消したい場合にですよ、そのマッチ、ないしは蓋のところだけをちぎって封筒に入れて送ったら、どうです？　前の話は《コック・アンド・ブル・ストーリー》（でたらめな話）だ、ということにはなりませんか？」

ゴンザロが言った。「そいつはまったくのでたら……ごめんよ、マニー。きみに当てつけを言う心算《つもり》じゃあぜんぜんないんだ。しかし、トム、マッチブックはもちろんのこと、マッチブックの蓋なんぞ送ったら、それはわたしですと言ってるようなものじゃないか。目立つことをすればたちまちばれちまう」

「マッチブックを送る正当な理由があればそうは言えない」

「たとえば？」

「蒐集狂が皆やってることとさ。文通して、コレクションを交換するだろう。マッチブックをやりとりするんだ。動物のマッチブックを専門に集めてるやつは《コック・アンド・ブル》のマッチを自分のコレクションに加えたいと思うだろう。そいつはそいつで、裸の女のマッチを、その種のコレクションを専門にしている誰かに送ったりする」

「で、オティウェルもマッチブックを交換してるのかね？」アヴァロンが尋ねた。

「もちろんだとも」

「そこまでわかっていて、その男が何を送ってるか調べたこともないのか？」

トランブルの顔を軽蔑の色が横切った。「調べたとも。何度も調べた。彼の郵便を抜き取って、隅から隅まで細かく調べて、また封をして送るのさ」

「そうやって」ルービンはあらぬほうを眺めて言った。「合衆国の郵便制度を犯しているわけだ。ニューヨーク・メッツの投球のサインを盗むなんていう程度の話なら、まあ大した問題じゃあないがね」

「ええ、馬鹿なことを言いなさんな」トランブルは言った。「これはきわめて特殊な場合なんだから、マニー、ほんの十五分ばかりピントはずれなことは言わずにいてほしいね。知ってのとおり、わたしの専門は暗号だ。政府から相談を受けるし、政府内部には知り合いもいる。当然、彼らはこの問題に関心を寄せているんだ。メッセージが垣根越しのゴシップの類だったとしても、政府は見過ごしにはしないだろう。いや、わたしは何も、それ以上に重要な情報だと言っているわけではないよ」

「なぜ？」ルービンは言った。「アメリカの全体主義もそこまでいったかね？」

「そうむずかしく考えることはないんだよ。情報が何であれ、その伝達手段が解明されないとなると、これはきわめて危険なんだ。それが有効な手段であって、どうでもいいことを伝えるのに使われているとすればだね、いつ何時《なんどき》それが決定的に重要な情報伝達に利用されないとも限らない。政府は監視の目が届かないところで、それがどんな方法であれ、解明されぬままに情報手段を放置しておくわけにはいかない。こう説明すればきみにも納得がいくのではないかね」

「わかったよ」ドレイクが言った。「そこで、あんた方はオティウェルの郵便を開封して中身のマッチブックを調べた。で、何がわかったね?」

「何もわからん」トランブルは低く呻いた。「どうついても何も出てこないんだ。蓋に印刷されている宣伝文だの絵だのを細かく分析してみたがね。何の意味もなさないんだよ」

「たとえば、宣伝文句の頭文字が何か言葉の綴りになっているかとか、そんなことを調べたわけですか?」クラインが関心を示して尋ねた。

「六つの子供が出した手紙なら、そう、そういうこともしたでしょう。いや、この場合は、もっと手の込んだところで、いろいろと調べたんですよ。しかし、何も出てはこなかった」

「すると何だな」アヴァロンが緩慢な口調で言った。「その男が郵送したマッチブックを全部調べて、印刷された文句からは何もわからなかったとなると、……そいつは陽動作戦かもしれないな」

「マッチブックは全然関係ないんじゃないかってことか?」

「そのとおり」アヴァロンは言った。「まんまと敵の術中に嵌《はま》っているんじゃあないかねえ。

その人はいつもそうやってマッチブックを扱っている。根っからのコレクターだ。だから、自分のコレクションを、あらゆる機会を捉えて人に見せびらかそうとしているのかもしれないじゃあないか。見たいという人間には誰にでも見せるだろう……きみは、どうやってその人のコレクションを見たのかね、トム？」

「見せてやるから来いと言ったのさ。こっちはかなり取り入ったからね」

「それに応じたわけだな、その男は」ルービンが言った。「そいつがどうなろうと当然の報いだな。ぼくに取り入ったりしないでくれよ、トム」

「こっちのほうから願い下げだ……いや、ジェフ、あんたの言う意味はわかるよ。彼は昨日もクライン氏にマッチブックの話をしている。誰にでも話すんだ。クイーンズ区まで足を運ぼうって人間になら、誰にだってコレクションを披露するだろうよ。それで、クライン氏に見にこいと言ったかどうか訊いたんだ。そうやってべらべらしゃべるし、自己顕示欲も強い。得々として自分のコレクションを人に見せる。だから、マッチブックなどはまったく関係のない別の方法を使っていたとしても驚くには値しない、ときみは言いたいわけだ。そうだな？」

「そのとおり」アヴァロンは言った。

「違う」トランブルは言った。「わたしはそうは思わないね。彼はまさに病膏肓《やまいこうこう》というやつでね。本当に、人生マッチブックの他になしというくらいのものなんだ。現に危ない橋を渡っていながら、敢《あ》えてそんなことをするようなイデオロギーなんぞありはしない。雇われて仕事をしていながら、雇ってる連中に投じているわけじゃあない。国家であれ、企業であれ、あるいは地域的な勢力であれ……わたしはそのどれとも言ってはいないよ。とにかく、彼はそんなものには関心がない。彼の関心はマッチブックにつきるんだよ。彼は自分のすべてであるマッチブックの新しい使い方を編み出した。彼に関する限り、それこそが無上の歓喜なんだ」

「あのねえ」ずっと何やら考えにふけっていたドレイクが顔を上げて言った。「その男は一度にいくつマッチブックを郵送するんだ？」

「それは何とも言えんよ。これまでに抜き取って調べた限りでは最高八つだったがね。それに、そうちょくちょくやるわけじゃあないんだ、実際のところは」

「なるほど。マッチブックいくつかで、果たしてどれだけの情報が送れるものかね？　読んで字の如しといった直接的なメッセージは使いものになるまい。前のメッセージを取り消すのに《コック・アンド・ブル》のマッチを送る程度だったら、何もきみじゃなくたって、わたしの甥っ子だって意味がわかるだろう。おそらく、もっと手が込んでいるに違いないね。たとえばマッチブック一つが一語を表わすとか、あるいはたったの一文字かもしれない。そうだったとして、どのくらいのことが伝えられるものだろうか？」

「かなりのことが伝えられるさ」トランブルは不機嫌に言った。「こういう場合にどれだけ情報が必要だと思ってるんだ、きみは？　百科事典か？　考えてもみたまえ。情報を必要としている人間は、そもそも、すでにほとんどを知っているんだ。その中で、キー・ポイントが抜けている。そこを彼らは知りたがるわけだよ。

「たとえば、第二次世界大戦の頃を思い出してみるといい。ドイツは、アメリカが何かとてつもないことをやっているってことを薄々知っていた。そこへ情報が入ってくる。たった二語、〝原子爆弾〟。ドイツにとって、それ以上何が必要かね？　もちろん、あの頃まだ原子爆弾は存在していなかった。でも、仮にもハイスクールを出たドイツ人なら誰だって、この二語が何を意味するかは理解しただろう。まして、ドイツの科学者なら、ああそうか、ってなもんでわかっちまう。そこへ第二の情報が届く。〝テネシー州オーク・リッジ〟。両方のメッセージを併せたって、文字にしてたかだか二十字だよ。それで世界の歴史は変わったかもしれないんだ」

「じゃあ何かい、そのオティウェルってやつは、そんな情報を運んでるっていうのか？」ゴンザロが感にたえた様子で尋ねた。

「違うったら！　そうじゃないって言ってるだろう」トランブルは苛立って言った。「そういう意味では、彼は取るに足らん存在だよ。そんな大物だったら、わたしがここでこんな話をすると思うかね？　どんなことでも伝えられるから、そういう重大な場合にも利用され得るモードゥス・オペランディだっていう話をしているんだよ。だからこそ、解明しなくてはならないんだ。それに、わたしの沽券《こけん》にもかかわるじゃないか。彼がマッチブックを使っていることはわかっている。しかし、それを証明できないんだからね。わたしがじっとしていられると思うかね？」

ゴンザロは言った。「マッチブックの内側に、あぶり出しかなにかしてあるんじゃあないかね」

「当然、それも調べた。でも、何も出てこなかったよ。あぶり出しだったら、何でマッチブックを使うものかね？　普通の便箋で済むことだし、そのほうが目立たないじゃないか。これは心理学の問題だよ。オティウェルがマッチブックを使うからには、マッチブックでしかできない方法でやっているに違いないんだ。ということは、何らかの形で、すでにマッチブックに書かれているメッセージを利用しているわけだよ」

クラインが発言した。「これまでに彼が郵送したマッチブックのリストがあるはずですね。そのコピーがあれば、ここで皆でそれを見て……」

「わたしにもわからなかった暗号を解こうと言うんですか、え？」トランブルは言った。「コナン・ドイルがシャーロック・ホームズをスコットランド・ヤードと対決させて以来、どうも世間では、専門家は無能だと考える風潮があるようですね。はっきり言っておきますが、わたしにわからないとすれば……」

アヴァロンが言った。「さあて、ここらでそろそろ、ヘンリーの考えを聞こうか」

六十代にして皺一つない顔に関心を示しながらじっと耳を傾けていたヘンリーは微かに笑ってかぶりをふった。

しかし、トランブルは何やら深く考える表情で言った。「ヘンリー。ヘンリーを忘れていたよ。まったくだ、ジェフ。ヘンリーはここでは一番の切れ者だからね。本来ならばこれは賞め言葉のはずなんだが、ほかがどうしようもない低能揃いと来てはねえ。ヘンリー、きみは真面目人間だ。欲に目がくらんだりすることなしに、いんちきを見抜くことができるね。きみはどう思う？　このオティウェルという男が、もしその種の仕事にかかわっているとしたら、彼はマッチブックをまさにマッチブックならではの方法で利用すると思うかね？　それとも、そうは思わないか？」

「そうでございますね、トランブルさま」ヘンリーはいくつか残っていた皿を下げながら言った。「はい、わたくしもそのように存じます」

トランブルはにったり笑った。「さあ、絶対に信用のおける男がこう言っているぞ」

「きみに賛成だから信用できるんだろう」ルービンがまぜかえした。

「厳密に申しますと、そっくり賛成ということではございません、トランブルさま」ヘンリーは言った。

「はあ――ルービンが言った。「今度はどうだ、トム？」

「いつもそう思っているんだがね」トランブルは言った。「きみは黙ってる時が一番いい」

「あの……ひと言意見を申し上げてもよろしゅうございますか？」ヘンリーが言った。

「ちょっと待った」ルービンは言った。「ホストはぼくだからね。ここはぼくに任せてもらおう。進行について、ぼくからひと言。座長としてぼくはヘンリーに意見を述べてもらうことにする。ほかの皆は黙って聴くこと。ただし、ヘンリーからの質問に答える場合、および、話の流れに直接かつ正当にかかわりのある質問がある場合はこの限りではない。特に、トム・トムの破れ太鼓は心して静粛を守ってもらいたい」

「ありがとうございます、ルービンさま」ヘンリーは言った。「わたくしは毎月ここで、皆さまのお話をかかさず大変興味深く伺っております。皆さまがまったく含むところなく、お互いに言葉の上でやり合うことを大いにお楽しみになっていらっしゃいますことは拝見いたしておりましても明らかでございます。ところが、ゲストの方をなぶりものにすることは皆さまにもおできになりません。そのためか、皆さま、ともすればゲストの方を無視なさる傾向がおありです。ゲストの方のお話を注意深くじっと聴く、ということをなさいません」

「わたしらは、そんなところがあるかね?」アヴァロンが尋ねた。

「はい。たとえば、アヴァロンさま、きょうのお話にいたしましても、皆さま肝腎な点をお聞き逃しではないかという気がいたします。本来、わたくしはこうしてしゃしゃり出る立場ではございませんから、ゲストの方も含めて皆さまのお話をただじっと伺っております。どうやらわたくしの耳には、皆さまのお耳に届かなかったことが入って参るようでございます。ルービンさま、わたくしからクラインさまにいくつかお尋ねしてよろしゅうございますか? 何の役にも立たぬことかもしれませんが、しかし、ひょっとしたら、ということもございます……」

「ああ、どんどんやってくれよ」ルービンは言った。「どの道尋問されるはずのところだったんだ。さあ、訊いたきいた」

「これは尋問などというものではございません」ヘンリーは穏やかに訂正した。「クラインさま」

「何かね、ヘンリー」クラインはにわかに一身に関心が集中したことに大いに気をよくして言った。

「ほんの些細なことでございます、クラインさま。昨日のお昼食のことをざっとお話しになりました際に、こんなことをおっしゃいました。お言葉をそのとおり繰り返すことはできませんのですが……はじめクラインさまは、その男は頭がおかしいのではないかとお思いになった。ところが、話があまり面白かったので、聞き終わった時には、ご自分もマッチブックを集めてみようとお思いになった、とおっしゃいました」

「そのとおりだよ」クラインはうなずいた。「他愛もない話だがね。彼のようなわけにいくはずもないし。いや、スパイ行為のことじゃなくて、彼の厖大なコレクションのことを言ってるんだよ……」

「はい」ヘンリーは言った。「しかし、お話を伺いました印象では、クラインさまはまさにその場で蒐集をはじめようという衝動のようなものをお感じになられたようでございました。もしや、お食事の後で、《コック・アンド・ブル》のマッチブックを持ってこられたのではございませんか?」

「そうなんだ」クラインは言った。「今から考えるとお笑いなんだがね。持ってきたよ」

「どのテーブルからでございますか?」

「その坐っていたテーブルだよ」

「あなたが持っていらして、オティウェルにお渡しになった、そのマッチブックでございますか。オティウェルが話の後テーブルに戻して、それをあなたはお取りになったのでございますか?」

「そうだよ」クラインは急に身構える姿勢になった。「別に、構わないじゃないか、そうだろう。マッチブックは客のために出してあるんだから」

「もちろん、何も悪いことはございません。ここにもマッチブックがございます。皆さまご自由にお持ち帰りくださってよろしいのでございます。ところで、クラインさま、そのマッチブックをそれからどうなさいましたか？」

クラインはちょっと首をかしげた。「さあて、どうしたかなあ。憶えていないねえ。上着のポケットか、コートを壁から取ってそのポケットに入れたんじゃないかな」

「お宅にお帰りになってから、どうなさいましたか？」

「いや、どうもしなかったよ。すっかり忘れてしまったんだ。マニー・ルービンが奥さんの牛のコレクションのことを話すまで、マッチブックのことなんぞ思い出しもしなかった」

「今お召しの上着は、昨日のものとは違いますですね？」

「ああ。でも、コートは同じだよ」

「コートのポケットにマッチブックが入っていないかどうか、ちょっとお確かめいただけますか？」

クラインは〈ブラック・ウィドワーズ〉の例会の日に専用に設けられているクローク・ルームへ立って行った。

「何を考えてるんだ、ヘンリー」トランブルが尋ねた。

「いえ、これはたぶん駄目でございましょう」ヘンリーは言った。「大きな偶然に賭けておりますのですが、すでに今晩は一つ大きな偶然がございましたから」

「と言うと？」

「クラインさまが、あなたが密かに探っておいでの人物と食事をされて、しかもその翌日に、そのことをあなたがお知りになったということでございます。一時に二度の偶然を望むのは、少し虫がよすぎると申すものでございましょう」

「あった、あった」クラインは小さなマッチブックを高々と掲げて嬉しそうに戻ってきた。「あったよ」

彼はそれをテーブルに投げ出した。皆の視線がいっせいに集中した。マッチブックの表には古風な書体で《コック・アンド・ブル》と書かれ、雄牛の角の一方に雄鶏が止まっている絵が小さく描かれていた。ゴンザロが手を伸ばした。

「ちょっとお待ちください、ゴンザロさま」ヘンリーがそれを制した。「まだどなたも手をお触れになりませんように……クラインさま、これがテーブルの上にあったマッチブックでございますね？　あなたが煙草をおつけになって、オティウェルが側薬の塗られた位置ですとか、その他諸々の説明に使った、そのマッチブックでございますね？」

「そうだよ」

「オティウェルがテーブルに戻して、それをあなたはお取りになったのでございますね？」

「ああ」

「煙草をおつけになった時、マッチブックにはマッチが何本あったか、お気づきになりましたか？」

クラインは目を丸くした。「それはわからない。そんなことは考えてもみなかったからね」

「しかし、いずれにしましても、あなたはそこからマッチを一本ちぎって煙草をおつけになったのでございますね？」

「ああ、そりゃあそうさ」

「つまり、新しいマッチだったといたしましても、今そこからはマッチが一本欠けているわけでございますね。それは普通のマッチブックのようでございますから、マッチは三十本だと存じます。ですから、今そこにあるマッチは多くて二十九本のはずでございます。あるいはそれ以下でございましょう」

「そういうことになるね」

「では、そこに今、マッチは何本ございますでしょうか？　お手数でございますが、お調べいただけますか？」

クラインはやおらマッチブックの蓋を開いた。しばらくじっと見つめてから、彼は言った。

「これは全然使ってない。マッチは三十本全部あるよ。数えてみようか……ああ、やっぱり三十本だ」

「しかし、それはテーブルにあったマッチブックでございましょう。それで煙草をおつけになったのでございましょう。他のテーブルからお取りにはなりませんでしたね？」

「ああ、これはわたしのいたテーブルから持ってきたんだよ。いや、少なくとも、わたしはそう思っている」

「結構でございます。皆さま、ご覧になりたいようでしたら、どうぞ。ご覧になればすぐにおわかりのとおり、側薬には擦った跡がございません。マッチが使われた形跡は何一つございません」

トランブルが言った。「じゃあ何かね、オティウェルがこのマッチブックをテーブルの上のやつとすり代えたって言うのか？」

「その人が情報を運んでいると伺いました時、わたくしはすぐに、そのようなこともあるのではなかろうかと思いました、トランブルさま。オティウェル氏がマッチブックを使うだろうとおっしゃるトランブルさまのお考えに、わたくしは賛成でございます。心理的に、うなずけることでございますから。しかしわたくしは、陽動作戦ではなかろうかとおっしゃいますアヴァロンさまにも賛成でございます。ただ、アヴァロンさまはその陽動作戦のきわめて微妙な点をお見逃しのようでございます」

「わたしには邪心がありすぎて、見れども見えずか」アヴァロンは溜息まじりに言った。「わかっているよ」

「もっぱらコレクションと郵便でマッチブックをやりとりすることに精を出すことで」ヘンリーは言った。「オティウェル氏はあなたの注意をすっかりそこへ釘づけにしたようでございますね、トランブルさま。しかし、どうもわたくしには、オティウェル氏が必ずしもコレクションだけのためにマッチブックに夢中になっていたとは言いきれないような気がいたします。オティウェル氏が高級なレストランで食事をすることは珍しくなかったであろうと存じますが、レストランに行けばいつでも手近なところにマッチはございます。他の人と一緒の場合にも、すでにテーブルの上にあるマッチブックと他のものをすり代えることはさしてむずかしくはございません。皆と一緒にオティウェル氏がテーブルを去った後で仲間がそれを拾えばよろしいのでございます」

「この場合はそうはいかなかった」ルービンが皮肉な口ぶりで言った。

「そのとおりでございます。今回はそうは参りませんでした。皆さんが立たれた後、テーブルにはマッチブックはございませんでした。ということになりますと、少々気がかりでございますね。尾《つ》けられたようなことはございませんでしたか、クラインさま？」

クラインは仰天した。「そんなことはない。いや、少なくともわたしは知らない。誰にも気づかなかったよ」

「掏摸《すり》に遭ったりはなさいませんでしたか？」

「そんなことはない！　全然心当たりがない」

「そうでございますか。それでは、誰が持っていったものか、わからなかったのでございましょう。無理もないことでございますね。テーブルにはあなたとオティウェル氏のほかに四人の方がおいでになったのでございますから。給仕が片づけてしまったかもしれませんし、あるいはマッチブック一つが失くなったところで、それを取り戻そうとして危険を冒すほどのことはないと判断したのかもしれません。さもなければ、そもそもわたくしの考えがはじめから間違っているかでございます」

トランブルは言った。「心配無用だ、クラインさん。しばらく監視をつけるように手配しよう」

彼はさらに言った。「きみの言いたいことはわかったよ、ヘンリー。どこのレストランへ行っても、マッチブックなんぞはいくらもある。どれも同じだ。オティウェルはあらかじめそいつを二つ三つ手に入れておく。必要なら一ダースだって持ってこられる。で、そいつをテーブルですり代えるわけだ。誰も気がつきやしない。気にもかけはしない。つまり、きみはそのすり代えられたマッチブックが情報を運んでいるに違いない、とこう言いたいのだな?」

「大いにあり得ることであろうと存じます」ヘンリーは言った。

「〝行け、小さき書物よ、わが幽居《ゆうきょ》より／われ汝を流れに打ち捨てん……疾《と》く去れ〟」ホルステッドが口の中で呟いた。「ロバート・サウジーだよ」

「しかし、どうやって?」トランブルはホルステッドが低く暗誦した詩を黙殺して言った。彼はマッチブックを指でつまみ、何度も裏表を返してあらためた。「これはほかのものとまったく同じ一つのマッチブックでしかないんだ。表には《コック・アンド・ブル》としてある。それに所番地と電話番号。このマッチブックのどこに、ほかのやつにはない情報があるというのかね?」

「正しい場所を捜さなくてはなりません」ヘンリーは言った。

「というと、それはつまり?」トランブルが尋ねた。

「先程おっしゃいましたとおりでございます」ヘンリーは言った。「あなたは、オティウェルがマッチブックならではの方法でこれを利用するはずだとおっしゃいました。わたくしもそう思います。ところで、マッチブックならではと言うに足るメッセージとはいったい何でございましょう？　たいていの場合、マッチブックにありますのはただの宣伝文句でございます。しかし、それでしたらオートミールの箱の蓋から雑誌の裏表紙にいたるまで、ほかにいくらでも転がっております」

「なるほど。すると？」

「マッチブックの真にマッチブックたる所以《ゆえん》のものは、その中のマッチでございます。普通、マッチブックには三十本のマッチが一見込み入った形で並んでおります。しかし、マッチの根本をご覧になればおわかりのとおり、何のことはない、二枚のボール紙でございます。その両方から十五本ずつマッチが伸びているだけのことでございます。蓋を開けたほうから見てうしろの列をまず、左から右へ数えまして、次に前の列を同じようにいたしますと、いかがでございましょう、それぞれのマッチは明らかに1から30までの数字に対応いたします」

「なるほど」トランブルは言った。「しかし、マッチはどれもみなそっくり同じだし、ほかのマッチブックのマッチだって同じだろうが。このマッチブックのマッチはごくありふれた普通のやつだよ」

「ではございますが、マッチはいつまでも同じままでございましょうか？　たとえば、どれでも構いません、マッチを一本取るといたします。一本取るだけでも三十とおりの取り方ができるわけでございましょう。二本、三本と取りますと、それだけいろいろな取り方ができるのでございます」

「一本も失くなっていないよ」

「たとえばの話でございますよ。マッチをちぎるというのは、識別の方法といたしましてはいささかはしたのうございます。たとえば、マッチの頭に小さな穴がございますとか、擦り傷がございますとか、あるいはまた、紫外線で発光する蛍光塗料でちょいと印がしてあるなどはいかがでございましょう。三十本のマッチでございますよ。何も印をしないものから、三十本全部に印をしたものまで、いったい幾とおりの組合わせがあるとお思いですか？」

「それはだね」ホルステッドが口を挟んだ。「2の30乗、つまり……ああ、十億ちょっとだね。十億だよ、百万じゃない。その上、マッチブックの蓋の部分に印をするかしないかを入れれば、倍の二十億とおりの組合わせになる」

「さあ」ヘンリーは言った。「一つのマッチブックが、0から20億までのいかなる数字をも示すことができるといたしましたら、その数字はかなりの情報を暗号化して伝えることができるのではございませんでしょうか」

「六語どころの話ではないね」トランブルは考え込む様子で言った。「それだ！」彼は叫びを発して飛び上がった。「そのマッチブックをくれ。わたしはこれで失礼する」

彼はクローク・ルームへ駆け去った。と、見る間にコートの片袖に腕を突っ込みながら戻ってきた。「クライン、仕度したまえ、一緒に来るんだ。きみの供述が必要だ。迷惑はかけんよ」

ヘンリーは言った。「わたくしは間違っているかもしれませんのでございますよ」

「間違っているだって。とんでもない。きみの言うとおりだ。疑いの余地はない。きみには話してないこともあるんだが、全部辻褄が合う。……ヘンリー、こういうことに本式に取り組む気はないか。つまり、仕事として」

「おいおい」ルービンが叫んだ。「ヘンリーをぼくたちから取り上げないでくれよ」

「ご心配なさいますな、ルービンさま」ヘンリーは慌てる様子もなく言った。「わたくしはこのほうがよほど楽しゅうございます」

"Go, Little Book!"

あとがき

この話は、もう少し短い形で〈エラリー・クイーンズ・ミステリ・マガジン〉一九七二年十二月号に発表された。『マッチブック・コレクター』という題名だった。この雑誌の掲載題名も、私には気が抜けたものに思える。

これは読者の判断に委ねよう。「行け、小さき書物よ」の一句はチョーサーの語りだしの一行であり、またロバート・サウジーのある詩の第一句だ。サウジーのその一句はロード・バイロンによってものの見事に洒落《しゃれ》のめされている。だから、これは英文学史的に価値ある一句なのだ。それればかりではない。〝小さな書物《リトル・ブック》〟すなわちマッチブックが情報を帯びて送り出されるというこの話の眼目を、この一句は実に鮮やかに表現している。

さて、いかがなものであろう？　『マッチブック・コレクター』を元の題名『行け、小さき書物よ』に戻すのは私の全人類に対する義務というものではなかろうか？

私はそうであると信じる。

ところで、私ははじめこれを書いた時、2^{30}（つまり2を30回掛け合わせた数）をおこがましくも暗算で出した。果たせるかな、私の計算は少々違っていた。自業自得である。ミルドレッド・L・ストーヴァーと名乗るある若い女性から私は手紙をもらった。そこには細心の注意をもって掛け算が繰り返され、正確な値が記されていた。関心のおありな向きのために書いておこう。2^{30}＝1,073,741,824である。ストーヴァー嬢に感謝するしだいである。

5　日曜の朝早く

ジェフリー・アヴァロンは自分の席で二杯目のグラスをゆっくりと回していた。グラスはまだ定量の半分まで減ってはいず、彼はそれを置く前にもうひと口飲むはずであった。彼は浮かぬ顔をしていた。

彼は言った。「わたしが記憶する限り、〈黒後家蜘蛛の会《ブラック・ウイドワーズ》〉の集まりにゲストがいないというのはきょうがはじめてだね」まだ黒々とした彼の眉（口髭ときれいに刈りそろえた顎鬚は年とともに灰色になって貫禄を増していたけれども）はぴくぴくとふるえているかのようだった。

「ああ、それなんだがね」ロジャー・ホルステッドがナプキンをひとふりしてぱしっと音をさせ、膝に拡げてから言った。「当夜のホストとして、わたしがゲストを招《よ》ばないことにしたんだよ。文句言いっこなしだ。それに、そう決めるにはわたしなりの理由があるんだからね」彼は広い額に掌を置き、すでに何年も前に消え失せた前頭部の髪の毛をかき上げるような動作をした。

「実のところ」イマニュエル・ルービンが言った。「ゲストを迎えなくてはならんという内規はないんだ。絶対に守らなくちゃあならない唯一の点は、この席に断じて女を入れてはいかんということだけさ」

「女性はメンバーになれない」トーマス・トランブルがいつ見てもよく陽焼けした顔を斜めに上げて低く言った。「しかし、ゲストが女性であってはならないって法はないだろう?」

「それは違う」ルービンはまばらな顎鬚をふるわせて言った。「何人《なんぴと》であれ、ゲストは立《エクス・》場上《オフィシオ》に会食のメンバーなんだ。だから規則は守らなくちゃいけないよ。女はならんということも含めてさ」

「それはそうと、エクス・オフィシオってのは何のことだ?」マリオ・ゴンザロが言った。「前々から誰かに訊いてみようと思っていたんだ」

ヘンリーは早くもコースの最初の料理を並べはじめていた。香辛料の入ったチーズを詰めて長く巻いたパスタを茹《ゆ》でてソースをかけたもののようだった。

しばらく経ってルービンは言った。「どうやらぼくの判断するところ、こいつはパスタを巻いた中に……」

しかし、すでに食卓の話題は四方山《よもやま》のことに移っていた。ホルステッドは話の切れ目をすかさず捉えて『イリアス』第三章のリメリックを披露しようとした。

トランブルが言った。「いい加減にしてくれ、ロジャー。毎回そいつを一つずつ聞かせる気か?」

「ああ」ホルステッドは期するところある様子で言った。「そのつもりだよ。そうしておけば途中で投げ出したりしないだろうし、それに、食事の席には知的な話題がなくちゃあいけないよ……ああ、ヘンリー。今夜はステーキだとしたら、わたしはレアだからね」

「今晩は鱒でございます、ホルステッドさま」ヘンリーはグラスに水を注ぎながら答えた。
「それはまた結構」ホルステッドは言った。「さて、こういうんだ——
〝メネラーオスは非力の武将
　パリスは逃げ腰目にもの見しょう
　メネラーオスの怨みの太刀
　　ヘレンを賭けた一騎打ち
　そこへ女神のアフロディーテこの勝負預かりましょう〟」
ゴンザロは言った。「何だそりゃあ、いったい？」
アヴァロンが注釈した。「つまりだね、第三章では、ギリシャ軍とトロイ軍がメネラーオスとパリスの一騎打ちで決着をつけることにするんだよ。パリスはメネラーオスの妻ヘレンをかどわかした。それがそもそもトロイ戦争の起こりなんだ。一騎打ちはメネラーオスに軍配が上がった。ところが、おのれ息の根を止めてくれようというところでアフロディーテがパリスをさらっていくんだ……アフロディーテの代わりにヴィーナスを使わなかったところがいいね、ロジャー。ギリシャの叙事詩にローマ名前を使われてはかなわない」
ホルステッドは料理を頬張りながら言った。「韻律があまり型どおりにならないように苦心したよ」
「きみは『イリアス』を読んだことがないのか、マリオ？」ジェイムズ・ドレイクが尋ねた。
「あのねえ」ゴンザロは言った。「わたしは絵描きだよ。目を大切にしなくちゃあならんからね」

テーブルにデザートが並んだところでホルステッドは言った。「それじゃあここで、わたしの考えを話すことにしよう。過去四回の集まりでは、毎回何らかの犯罪が話題になった。そして、話合いを通じて、犯罪の謎は解明された」

「ヘンリーによってだ」ドレイクが煙草をもみ消しながら言った。

「わかったよ。ヘンリーによってだ。しかし、どんな種類の犯罪かね？　ちゃちな犯罪じゃないか。最初の一度はわたしはいなかった。でも、およその見当から言って泥棒だろう。それも、どうやら大した泥棒じゃあなかったようだね。その次はもっと悪い。こともあろうに、試験のカンニングだ」

「あれはそう軽々しく片づけるべき問題じゃない」ドレイクがぶつぶつ言った。

「そうは言っても、それほど大したことでもない。三度目はわたしもここにいたけれども、これがまた泥棒だ。これはいくらかましな話ではあったがね。で、四回目は、ある種のスパイ事件だった」

「言っておくが」トランブルが言った。「あれは大変なことだったんだよ」

「ああ」ホルステッドは穏やかな声で言った。「しかし、暴力の話がまるでなかった。殺人だよ、諸君。殺人だ」

「どういう意味だ、殺人ていうのは？」

「つまりだね、ゲストが来るたびに、わたしらはいつもけちな犯罪の話を聞かされる。成行きまかせのゲストを連れてくるからだよ。わたしらは面白い犯罪の話をしてくれるゲストを選んで招くということがない。いや、そもそも、犯罪の話が出るかどうかだってわからないわけだ。彼らはただのゲストにすぎないのだからね」

「それで?」

「それで、きょうはこうしてここに六人の顔ぶれが揃っている。ゲストはいない。この中に一人くらい、謎の殺人事件を知っていて……」

「ふん」ルービンがうんざりした様子で言った。「アガサ・クリスティにかぶれてるな。皆で代わりばんこに奇々怪々な事件の話をすると、ミス・マープルが皆に代わってその謎を解いてくれるってわけか……いや、ここではヘンリーだろうがね」

ホルステッドはばつが悪そうな顔をした。「つまり何かね、そういうことはもうすでに……」

「助けてくれだ」ルービンは大袈裟に言った。

「そりゃあ、きみは作家だからね」ホルステッドは言った。「わたしは殺人推理小説《マーダー・ミステリ》なんぞ読まないから」

「あんた、損をしてるよ」ルービンは言った。「それに、そいつはあんたがいかに愚かであるかっていう証拠だね。あんた数学者だろう。本格ミステリっていうのはね、何よりもまず数学的なパズルなんだよ。それに、並の話なんかよりも、よっぽど扱いにくい複雑な素材によって組み立てられていなきゃあならないんだ」

「まあまあ、ちょっと待ちたまえよ」トランブルが言った。「せっかくこうして集まっているんだから、殺人事件の話がないかどうか考えてみてもいいじゃあないか」

「きみあたりどうかね？」ホルステッドは身を乗り出した。「きみは暗号だか何だか、政府に関係した仕事をしているんだろう。殺人事件にかかわり合いになったことだって、きっとあるだろう。名前は出さなくていいよ。それに、この部屋で話されたことは、決して壁の外へは洩れないから」

「それはきみに言われるまでもないよ」トランブルは言った。「しかし、殺人事件には心当たりがないねえ。暗号に関係した話なら面白いのもあるがね。しかし、それはきみの狙いとは違うし……きみはどうかね、ロジャー？　きみから言い出したところを見ると、自分は何か種を隠しているんじゃあないか？　数学的殺人とか」

「いや」ホルステッドはじっと考えながら言った。「わたしは一度だって殺人事件に巻き込まれたことはないと思うよ」

「と思う？　断言はできないのかね？」アヴァロンが尋ねた。

「いや、そんなことはないよ。きみはどうだね、ジェフ？　きみは弁護士だろう」

「弁護士と言っても、殺人犯が依頼人になるのとは違うからね」アヴァロンは見るからに残念そうに頭をふって言った。「わたしの専門は特許をめぐるいざこざだから。ヘンリーに訊いてはどうかね。口ぶりから察するところ、ヘンリーはわたしらなんぞよりもよっぽど犯罪については詳しそうじゃないか」

「おあいにくさまでございますね」ヘンリーは年季の入った手つきでコーヒーを注ぎながら静

かに言った。「わたくしの場合は理論にすぎないのでございまして。幸いにもわたくしは人殺しにかかわり合いになったようなことはまだ一度もございませんです」

「それじゃあ何かい？」ホルステッドは言った。「六人も顔を並べていて……七人だね、ヘンリーも入れて……殺人事件一つ出てこないのかね？」

ドレイクは肩をすくめた。「わたしの仕事はね、いつも死の危険と隣り合わせなのだよ。わたし自身は実験室でそういう場面にいあわせた経験がないのだが、毒薬や、爆発や、感電などで死者が出た例はこれまでにもずいぶんあった。最低だよ。無知による殺人ではあるがね。話すべきことは何もないよ」

トランブルが言った。「きみはやけにおとなしいな、マニー。波瀾万丈の経歴を誇るきみともあろう者が、人一人殺したこともないって言うのか？」

「あると言えれば愉快だとは思うがね」ルービンは言った。「たとえば今のような場合には。しかし、ぼくにはそもそもその必要がないからねえ。ぼくは実際に人を手にかけることなしに、どんな犯罪だってものの見事にやってのけることができるわけだし。ああ、思い出した……」

と、それまで唇を堅く閉じて黙りこくっていたマリオ・ゴンザロが突然声を発した。「わたしは殺人事件にかかわり合いになったことがあるよ」

「ほう。どんな事件だね？」ホルステッドが尋ねた。

「妹なんだ」ゴンザロは沈痛な面持で言った。「もう三年ばかり前になるかな。わたしが〈ブラック・ウィドワーズ〉に加わる前のことだよ」

「悪かった」ホルステッドは言った。「話したくないだろうね」

「そりゃあ構わんさ」マリオは肩をすくめて言い、大きく飛び出した目で男たちの顔を一人ずつ順ぐりに見つめた。「ただ、話すことなんて何もないのさ。ミステリのかけらもありゃあしない。よくあるやつでね。そういうことがあるから、このニューヨークは面白い街だってことにされてるんだが。アパートに押入って、略奪を働こうとした。そうして、妹を殺したんだ」

「犯人は？」ルービンが尋ねた。

「わかるものか。麻薬中毒者どもの仕業だろう。あのあたりじゃあ、しょっちゅうだからね。妹が亭主と暮らしていたアパートで、その年になってからすでに四回も押入り強盗があったんだ。妹がやられたのはまだ四月末だよ」

「全部人が死んだのかね？」

「その必要はないのさ。抜け目のないやつなら留守のアパートを狙うからね。仮に誰かいたとしても、威すか、縛るかするだけなんだよ。マージは馬鹿だったよ。抵抗しようとしたんだ。暴れたんだよ。家の中はひっくり返したようだった」ゴンザロは頭をふった。

ホルステッドはしばらく言い淀んでから尋ねた。「で、犯人は捕まったのかね？」

ゴンザロは両の目に浮かんだ侮蔑を隠そうともせずにホルステッドを見つめた。「警察が犯人を捜したとでも思ってるのか？　あんなことはまさに日常茶飯事なんだよ。誰にも、どうすることもできないんだ。誰も、気にもかけなくなっているんだよ。仮に犯人が挙がったとして、どうなる？　それでマージが帰ってくるのか？」

「犯人が挙がれば、他の連中に対して見せしめになるってこともあるじゃないか」

「そういうことをする品性下劣なあさましいやつはごまんといるんだ」ゴンザロは深い吐息を洩らした。「そうだな、いっそここで皆に全部話して、すっきりさせたほうがいいかもしれないな。実を言うと、すべてはわたしのせいなんだよ。つまり、その、わたしの早起きがたたったんだ。わたしの早起きということがなかったら、おそらくマージはまだぴんぴんしてるだろうし、アレックスだって今みたいに堕落することはなかったはずなんだ」

「アレックスというのは？」アヴァロンが尋ねた。

「わたしの義理の弟さ。死んだマージの亭主だよ。いいやつだった。正直言って、わたしはマージよりも亭主のほうが好きだったような気がするね。妹はわたしを認めていなかった。妹は、絵描きなんていうのは人生の敗北者だと思っていたからね。もちろん、わたしがある程度まともな暮らしをするようになってからは……いや、そうなった後でもやっぱり妹はわたしを認めていなかったな。死者を悪く言うつもりはないんだが、妹は最後までわたしにとっては鬼門だった。でも、妹はアレックスとはうまくいっていたよ」

「絵描きじゃあないんだね？」アヴァロンは質問の責任を一手に引受けていた。他の男たちは、むしろ進んでそれを彼に委ねていた。

「ああ。妹と一緒になった時は何だかわけのわからない風来坊だった。結婚してからは妹の思うとおりになっていたよ。あいつに活を入れるという意味で、妹は必要な存在だった。二人ともお互いに必要だったんだよ。妹は亭主の面倒を見ることで……」

「子供はなかったのかね？」

「ああ、できなかったんだ。一度流産したがね。何か体の問題で、それきり子供は産めなくなったんだ。でも、そんなことはどうでもよかった。アレックスは妹にとっちゃあ子供と同じだったからね。あいつはあの頃が花だった。妹と一緒になった月に就職して、その後地位も上がった。なかなか真面目にやっていたよ。そろそろ、あんな掃き溜めみたいなところからどこかへ移ろうなんて言ってた矢先だったんだ。アレックスも気の毒に。わたしと同じで、あいつにも責任があるんだ。はっきり言えば、あいつは罪が重いね。ほかでもない、まさに妹が殺されたその日に家を空けていたんだから」

「じゃあ、その時アパートにはいなかったのだね？」

「そうなんだよ。その場にいれば、押込み強盗なんざ追っぱらっていたろうさ」

「あるいは自分が殺されていたか」

「もしそうだとしても、連中はそのまま逃げたろう。マージは無事だったに違いないんだ。いや、実際の話ね、アレックスがああでもないこうでもないと言うのをわたしは聞いたんだ。どう考えても、あの日あいつがアパートにいれば妹は殺されずに済んだはずなんだよ。そのことをやつは気に病んでね、あれからというもの、やつはマリファナをやりだして、今ではまた元の風来坊さ。わたしも余裕がある時は金をいくらか融通してやるよ。時々あっちこっちで使い走りみたいなことをして暮らしてるがね。アレックスも気の毒に。妹と一緒だった五年間は、将来への見通しもあってそりゃあ張り切っていたんだ。あいつは、なかなかやり手だったよ。

しかし、今じゃあそれも何の役にも立たんさ。腕を揮《ふる》おうにも、その場所がないんだからね」

ゴンザロは頭をふった。「わたしにとって我慢がならないのは、被害者が必ずしも最大の犠牲者じゃあなかったってことなんだ。あれはまったく意味もない人殺しだった。だってそうだろう、アパートには小銭でせいぜい十ドルか十五ドルしかなかったんだからね。まあ、それはともかく、少なくともマージは苦しまずに死んだと思うんだ。ナイフで心臓をひと突きだから。ところが、アレックスはそれ以後一日として苦しまない日はない。おふくろもずいぶん悲しんだ。わたしもそのことでかなり悩んでいるんだ」

「ああ」ホルステッドが口を挟んだ。「もし話したくないようだったら……」

「いや、いいんだ……よく、夜なんかにそのことを考えるんだよ。あの日早起きしていなければ……」

「きみはさっきもそう言ったね」トランブルが言った。「その日きみが早起きしたことと、事件とはどういう関係があるんだ?」

「わたしを知っている人間ならそこを考えるからさ。つまりだね、わたしは毎朝八時きっかりに起きる。五分と狂ったことはないね。わたしはベッドの脇に時計を置こうともしない。時計は台所に置きっぱなしだよ。何かこう、体のリズムに関係があるんだな」

「生物時計か」ドレイクが誰にともなく呟いた。「わたしもそんなふうだったらいいと思うよ。何しろ朝起きるのが苦手でね」

「わたしの体内時計は絶対に狂わないよ」ゴンザロは言った。その場の空気にもかかわらず、そう言う彼の声には得意そうな響きがあった。「前の晩遅くなっても、たとえば明け方の三時四時に寝たとしても、八時にはちゃんと目が覚めるんだ。昼間眠くなって寝てしまうことはあってもさ、とにかく朝は八時に起きるんだ。日曜だって同じだよ。日曜くらい朝寝坊すりゃあいいと思われるかもしれないがね、目のほうで覚めちまうんだから」

「つまり何かい、それは日曜の朝だったのか？」

ゴンザロはうなずいた。「そういうこと。寝てりゃあよかったんだ。日曜日の朝叩き起こしたりしないほうがいいと人に思われるようだったらよかったんだ。ところが、連中は迷わない。日曜の朝早くでも、わたしが起きているのを知っているんだから」

「馬鹿な話じゃないか」ドレイクは明らかにまだ自分の朝起きの辛さにこだわっていた。「きみは絵描きだから、時間は自由になるだろうに。何だって、そうやって朝早く起きるんだ？」

「そう、朝が一番仕事のはかがいくからね。それに、わたしは時間を気にするほうでね。時計と睨めっこで暮らすってことはないけれど、今何時かってことはいつも知っていないと気が済まないんだよ。わたしの時計だがね、わたしの癖をすっかり飲み込んでいるんだよ。あのことがあって、つまり、マージが殺された後、わたしは三日間家を空けた。そうしたら、たまたま、時計が止まったのが日曜の夜八時か月曜の朝八時さ。どちらかはわからんよ。とにかく、帰ってみると時計は八時を指して止まってるじゃないか。まるで、これが起床時間だぞってことを時計自体が肝に銘じているみたいにね」

ゴンザロは言葉を切って物思いに沈んだ。誰も口を開こうとはしなかった。ヘンリーはまっていたけれども。

たく無表情に小さなブランデー・グラスをテーブルに並べた。ただ、唇は心なしか強く結ばれていたけれども。

やがて、ゴンザロは言った。「おかしな話だがね、前の晩、わたしは全然眠れなかったんだ。これといって理由は何もなかった。四月末の桜の頃っていうのがわたしは一年じゅうで一番好きでね。わたしは風景画家じゃあないけれども、よくその頃には公園へ行ってスケッチなんかするんだよ。あの日は天気もよかった。穏やかないい土曜日だったのを憶えているよ。あの年はじめての気持のいい週末だった。仕事も順調にはかどっていた。

「だからあの日、気分を悪くする理由は何もなかったんだ。それなのに、何だかいらいらして仕方がなかった。十一時のニュースの前にテレビを消したことを憶えているよ。ニュースを聞きたくない気分だった。何というか、悪いニュースがあるような気がしたんだ。はっきり憶えているよ。後からこしらえた話なんかじゃあない。わたしは神秘主義者じゃあないからね。でも、虫が知らせたんだ。ただ何となく」

ルービンが言った。「と言うより、消化不良でも起こしたんじゃないのか」

「いいだろう」ゴンザロは両手を拡げてその発言を歓迎するふうな仕種《しぐさ》を見せた。「消化不良とでも何とでも言ってくれ。とにかく、わたしは十一時前にテレビを消した。それから台所へ行って時計を巻いた。夜巻くことにしているんでね。それから独りごとを言った。『こんなに早く寝られるものか』ってね。でも、わたしはベッドに入ったんだ。

「やっぱり早すぎたんだな。眠れなかった。何度も寝返りを打ちながら考えごとをしたよ。何を考えたかは憶えていない。本当はそこで起きて、仕事をするなり、本を読むなり、深夜映画を見るなりすればよかったんだ。でもわたしは起きなかった。何としてもそのまま寝てやろうと決心したんだ」

「どうしてまた?」アヴァロンが尋ねた。

「さあね。その時はそうしなくちゃならんと思ったんだよ。それにしても、あの晩のことはよく憶えているね。というのは、こうやって眠れずにいると、あすの朝は寝坊することになるなと思っていたから。でも、朝になれば目が覚めることは自分でもわかっていた。明け方の四時頃寝ついたんだと思うよ。それでも八時にはベッドから這い出して朝飯の用意にかかっていた。「その日もいい天気だった。空気は澄んでひんやりとしていてね。でも、日中はいかにも春の暖かさになりそうだった。夏の暑さとは違う。その日もいい日だったんだ。今でもよく、もっとマージを可愛がってやるべきだったなあ、と思うと辛くてねえ。そりゃあ、衝突するようなことはなかったさ。しかし、兄妹として親しいとは言えなかった。白状すると、わたしは妹に会うよりも、アレックスに会いたくて訪ねていったものだよ。と、そこへベルが鳴った」

ホルステッドが言った。「ベル、というと電話の?」

「ああ。日曜の朝八時だよ。こっちが八時には必ず起きてるってことを知らなかったら、誰がいったい電話なんかかけて寄こすかっていう時間だ。わたしが寝てるところを叩き起こされて、受話器に向かって馬鹿野郎の一つも怒鳴っていりゃあ、すべては別の道を辿ったはずなんだ」

「誰からだ、その電話は?」ドレイクが尋ねた。

「アレックスさ。起こしちゃったか、って言うから、そんなことはないと答えたんだが、朝っぱらから電話したことをえらく気にしてるらしかった。時間を訊くんだよ。わたしは時計を見て、『八時九分すぎだ、もちろん起きてるよ』と答えた。わたしは何というか、その、いくらか得意だったんだよ。

「そうすると、やつはわたしのところへ来てもいいか、って言うんだ。マージとやり合って家を飛び出しちゃったんだが、向こうが頭を冷やすまでは帰りたくないと言うんだな。……わたしは女房なんぞいなくて、つくづくいいと思うね。

「それはともかく、あの時断ってさえいればねえ。ゆうべよく眠れなかったから、朝寝坊をきめこむつもりだ、邪魔されるのはごめんだ、とさえ言っていれば、やつはアパートに帰ったに違いないんだ。他に行くところなんかないんだから。そうすりゃあ、何もかも起こらずに済んだはずなんだ。ところがだよ、心やさしいマリオは早起きを大層自慢にしていたから、言ってやったね。『ああ、来いよ。コーヒーと卵くらいご馳走してやるよ』マージが日曜の朝飯を作るような女じゃないことはわかっていたから、アレックスは腹を空かしていると思ったのさ。

「やつは十分ほどしてやってきた。八時半頃には、わたしはスクランブルド・エッグとベーコンを作って食わせてやったよ。というわけで、マージは一人アパートで殺人者どもを待っていたんだ」

トランブルが言った。「きみの弟は奥さんにどこへ行くか言って出なかったのかね？」

ゴンザロは答えた。「言わなかったろうね。言わなかったと思うよ。たぶん、やつはかっとして、自分でもどこへ行くという当てもなく飛び出したんだろう。で、わたしのことを思い出した。仮にはじめからわたしのところへ来るつもりだったとしても、妹には言わなかっただろう。思い知らせてやれ、ってな気持でさ」

「なるほど」トランブルが言った。「で、麻薬患者《ジャンキー》どもがやってきて、ドアを開けようとした。きみの妹さんはアレックスが戻ってきたと思ってドアを開けたわけだな。鍵はかかってなかったんだろう」

「ああ、かかってなかった」ゴンザロは言った。

「日曜の朝っていうのは、麻薬患者たちが薬代を稼ぎに歩く時間としてはちょっとおかしくはないかね」ドレイクが首をかしげた。

「いいや」ルービンが言った。「連中には朝も夜もないんだよ。麻薬に対する渇きっていうのは時間とは無縁だからね」

「喧嘩のもとは何だね?」アヴァロンがふと思いついたように尋ねた。「つまりその、アレックスとマージの」

「さあ、それは知らないねえ。大したことじゃあないと思うがね。アレックスが仕事の上で何か失敗を演じてぶざまなところを見せたか何かしたんじゃあないのかな。それがマージには腹にすえかねたとか。とにかくわたしはそもそもの起こりについてさえ知らないんだよ。しかし、それが何であったにせよ、あいつについて妹が感じている誇りを非常に傷つけることだったに違いないよ。それで妹は辛く当たったたんだろう。

「具合が悪いことに、アレックスは妹の言うことをどうしても軽く聞き流せないんだ。まだ子供だった頃、わたしはいつもそうしていた。『ああ、マージ。そうだよ、マージ』で通すのさ。そうやってるうちに向こうは言うだけ言っておさまっちまう。ところが、アレックスってやつは、必ず弁解しようとするんだ。だからよけい話がもつれてしまう。あの時も、前の晩ほとんど夜通しやり合っていたらしいよ……そりゃあ今でこそ、やつは、あれほど大袈裟な話にしなけりゃあ家を飛び出すこともなかったし、飛び出していなけりゃあ何事も起こらずに済んだのに、なんて言ってるがね」

「『行動が物を言う』んだよ」アヴァロンが言った。「ああしていれば、こうしていれば、と言ってみたところではじまらない」

「そりゃそうさ。しかし、だからどうしろって言うんだ、ジェフ？　とにかくだね、連中はろくろく眠れずに夜を明かしたんだ。わたしも眠れなかった。何だか、テレパシーで結ばれていたんじゃないかと思うくらいだよ」

「そんな馬鹿な」ルービンが言った。

「わたしらは双生児だからね」ゴンザロはむきになって言った。

「二卵性じゃないか」ルービンは言った。「その服の下が女だっていうなら話は別だがね」

「それがどうした？」

「だからさ、テレパシーが通じるのは一卵性双生児同士の場合でしかないってことさ。もっとも、それだって馬鹿げた話だがね」

「とにかくだね」ゴンザロは言った。「アレックスはわたしのところへ来て、一緒に食事をしたんだ。あまり食欲がなかったよ。やつはわたしの肩にすがっておいおい泣いた。マージが時時辛く当たると言ってね。わたしは気の毒になって、『なあ、どうしてきみはあいつにそんなに気を遣うんだ？　そう深刻に受け取らなきゃあ、あれで結構いいところもあるんだぜ』とか言って慰めたよ。まあ、こういう場合にはよく使う科白《せりふ》だがね。二時間もすりゃあ、気をとり直して、家へ帰って仲直りするだろうとわたしは思っていた。そうしたら、公園へスケッチに行くなり、またベッドに潜り込んで眠るなりしようと思っていたんだ。ところが、二時間ばかりすると、また電話が鳴ったんだ。警察だった」

「アレックスがきみのところだって、どうしてわかったのかね？」ホルステッドが尋ねた。

「連中はそんなこと知っちゃいないさ。警察はわたしに電話してきたんだから。わたしはあれの兄だからね。で、わたしとアレックスが行って死体を確認したんだ。しばらくは、アレックスのやつ、まるで死人みたいな顔をしていたよ。妹が死んだってだけの話じゃあなかったんだ。何しろ、二人は相当派手な立ち回りを演じていた。近所に聞こえていたに違いないんだ。その女房が殺されたとなれば、まず疑われるのは亭主じゃないか。当然、警察はアレックスを取調べた。やつは夫婦喧嘩のことや、家を飛び出してわたしのところへ来たことなどを残らず話したよ」

「頭から信用されなかったろう」ルービンが言った。

「わたしの家にいたことはわたしが証言したよ。八時二十分ないし二十五分にやってきて、それからずっとそこにいたと証言したんだ。殺人があったのは九時だよ」

「と言うと、目撃者がいたのか？」ドレイクが尋ねた。

「いやいや、そんなものはいないよ。ただ物音を聞いた人間がいるんだ。下の階の住人が聞いているし、向かいの部屋にも聞こえている。家具がひっくり返る音や、悲鳴が聞こえたそうだよ。もちろん、誰も犯人を見てはいない。何も見ていないんだ。鍵をかけたドアの陰で耳を澄ましていたわけさ。しかし、とにかく物音は聞こえた。それが九時頃だったというんだ。その点、隣り近所の住人の証言は一致しているんだよ。

「警察としては、それで一件落着さ。あの界隈じゃあ、亭主が下手人じゃないとなりゃあ、あとはこそ泥か、麻薬患者と相場が決まってるんだ。アレックスとわたしは外へ出た。やつは飲んだくれて、わたしは二日ばかり一緒にいてやったんだ。何しろ、一人で放っておける状態じゃなかったからね。話というのはこれだけさ」

トランブルが言った。「で、最近はアレックスに会うのかい？」

「時々ね。何度に一度かはいくらか金を貸してやったりするよ。返してもらおうとは思ってない。マージが殺された次の週にやつは仕事を辞めちまってねえ。それっきり、ちゃんとした仕事はしてないらしいんだ。やつは何のことはない、腑抜けだよ。……つまり、自分を責めているんだな。何だってやつは妹と喧嘩しなきゃあならなかったんだろう？　どうして家を飛び出したりしたんだろう？　なぜわたしのところへ来なきゃあいけなかったんだろう？　まあ、とにかくお聞きのとおりさ。殺人事件には違いないが、ミステリには程遠い話だよ」

しばらくは誰も口を利こうとしなかった。やがて、ホルステッドが言った。「どんなものだろう、マリオ。ここで、その、われわれがそれについて……」

「話の肴《さかな》にしようっていうのかい？」マリオは言った。「いいとも。大いに肴にして楽しんでくれよ。質問があれば、できるだけ答えよう。しかし、殺しに関する限り、話すことは何もありゃあしないよ」

「そこなんだがね」ホルステッドは躊躇《ためら》いがちに言った。「誰もそれらしい人物を見てはいないわけだろう。誰だかはわからないが、どこかの麻薬患者が押入って妹さんを殺害したというのは一つの臆測にすぎないね。もしかしたら、他にもっと大きな理由がある者の仕業かもしれない、ということも考えられるね。その男は、どうせ疑われるのは麻薬患者だから、自分は安全だということを見越していたかもしれない。いや、男とは限らないがね」

「他の誰かって言うと？」マリオは眉を寄せた。

「妹さんには、敵はいなかったかね？　金を持っていて、それを誰かが狙っているというようなことはなかったかね？」ホルステッドは尋ねた。

「金？　あったとしても、そいつは全部銀行に預けていたし、もちろん、そっくりアレックスのものになった。もともとやつのものだったんだ。二人は何でも共同名義にしていたからね」

「痴情の線はどうかな？」アヴァロンが言った。「妹さんは浮気していたんじゃあないかね。あるいは、彼のほうが浮気していたのかもしれないな。夫婦喧嘩の種も、あるいはそれだったのかもしれない」

「それでやつが妹を殺したって言うのかい？」ゴンザロは言った。「妹が殺された時、やつはわたしのところにいたんだよ」

「彼とは限らないだろう。妹さんの情人かもしれないし、彼の愛人かもしれないじゃないか。男だとしたら、それは妹さんが愛想づかしをほのめかしたからだろうし、女だったら、きみの義理の弟と一緒になりたい一心だったのかもしれないよ」

マリオはかぶりをふった。「マージは妖婦っていうタイプじゃあなかったよ。よくまあアレックスとうまくいくもんだとわたしはいつも感心していたんだ。いや、その意味じゃあ、うまくいってなかったのかもしれないがね」

「アレックスはその点で不満を洩らしていたのかね？」トランブルがにわかに興味を示して質問した。

「いや、やつのほうだって、それほどの情熱家とは言えないからね。実際の話、アレックスは女房を亡くしてからもう三年鰥夫《やもめ》を通しているがね、その間女との付き合いは全然なかった。それはわたしが保証するよ。あんたらどうせ言うだろうから、先にこっちから言っとくが、男とも付き合ってはいない」

ルービンが言った。「ちょっと待てよ。二人の諍《いさか》いの種が本当は何だったのか、まだはっきりしていないじゃないか。何か仕事関係のことだって言ってたね？　本人が実際そう話したのを、きみは中身を忘れてるのか、それとも、本人からは全然話を聞いていないのか、どっちなんだね？」

「細かいことはしゃべらなかったし、こっちも無理に訊こうとはしなかったのさ。わたしにはかかわりのないことだからね」

「なるほど」ルービンは言った。「じゃあ、こういうのはどうだ？　そいつは何か仕事の上でも大きな問題だったんだ。たとえば、アレックスが五万ドルの金を盗んで、マージがそのことを咎《とが》め立てした。それで喧嘩になった。あるいは、マージのほうが横領をそそのかしたところが、アレックスが怖じ気づいて、それで喧嘩になった。もしかしたら、その五万ドルがアパートにあって、それを知っていた何者かがマージを殺して金を盗《と》った。アレックスはそのことを自分の胸にしまっているんじゃあないだろうか」

「何者かっていうのは誰のことだね？」ゴンザロがきっとして言った。「どこのどいつだって言うんだ？　アレックスはそんな男じゃない」

「よく言うやつだな」ドレイクが節をつけて言った。

「いや、本当にアレックスはそんなことをする男じゃあない。第一、彼がやったとしたら、勤め先のほうで黙ってはいまい。到底隠しおおせるはずがないじゃあないか」

トランブルが言った。「アパート内の対立という線はどうかね？　住人同士が睨み合ってるってことがよくあるじゃないか。誰かマージを憎んでるようなのはいなかったかい？　憎しみが高じて、とうとう殺してしまったというようなことは」

「それはないね。そんなに深刻だったら、当然わたしの耳に入っていたはずだよ。マージはそういう話となると、もう黙っていられないほうだったんだから」

ドレイクが発言した。「自殺ということは考えられないかね？　だってそうだろう、亭主にぷいとそっぽを向かれてしまったわけなんだから。おれはもう永久に出ていくくらいのことは言ったかもしれない。それで女房のほうは取り乱したんだ。で、わけもなくもう駄目だと思い込んで、発作的に自殺してしまった」

「凶器は台所のナイフだよ」ゴンザロは言った。「その点が問題だし、それに、マージは自殺するような女じゃない。誰かを殺したっていうんなら、あるいはあり得ることかもしれんがね。間違っても自分を殺したりはしないよ。おまけに、もし自殺だったとしたら、立ち回りの物音や悲鳴はどう説明するね？」

ドレイクは言った。「まず第一に、亭主とやり合った時に部屋じゅうひっくり返したのかもしれない。第二に、亭主を苦境に追い込もうとして、彼女は殺しを演出したかもしれない。傷つけられた妻曰く。復讐は我にあり」

「冗談じゃない。いい加減にしてくれ。マージはどう間違ったってそんなことをする女じゃあないんだ」ゴンザロはうんざりして言った。

「そいつはどうかな」ドレイクが言った。「他人のことっていうのは、意外にわかっていないものだよ。双子だったとしてもね」

「何と言われようとね、マージに限ってそんなことはない」

トランブルが言った。「何だっていつまでもくどくど言ってるんだ。時間の無駄じゃないか。こういうことは、さっさと専門家に訊けばいいんだ……ヘンリー」

ヘンリーは辛うじてわずかに慇懃《いんぎん》な関心を示して答えた。「はい、トランブルさま」

「ここらで皆に説明してはもらえないかね？　ゴンザロ氏の妹君を殺したのは何者だ？」

ヘンリーは微かに眉を上げた。「わたくしは専門家をもって自ら任ずるつもりは毛頭ございません、トランブルさま。ですが、あなたご自身も含めまして、皆さま方のこれまでのご発言は憚《はばか》りながらお眼鏡違いと申し上げないわけには参りません。わたくしはこの場合、警察の見方はまったく正しいと存じます。ご主人が下手人でないといたしますならば、これは強盗の仕業でございましょう。きょうび強盗を働きますのは、金か金に換えられる何かをほしがっている麻薬患者と考えて間違いございません」

「がっかりしたよ、ヘンリー」トランブルはいった。

ヘンリーは微かな笑顔を浮かべた。

「さあて、そろそろ」ホルステッドが言った。「次回のホストを決めて散会としようか。やはりゲストを迎えるようにしたほうがいいようだね。わたしの思惑はどうやらはずれたようだ」

「つまらない話で悪かったね」ゴンザロが言った。

「そんな意味で言ったんじゃないんだ」ホルステッドは慌てて弁解した。

「ああ、わかってるって。さあ、もうこの話は忘れよう」

男たちは席を立った。マリオ・ゴンザロはしんがりだった。そっと肩を叩かれて彼はふり返った。

ヘンリーだった。「ゴンザロさま。内密にお話しいたしたいことがございますんですが。他の方々のお耳には入りませんように。大層重要なことでございます」

ゴンザロはしばらくヘンリーの顔を見つめてから答えた。「わかった。一度外へ出て、皆に挨拶して、タクシーに乗ってここへ帰ってこよう」十分後、彼は戻ってきた。

「何か、妹のことかい、ヘンリー?」

「実は、そうなんでございます。内密にお話し申し上げたほうがよろしいと存じまして」

「なるほど。じゃあ、部屋へ戻ろう。もう誰もいないだろう」

「それはいけません。あの部屋で話されたことは何事によらず外で繰り返してはなりませんのですから。わたくしは、このことは秘密にしておくべきではないと存じます。わたくし、そこいらにいくらでもありますような並の悪事でございましたら口を拭って知らぬふりもいたしますが、人殺しとなりますと話は別でございます。どうぞこちらへ。お話のできる場所がございますから」

ヘンリーはゴンザロを店の一隅に案内した。すでに時間は遅く、レストランには客の影はほとんどなかった。

ヘンリーは声を落として言った。「わたくし、先程お話を伺っておりましたが、確認のためにいくつかお尋ねいたしてよろしゅうございますか」

「いいとも、何でも訊いてくれよ」

「たしか、四月の末の土曜日に、いらいらしたお気持になられて、十一時のニュースの前にお休みになったとおっしゃいましたね?」

「ああ、十一時ちょっと前だ」

「ニュースはご覧にならなかったのでございますね？」

「ああ、タイトルも見なかった」

「で、その夜、よくお休みになれなかったそうでございますが、ベッドからは一度もお出にならなかったのでございますね。手洗いにも、台所へもいらっしゃいませんでしたね」

「ああ、行かなかったよ」

「で、いつものとおりの時間にお目覚めになったのでございますね」

「ああ、そうだよ」

「そこなのでございます、ゴンザロさま。一つ気にかかることがあるのでございます。体内の生物時計の働きで毎朝正確に定まった時間にお目覚めになる方は、一年に二度、お目覚めの時間をお間違えになります」

「え？」

「この州では、一年に二度時計が変わるのでございますよ。日光節約時間《サマータイム》がはじまる時と、それが終わった時でございます。ところが、生物時計はそう急に変わるものではございません。ゴンザロさま、日光節約時間は四月の最終日曜日からでございます。日曜日の午前一時に、時計を二時に進めることになっております。十一時のニュースをご覧でしたら、その注意があったはずでございます。ところが、ゴンザロさまは十一時前に時計を巻かれました。その時、一時間進めたというお話はございませんでした。それからお休みになって、夜の間は一度も時計に手をお触れにはなりませんでした。翌朝八時にお目覚めになったとおっしゃいましたが、本当は時計の上では九時のはずでございます。わたくし、間違っておりますでしょうか?」

「これはしたり」ゴンザロは唸った。

「警察からの電話でお宅をお出になったきり、何日かお戻りにならなかったのでございますね。当然、お戻りになった時、時計は止まっておりました。止まった時、一時間遅れていたことをご存じの由もございません。正しい時間にお合わせになりましたから、とうとう時計が狂っていたことにお気づきにならなかったのでございます」

「考えもしなかったよ。いや、きみの言うとおりだ」

「警察はその点に気づくべきでございました。ところが近頃では、ありふれた犯罪は何もかも麻薬患者の仕業で手軽に片づけてしまうきらいがございまして。あなたは義理の弟さんにアリバイを提供なさいました。警察は面倒がないということで、それを鵜呑みにしたのでございます」

「じゃあ、きみは、やつが……」

「考えられないことではございません。諍いがあって、義弟《おとうと》さんが奥さんを殺したのが隣り近所の証言からもわかりますように朝の九時でございます。これはあらかじめ計算されていたことではなかったろうと存じます。ところが、殺してしまった後で、うろたえながらもあなたのことを思い出しました。そこが義弟さんの抜け目のないところでございます。時間を尋ねると、あなたは八時九分すぎだとお答えになりました。それで義弟さんはあなたが時計をお合わせにならなかったことを知ったのでございます。九時九分とお答えになったとすれば、義弟さんは高飛びしたことでございましょう」

「しかし、ヘンリー。何だってやつはそんな大それたことをしでかしたんだろう?」

「夫婦の仲というものはわからないものでございます。お妹さんは、大層要求がお高くていらしたのかもしれません。たとえば、お話を伺いますと、あなたの生き方を認めていらっしゃらなかったようでございますね。そのことを、かなり明からさまにお示しになっていらしたのではございませんか。そのために、あなたはお妹さんをあまりお好きにおなりになれなかったのでございましょう。ですから、おそらく結婚なさる前のご主人の生き方にもご不満がおありだったのではございませんでしょうか。その方は、風来坊だったとおっしゃいました。お妹さんはその方を、まともな勤勉な会社員になさいましたが、ご本人はそれが性に合わなかったのでございましょう。その不平不満が高じて、とうとう爆発して奥さんを手にかけてしまった後、その方はまたもとの風来坊の暮らしに返られたのでございましょう。あなたは、それが心の傷のためだとお思いですが、案外本人は清々《せいせい》した気持でいるのかもしれません」

「で……どうしよう?」

「それは、わたくしの申し上げるべきことではございません。なかなか立証することはむずかしゅうございましょう。三年前に、時計を合わせなかったことを、本当に思い出すことがおできになりますか? 弁護士は反対尋問でたちまちそこを論破いたしますでしょう。しかし一方、義弟さんはその点を問い詰められれば罪を認めるかもしれません。警察に連絡すべきかどうかは、あなたご自身がお考えにならなくてはなりません」
「わたしが?」ゴンザロは躊躇《ためら》いがちに言った。
「実のお妹さんのことでございますよ」ヘンリーは静かに言った。

"Early Sunday Morning"

あとがき

これは〈エラリー・クイーンズ・ミステリ・マガジン〉一九七三年三月号に『体内時計』の題名で発表された。

この雑誌の題名は、私としては読者が見過ごしてくれたほうがいいと考えているところに光を当てているようなものである。そこにこのパズルの鍵はあるのだから。題名を見て読者がその点に注意を集中したら、私の手のうちはまんまと見透かされてしまうだろう。それで私は元どおり『日曜の朝早く』という題に戻した。この題名は事実を述べているのだから決して私はずるくない。しかも、この題名は適度に中立で、私の謎が見破られずにすむ余地を充分に残している。

6　明白な要素

トーマス・トランブルは何やら嬉しそうな様子でひとわたりテーブルを見回した。「ああ、少なくともきみは似ても似つかぬペン画の肖像を描かれることはないわけだ。きょうはわれわれのお抱え画家は欠席だ……ヘンリー」

トランブルの胴間声の余韻が消えるより先にヘンリーは彼の脇に来て立った。澄んだ目をした皺のない顔には何の屈託も示されていなかった。トランブルはヘンリーの差出す盆からスコッチのソーダ割りを受け取って言った。「マリオからは連絡があったかね、ヘンリー？」

「いえ、ございません」ヘンリーは穏やかに答えた。

ジェフリー・アヴァロンは二杯目を定量の半分まで空けたグラスを揺するともなく動かしていた。「先月の、亡くなった妹の話の後だから、あるいは彼は……」

彼は皆まで言わずに、そっと自分の席にグラスを置いた。〈黒後家蜘蛛《ブラック・ウイドワーズ》の会〉の月例の会食は今まさにはじまろうとしていた。

当夜のホスト、トランブルは上座の肘掛椅子に腰を降ろした。「顔ぶれはすっかり飲み込んだかね、ヴォス？　わたしの右がジェイムズ・ドレイク。化学者だが、化学よりも三文小説のほうが詳しいんだ。それとても、まあ大したことはあるまいがね。次がジェフリー・アヴァロン。法廷なんぞは一度も覗いたことがないという弁護士だ。それから、イマニュエル・ルービン。おしゃべりの合間に物を書く男でね。と言うことは、つまり何も書いちゃいないのさ。次がロジャー・ホルステッド……きょうはまさかまたリメリックを無理に聞かせたりはしないだろうね？」

「リメリック？」トランブルのゲストははじめて口を開いた。大変快い声だった。軽くて、なおかつ響きのある声で、彼は子音を一つ一つはっきりと発音した。彼はこめかみからこめかみへかけて白い髯をきれいに刈り揃えていた。髪も白かった。そして白い髪と髯とに縁取られた彼の若々しい顔はつやつやと桃色に光っていた。「するというと、詩人ですか？」

「詩人？」トランブルはいかにも馬鹿にした口ぶりで言った。「自分では数学者だと言っているがね、それだって怪しいものだ。この男は『イリアス』の各章をリメリックにすると言って頑張っているんだよ」

「『オデュッセイア』もだよ」ホルステッドは持ち前の柔らかい、そして性急な声で言った。

「まあ、それはともかく、きょうも一つやってきた」

「結構。きみの詩は聞くに耐えん」トランブルは言った。「きょうはきみの朗読を禁止する。ホストの特権だ」

「おいおい、それはないよ」アヴァロンがいかにも几帳面らしい顔に不満の表情を浮かべて言った。「お粗末かもしれないが、まあ朗読させてやろうよ。一分とかかりはしないんだし、わたしはなかなか面白いと思うよ」

トランブルは彼の抗議を黙殺した。「諸君はわたしのゲストについてはすでにもうよくわかっているね？　ドクター・ヴォス・エルドリッジ。学位を持っている。ドレイクも博士なんだよ、ヴォス。ただし、ここではわたしらは皆〈ブラック・ウィドワーズ〉のメンバーであることをもってドクターなんだ」彼はグラスを上げ、オールド・キング・コールに対して月に一度の祈りを捧げた。会食は正式にはじまった。

ホルステッドはドレイクにそっと耳打ちして一枚の紙片を彼に渡した。ドレイクは立ち上がってそれを朗々と読み上げた。

愚かなるかなリュキア人
ゼウスの威を借り一矢報いる敵の陣
　トロイの信義形もなし
　そもパンダロスの勇み足
神かけた誓いの和平破れて残念閔子《びんし》騫《けん》

「こら」トランブルは言った。「読むなと言ったろう」
「わたしに読むなと言ったんだろう」ホルステッドは言い返した。「今読んだのはドレイクだよ」
「マリオがいなくて残念だね」アヴァロンが言った。「彼がいれば、何だそれは、とか言うんだから」

「遠慮しなさんな、ジェフ」ルービンが言った。「ぼくがわからないふりをしてやるから、得意の講釈を聞かせてくれよ」

しかし、アヴァロンはもったいぶって口をつぐんだままヘンリーがアペタイザーをテーブルに並べるのを待った。ルービンは例によってうさんくさい目つきでそれを見つめた。

「こいつは好かんね」彼は言った。「こう切りきざんでごちゃ混ぜにされちゃあ、何を喰わされてるのかもわからないじゃないか」

ヘンリーは言った。「お体によろしゅうございますよ」

「ヘンリーの言うことに間違いはないからね」ドレイクが言った。「彼が体にいいと言う以上、こいつは人畜無害だよ」

「まあ、やってごらんよ。なかなかいけるよ」アヴァロンが言った。

ルービンはひと口食べて顔を顰《しか》めた。けれども、後で見ると彼の皿はきれいに空《から》になっていた。

エルドリッジ博士は言った。「このリメリックには注釈が必要なのですか、ドクター・アヴァロン？ 何か、ひねった謎があるとか？」

「いやいや、そんなんじゃありませんよ。ああ、それからドクターとおっしゃる必要はありません。それはあらたまった場合だけのことですから。この会のたわむれに調子を合わせてくださるのは大変嬉しいことですがね。いや、つまりね、マリオは『イリアス』など読んだこともないんですよ。今どき、あんなものを読んでいる人間はほとんどいませんが」

「パンダロスというのは、たしか恋の橋渡しをする男でしたな。ぜげんとか、とりもちとかいう意味のパンダーという言葉はこれからはじまったわけですね。つまり、今のリメリックにあった勇み足というのが、それを指している」

「ああ、いやいや」アヴァロンは嬉しさを隠しきれずに言った。「あなたのおっしゃるのは中世のトロイラス伝説でしょう。シェイクスピアがこれに材を取って『トロイラスとクレシダ』を書いています。そこではパンダロスは橋渡しの役で出てきます。『イリアス』では、パンダロスはリュキア人で射手なんです。これが、休戦中にメネラーオスを射る。勇み足といっているのはそのことですよ。次の章でパンダロスはギリシャの戦士ディオメデスに殺されてしまいます」

「ほう」エルドリッジは力なく笑って言った。「恥をかくというのは、他愛もないことですな」

「自分からそれを望んでいればね」ルービンが言った。彼は折から運ばれたロンドン・ブロイルににっこり笑った。彼はパンにバターをつけて口に入れた。そうすることで、彼はその牛の脇腹の肉のステーキの見た目のよさを味わう時間を稼いでいるとでもいうふうだった。

「実はですね」ホルステッドが言った。「このところ何度かこの集まりでわれわれはいくつかの謎を解明しましてね。快刀乱麻というやつで」

「われわれはお粗末だったよ」トランブルが言った。「見事に謎を解いたのはヘンリーだ」

「われわれというのはヘンリーも含めて言っているんだよ」ホルステッドはととのった顔をか

っと赤くして言った。

「ヘンリー?」エルドリッジは眉を寄せた。

「この会の尊敬すべきウェイターでね」トランブルが言った。「〈ブラック・ウィドワーズ〉の名誉会員だよ」

ヘンリーはグラスに水を注ぎながら言った。「光栄でございます」

「光栄だなんて、とんでもない。きみが給仕してくれないならわたしはこんな会に出てきやしないよ、ヘンリー」

「どうも、恐れ入ります」

そのあと、エルドリッジは何やら考えに耽る様子でじっと皆のやりとりに耳を傾けていた。

会話は例によってしだいにかまびすしくなった。ドレイクは、ともにパルプマガジンのキャラクター、エージェントXとオペレーター5のさだかならぬ区別について論じていた。そして、ルービンは彼自身だけが知っているある理由から反論を試みていた。

ドレイクはややかすれた響きのある声を決して高めることなく言った。「オペレーター5も変装していたかもしれない。その点は、敢《あ》えて否定しないよ。しかしだね、〝千の顔を持つ男〟と呼ばれていたのはエージェントXだった。論より証拠、わたしの資料からそのことの載っている雑誌をコピーして送るよ」彼は手帳を取り出して心覚えを書きつけた。

ルービンは旗色が悪いと見て取ると、直ちに矛先を転じた。「それはともかく、そもそも変装なんてものは嘘っぱちなんだ。変装で隠せないことはいくらでもあるんだからね。立っている時の恰好とか、歩き方、声、それに自分でも気がついていない癖なんぞがいくらでもある。自分で知らないんだから隠しようもないのさ。変装が通用するとしたら、そいつは誰も見ていないからなんだ」

「言い換えると、人は自分を騙すってことですな」エルドリッジが口を挟んだ。

「そのとおり」ルービンは言った。「人間は皆騙されたがっているわけですよ」

アイスクリーム・パフェが運ばれて来た。ほどなく、トランブルがスプーンでグラスを叩いた。

「尋問の時間だ」彼は言った。「わたしはホストだからして、大審問官としての発言を辞退しよう。マニー、きみが代わってこの名誉ある役を務めてくれないか」

ルービンはすかさず言った。「ドクター・エルドリッジ。あなたは何をもって、あなたの存在の事実を正当となさいますか？」

「わたしが真実と誤謬《ごびゅう》とを区別することに努めている事実によってです」

「あなたは、そうすることに自身成功しているとお考えですか？」

「もっと完璧であることが望ましいかもしれません。しかし、許される限りにおいてわたしは成功していると思います。真実と誤謬を区別しようというのは誰にも共通した願望です。わたしたちは皆それを試みています。ホルステッド氏のリメリックにあったパンダロスの行為についてのわたしの解釈は誤りでした。アヴァロン氏がわたしの誤りを正しました。変装について一般に言われていることは誤りであるとあなたはおっしゃいました。そして、その誤りを正されました。誤りを知った時、わたしは可能であればそれを正そうと努めます。ところが、それは必ずしも容易なことではありません」

「あなたは、いかなる方法いかなる形式によって誤りを正すのですか？　あなたは、あなたの職業をどう説明なさいますか？」

「わたしは」エルドリッジは答えた。「異常心理学の准教授《アソシエート・プロフェサー》です」

「どこの大学で……」ルービンは尋ねようとした。

アヴァロンがよく通る声で凛乎《りんこ》として遮った。「失礼、マニー。しかし、今のは答弁忌避《きひ》ではないかね。きみはドクター・エルドリッジの職業を尋ねた。しかるに彼は地位をもって答えた。……あなたは、ドクター・エルドリッジ、あなたの時間のもっとも多くを何に充《あ》てておれるのですか？」

「超心理学的現象を研究しています」エルドリッジは言った。

「いやはや」ドレイクはぼそりと言って煙草をもみ消した。

エルドリッジは言った。「あなたは、そんなものは認めないとおっしゃる？」彼の表情にはいささかの動揺も示されてはいなかった。ヘンリーをふり返って彼は言った。「いや、結構、ヘンリー。もうコーヒーは充分いただいたよ」その声は冷静そのものだった。

ヘンリーはカップを持ち上げて空であることを示していたルービンのほうへ移った。

「認める、認めないの問題じゃあないですよ」ドレイクは言った。「わたしに言わせれば、あなた、それは時間の浪費ですよ」

「どうしてです？」

「テレパシーだの、予知能力だのってやつでしょう？」

「そうです。それから、幽霊や心霊現象といったものもやっています」

「なるほど。これまでに、何か説明のつかないことに出くわしたことがありますか？」

「説明と言いますと？　たとえば幽霊ならば、『そう、あれは幽霊です』と説明することができますが、あなたのおっしゃるのは、そういう意味ではありませんね？」

ルービンが割り込んだ。「ここでドレイクに加勢するのはぼくの本意じゃあありませんがね、彼が訊いているのは、おわかりのとおり、これまでに確立されているごく一般的な科学の法則によっては説明できない現象に出会ったことはないか、ということですよ」

「そんな現象には始終出くわしていますよ」

「説明できない？」ホルステッドが口を挟んだ。

「説明できない現象です。毎月、何かしら説明のつかないことがわたしのところへ持ち込まれてきます」エルドリッジは静かにうなずきながら言った。

男たちの手に取るように明からさまな不信を孕《はら》んだ短い沈黙が流れた。アヴァロンが言った。

「ということは、あなたはそうした超自然現象を信じておられるということですか？」

「物理学の法則に反するような出来事が起こると思うかという意味の質問なら、それは違います。わたしが物理学の法則について、知るべきことはすべて知悉《ちしつ》していると自ら考えるか、という質問ならば、これも違います。物理学の法則について、知るべきことはすべて知悉している人間が世の中にいると思うか。これもまた、違います」

「答弁忌避だ」ドレイクが言った。「あなたは、たとえば、テレパシーというものが現実に存在して、現在一般に受け入れられている物理学の法則はそれに従って訂正されなくてはならないということを明らかにする証拠を提示できますか？」

「わたしはそこまで言いきる立場にはありません。非常に詳細を極めた話にも、まったく意識的ではない誤りや、誇張、誤認、あるいははじめから人をかつぐつもりの嘘などがあることはわたしも充分に承知しています。しかし、そういうことを全部認めた上でなお、どうでもいいことだと言って打ち捨てにはできない出来事に出くわすことがあるのです」

エルドリッジは首をふってさらに続けた。「なかなか厄介でしてね、わたしの仕事は。時として、当たり前の説明では到底片づきそうもない出来事があるのですよ。普通知られているところとはまったく別の何かが宇宙を支配しているとでも考えないわけにはいかないという場合があるのです。それをわたしは認めざるを得ない……しかし、わたしは迷います。あまりにも周到に企まれたぺてん、あるいは、あまりにもたくみに隠された誤りのために、わたしは苦労して、意味もないでたらめを、これこそ黄金の真実と受け取っているのかもしれない。そんなことがあっていいのだろうか、とわたしは思います。ルービン氏が言われるであろうとおり、わたしも騙されることがなくはないのです」

トランブルが言った。「マニー流に言うなら、きみは騙されたがっているわけだ」

「あるいは、そうかもしれない。誰しも、劇的なことは真実であってほしいと思う気持があるからね。星に願いごとを叶えてもらいたい。不思議な能力を持ちたい。女にやたらともててみたい……どんなに理性的合理的なつもりでも、内心どこかでそんなことを信じようとする気持が働いているんだよ」

「ぼくは違うなあ」ルービンがきっぱりと言った。「ぼくは自分を偽ったことなんてこれまで一度もないですよ」

「ほう」エルドリッジは考え深げにルービンを見つめた。「ということはつまり、あなたは、いかなる状況においても、超心理学的現象が事実起きていることを信じようとはなさらないわけですね?」

「そうは言いませんよ」ルービンは言った。「ただ、それを信じるには、よほどちゃんとした証拠がなくては駄目でしょうね。これまでいろいろ言われているようなことは問題にならないほどの、しっかりとした証拠がなくては」

「ほかの皆さんはいかがです?」

ドレイクが言った。「わたしらは皆合理主義者ですよ。もっとも、マリオ・ゴンザロはどうかわかりませんがね。きょうは来ていないから」

「きみもかね、トム?」

トランブルの皺の多い顔がにったりと歪んだ。「これまできみにいろいろと聞かされた話は一つとして信じられんね、ヴォス。今さらきみの話で考えが変わるはずもなかろう」

「これまでにした話は、わたし自身信じられないことばかりだったからね、トム。ところがだよ。今度は違う。きみには話したことのない話なんだ。実は、これはわたしの学部以外ではまだ誰も知らないことなのだよ。その話を今これからしようと思うんだ。もし、ここにいる皆さんが基本的な科学的宇宙観を変えずに済む説明を考え出してくださるものなら、わたしは大変救われるわけです」

「幽霊の話ですか？」ホルステッドが尋ねた。

「いえ、幽霊の話じゃありません」エルドリッジは言った。「ただ、すべての科学の礎石とも言うべき、原因と結果の原則を否定する一つの話であるにすぎません。言葉を変えるならば、時間は常に未来に向かう一定方向の流れであって、決して逆流することはないという概念を否定する話なのです」

「実際には」ルービンがすかさず言った。「素粒子のレベルでは時間の流れは……」

「うるさいぞ、マニー」トランブルが言った。「ヴォスの話を黙って聞けよ」

ヘンリーは各人の前にそっとブランデーを置いた。エルドリッジは何げなくそれを取り上げて匂いをかぎ、ヘンリーに向かってうなずいた。ヘンリーは品よく微かな笑いを返した。

「不思議なことですが」エルドリッジは言った。「特殊な能力を備えていると言い張ったり、あるいはまわりからそう言われたりする人間は、圧倒的に女性が多いのです。それも、たいていの場合、特に教育もない、社会的にもほとんど問題にされないような、知的に恵まれているわけでもない女性です。何と言いますか、特殊な能力が、本来ならばその人の人格のもっといろいろな側面に分散すべきものを残らず飲み込んでしまったとでもいうふうな感じです。あるいは、ただ、そういう特殊能力は女性においてより表面化しやすいというだけのことかもしれないのですが。

「まあ、それはさておき、これからある人物についてお話しするわけですが、ここではとりあえず、メアリーと呼んでおきましょう。もちろん、これは本名ではありません。その女性は目下調査中だものですから、わたしとしては、野次馬の関心を惹いてしまうようなことになったら致命的だと思うのです。おわかりですね」

トランブルは大仰に顔を顰めた。「何を言うんだ、ヴォス。ここで話されたことは、絶対にこの壁の外へは洩れないと言ったはずじゃあないか。妙に気を遣うことはないんだ」

「事故ということもあるからね」エルドリッジは澄ました顔で言った。「まあ、とにかくメアリーとしておこう。メアリーは小学校もろくに出ていません。スーパーのレジで辛うじてなにがしかの金を稼いで暮らしている女です。女としての魅力は全然ですから、誰も彼女をカウンターからさらっていこうとはしません。そのほうがいいのかもしれないのです。というのは、彼女はなかなか役に立って、重宝がられているからなのです。足し算も満足にできないし、ひどい頭痛持ちで、発作が起きると奥の部屋へ引っ込んでしまうんですが、その時、何だか不吉な感じでわけのわからないことをぶつぶつ言って他の従業員たちを怖がらせるというんですから、重宝がられているというのは意外に思われるかもしれません。にもかかわらず、店は断じて彼女を手放そうとはしないのです」

「どうしてです?」ルービンが尋ねた。彼はことごとに懐疑派をもって自ら任じようと決意しているに違いなかった。

「どうしてかと言いますと、彼女は万引を見つけるのです。この頃の万引は、店一軒を満身創《そう》痍《い》で瀕死の状態に追い込むくらいのことはやりますからな。と言っても、メアリーは別に機転がきくわけでもないし、目がいいわけでもありません。執拗に追いかけて万引を捕まえるのでもないのです。ただ、彼女は男であれ女であれ、万引犯が店に入ってくると、それがわかるのです。会ったこともない相手でもです。それどころか、実際に相手が店に入るところを見ていないのに、ちゃんとわかってしまうのです。

「はじめの何度かは、メアリーは自分で万引犯人の後を尾《つ》けました。そのうち、だんだんヒステリー症状を起こすようになり、やがて例のぶつぶつがはじまったのです。店長はとうとう二つのこと、つまりメアリーの奇妙な行動と万引を結びつけて考えるようになりました。で、店長は彼女の発作と万引を注意して観察したのです。彼女が絶対に間違わないことがわかるにはいくらもかかりませんでした。

「被害は目に見えて減りました。スーパーがあったのは環境が悪いことでは札つきの場所でしたが、その店では事実上万引の被害はゼロになりました。当然、店長のお手柄ということになりましたよ。きっと、本当のことはそっと隠しておいたのでしょう。メアリーを引き抜かれたりすることがないように。

「ところが、店長は怖くなったらしいのです。メアリーが万引だと言って指さした相手が、実は万引を働いてはいなかったことがありました。けれども、その男は後で撃ち合いの喧嘩沙汰に巻き込まれたのです。店長はわたしのところでやっている研究について多少知ってたものですから、それでわたしたちのところへやってきました。で、とうとう、メアリーを連れてきたというわけなのです。

「わたしたちは彼女に定期的に大学に来てもらうようにしました。もちろん、報酬を払ってですよ。必ずしも充分に払ったとは言えませんが、彼女のほうでも、それほど多くは望まなかったのです。メアリーは二十歳前後で、何かこう、陰気な感じの、鈍い女の子でした。それに、自分の頭の中で起こっていることについて、あまり話したがりませんでした。おそらく、小さい頃変なことを言うというのでずいぶんいじめられたのだろうと思います。それで用心深くなったわけですよ」

ドレイクが質問を発した。「つまり、その女の子は予知《プリコグニション》の能力を持っていたということですか?」

エルドリッジは答えて言った。「プリコグニションとは、ラテン語で何かが起こる前に知るという意味ですな。メアリーは、実際何かが起こる前にそれがわかるんですから、他に言い方があるでしょうか? 彼女はいやなことだけを予知するのです。頭に来ることとか、怖いことかを予知するんですから、彼女の人生はきっと地獄の苦しみだろうと思いますよ。混乱したり、恐怖を感じたりすることで、彼女は時間の障壁を乗り越えるのです」

ホルステッドが言った。「境界条件を設けましょう。彼女は何を感知するか。時間にしてどれくらい前に物事を予知するか。空間的には、どれほど隔った場所の出来事を予知するか」

「彼女からあまり多くを知ることはできませんでした」エルドリッジは言った。「彼女の能力はいつ何時《なんどき》でも自由に引き出せるというものではありませんでしたし、それに、わたしたちのところへ来ると、どうしても彼女はすっかり緊張が解けるということがありませんから。店長の話と、わたしたちがこれまでに知り得たことを考え合わせると、どうやら彼女はほんの数分より先のことはまず予知できないようです、どんなに早くても、三十分から一時間前が限度のようです」

ルービンがふんと鼻を鳴らした。

「数分前ということは」エルドリッジは穏やかに言った。「一世紀前に匹敵しますよ。理屈の上では同じことです、原因と結果の原則は犯されているし、時間の流れは逆行しているんですから。

「空間的な隔りについては、これは限界がないようです。とにかく彼女に何か話させることができた時には、切れぎれの、何の脈絡もない言葉をこちらで解釈しながら聴くわけですが、どうやら、彼女の頭の奥にはいつも何かこう恐ろしい映像がちらちらしているんですね。それが時々、一瞬雷に打たれたようにぱっと光る。それで彼女は予知するというか、感知するというか、とにかく何かを知るわけです。まさに起ころうとしていること、あるいは彼女が恐れていることが、彼女にははっきりと見えるのです。たとえば、さっき言った万引なんかですね。ところが、場合によっては、彼女は非常に遠くで起こりつつあることも予知します。出来事が悲惨なものであればあるほど、彼女はより遠くのものを予知できるのです。世界じゅうのどこであれ、もし核爆弾が破裂しようとしていれば、彼女はそれを察知するんじゃないかと思います」

ルービンが言った。「その女の子はわけのわからんことを口走るんでしょう。そいつをあなたは適当に補って聴くわけだ。神がかりになった予言者がぐじゅぐじゅ言ったことを意味の通じる言葉として聞きなすという例は歴史を通じていくらでも見られますね」

「おっしゃるとおりです」エルドリッジは言った。「で、わたしは、はっきりと聞き取れないところは無視しています。あるいは、少なくとも、あまり深刻には考えないようにしています。万引を何人も見抜いたという前例も、わたしはそれ自体あまり重要なこととは考えないようにしているほどですよ。彼女は勘がよくて、万引犯人に特有なちょっとした姿勢とか目つき、ある種の殺気、あるいは何か臭いのようなものを感じることができるのかもしれませんからね。さっき、ルービンさんが言っておられた、変装では隠せない種類のものですね。ところがです……」

「ところが？」ホルステッドが促すように言った。

「あ、ちょっと失礼」エルドリッジは言った。「ああ、ヘンリー。やっぱり、コーヒーのお代わりをもらおうかね」

「どうぞどうぞ」ヘンリーは言った。

エルドリッジはコーヒーがカップの中を迫り上がっていく様を見つめた。「きみは超自然現象をどう思うね、ヘンリー？」

ヘンリーは答えた。「どうこうというふうに定まった考えは持っておりません。信じないわけにはいかないということがあれば、わたくしはそれを信じることにいたしております」

「結構！」エルドリッジは言った。「きみは信頼できるね。ここにいる偏見と先入観に毒された合理主義者たちとはわけが違う」

「じゃあ、先を聞こうじゃないですか」ドレイクが言った。「あんた、いよいよっていうところでわたしらを放り出したんだ」

「とんでもない」エルドリッジは言った。「わたしはある時点まで、メアリーをそれほど深刻に扱ってはいなかったということを言いたかったのですよ。ところがです、ある日突然、彼女は体をよじりながらあえぎだしました。ぜいぜいいう息の下で彼女は何やら口走るのです。いえ、こういうことはよくあるんですが、この時は、聞いてみると『エルドリッジ、エルドリッジ』と言っているじゃあありませんか。声はしだいに鋭く甲高くなっていきました。

「わたしのことを呼んでいるのかと思ったら、そうではないのです。わたしが返事をしても、まるで相手にしません。何度も何度も、『エルドリッジ！』と叫ぶんです。

そのうちに、彼女は叫びだしました。『火事よ！　まあ、大変！　燃えてるわ。助けて。エルドリッジ！　エルドリッジ！』他にもいろんな言葉が出てきましたが、要するにこういう意味のことを繰り返し何度も叫ぶのです。三十分ばかりもそんなふうだったでしょうか。

「わたしたちは、何とかその意味を汲み取ろうとしました。もちろん、不必要に邪魔立てしてはならないと思いましたから、あまり大きな声で呼びかけたりはしませんでした。でも、わたしたちは何度も、『場所は？　どこ？』と言いました。断片的に聞き取れる言葉の端々からわかってきたのですが、どうやらサンフランシスコのことを言っているらしいのです。言うまでもなく、三千マイル近く離れた場所です。どう考えてみたところで金門橋《ゴールデン・ゲート》はほかにはありません。一度大きな発作がやってきて、その中で彼女は何度も『ゴールデン・ゲート』と言ったのです。後で調べてみると、彼女はゴールデン・ゲート・ブリッジなんて聞いたこともないし、それどころか、サンフランシスコだってどの程度知っているか怪しいものでした。

「聞き取ることができた言葉を併せて考えると、どうやらこんなことらしいのです。サンフランシスコのあるところに、一軒の古いアパートがある。ゴールデン・ゲート・ブリッジからは目と鼻の先のところだろう。そのアパートが火事で焼けた。出火当時建物内には全部で二十三人の住民がいたが、そのうち五人が逃げ遅れて死亡した。五人の中の一人は幼児である」

ホルステッドが言った。「で、調べてみると、まさしくサンフランシスコで火事があって、幼児一人を含む五人が死亡していた、ということですね」

「そうなんです」エルドリッジは言った。「ところが、妙でしてね。死亡した五人の中の一人はソフロニア・ラティマーという女性でした。その婦人はいったん無事に逃げ出したんですが、八歳になる自分の息子が逃げ遅れていることに気がついて、慌ててまた子供を呼びながら燃えているアパートに駆け込んだのです。それっきりでした。その子供の名がエルドリッジなんですよ。その婦人が煙に巻かれて死んでいく時に、何を叫んでいたのかがこれでわかるでしょう。

「エルドリッジという名前はそうざらにあるものではありません。今さら言うまでもないことですがね。で、わたしはメアリーがほかでもないその名前に感応したために、ということはつまり、わたしとのつながりでですね、そして、非常に悲惨な状況であるということで、この事件を予知したのではなかろうかと考えているわけなんです」

ルービンが言った。「他に解釈のしようがあるか、ということですか?」

「そういうことです」エルドリッジは言った。「無知蒙昧《もうまい》な女の子が、いったいどうやって火事のことを細かく、それもことごとく正確にですよ、三千マイルも離れたところで予知したのでしょう。わたしたちは実際の火事の様子について詳しく調べてみましたから」

ルービンは言った。「三千マイルってとこにどうしてそうこだわるんです? 最近じゃあ、そんな距離は何でもないでしょう。光速でたったの六〇分の一秒ですよ。その女の子は火事のニュースをラジオかテレビで知って、おそらくテレビでしょうね、そいつをあなたに話したんじゃありませんか。特にその話を選んだのは、エルドリッジっていう名前のためでしょう。きっとあなたが大喜びするだろうと思ったんですよ」

「どうして?」エルドリッジは言った。「どうして彼女がそんないかさまをやるんです?」

「どうして、って……」ルービンは一瞬虚を衝かれたように口ごもったが、すぐに立ち直って大声で言った。「そりゃあそうでしょう。そういう連中と長年付き合っててわかりませんか。あの連中は何とかして人をぺてんにかけようとしてるんだ。まんまと人をかつぐと、自分が偉くなったような気がするってことがあるじゃないですか。それに、こいつは忘れちゃあいかんのだが、商売になるってことですよ」

エルドリッジはしばらく考えてから首をふった。「彼女には、あれだけのことをやってのける頭はありませんよ。ぺてん師というのは頭がよくなくてはなれるもんじゃありません。それも、ぺてん師として一流になろうとすればなおさらです」

トランブルが口を挟んだ。「しかしねえ、ヴォス。何もその女の子が一人でやっているとは限らんじゃないか。共犯者がいるってこともある。そいつが筋書を考えて、女の子がヒステリーを演じるのかもしれない」

「共犯者がいるとして、誰だと思います？」エルドリッジは静かに尋ねた。

トランブルは肩をすくめた。「そんなこと、知るものか」

アヴァロンが咳払いして言った。「わたしはトムに一票入れますね。共犯はそのスーパーの店長でしょう。店長は彼女が万引を見抜く才能があることに気がついた。そこで、それをもう少し派手な話に仕組もうと思い立った。いやあ、そうに違いありませんね。そこへ持ってきて、テレビで火事のニュースを見て、エルドリッジの名前を知った。それで彼女を仕込んだんですよ」

「彼女を仕込むのにどれだけ時間がかかると思います？」エルドリッジは言った。「何度も言っているように、彼女は少々頭が弱いんですよ」

「それほど面倒なことはないでしょう」ルービンがすかさず言った。「わけのわからんことを切れぎれに口走るっていうんでしょう。だから、キー・ワードだけいくつか教え込んでおきゃあいいんですよ。エルドリッジ。火事。ゴールデン・ゲート、云々《うんぬん》といった具合にね。女の子はそいつをでたらめに繰り返す。すると、あんた方学識豊かな超心理学者たちが適当に解釈してくれるという段取りです」

エルドリッジは一つうなずいてから言った。「面白いご意見ですな。ただ、彼女を仕込む時間はありませんでした。そこが予知の予知たるところでしてね。彼女が発作を起こした時間と、サンフランシスコで火事があった時間は正確にわかっています。出火の時刻は、彼女の発作がおさまった時刻とほぼ符合しているんですよ。まるで、現実に火事が起きた以上、もはやこれは予知の問題ではないというわけでメアリーと火事の接触が断たれた、とでもいうふうでした。ですから、彼女を仕込む時間などあるはずがないのです。ニュースが全国ネットのテレビで放映されたのは夜になってからですからね。わたしはそれではじめて本当に火事があったことを知って、本格的な調査に乗出したのです」

「いや、待ってくださいよ」ホルステッドが言った。「時差はどうなんです？　ニューヨークとサンフランシスコは三時間の時差がありますよ。共犯者がサンフランシスコにいて……」

「共犯者がサンフランシスコにいるですって？」エルドリッジは目を丸くした。「大陸を跨いだ共同謀議だとおっしゃるんですか？　それから、お断わりしておきますが、時差についてはわたしも重々承知していますよ。メアリーの発作がおさまったところで火事が発生したと言いましたが、それは時差を計算に入れての話です。メアリーの発作は、東部標準時間で午後一時十五分頃でした。サンフランシスコで火事が起きたのは、太平洋岸標準時間でだいたい午前十時四十五分です」

ドレイクが発言した。「こういうのはどうですか？」

「どうぞ」エルドリッジは言った。

「さっきからのお話で何度も出ていましたが、その女の子は教育もないし、頭も弱いということですね。で、時々発作を起こす。おそらく、てんかんの発作でしょう」

「いえ、それは違います」エルドリッジはきっぱりと否定した。

「ああ、予言者の発作でもいいですよ。その子はぶつぶつ呟いたり、あらぬことを口走ったり、叫んだりする。体をよじったり、いろいろするけれども、どんな場合も決してはっきりと物を言うことがないわけですね。彼女が何か言葉らしき声を発すると、それをあなたが解釈して、全体を繋ぎ合わせて意味を汲み取るわけだ。ですから、たとえば仮に、その子が何か言って、それが〝原子爆弾〟と聞こえたようなことがあったとすればですね、今の話であなたが〝エルドリッジ〟と聞きなしたところは、あるいは〝オーク・リッジ〟でもよかったかもしれませんね」

「ゴールデン・ゲートはどうです？」

「〝クドゥント・ゲット (couldn't get)〟と聞きなして、何か別の意味を引き出せたかもしれない」

「悪くないですな」エルドリッジは言った。「ただ、わたしらはああいう神がかりの状態にある連中の言うことを聞きわけるのはえらく骨だってことをよく知っていますから、そこは抜かりなく、文明の利器を大いに活用するわけですよ。わたしたちは彼女とのやりとりをいつも録音することにしていました。この時の録音も採ってあります。何度も再生して聴いてみましたが、〝エルドリッジ〟と言っていることは間違いありません。〝オーク・リッジ〟じゃありません。〝クドゥント・ゲット〟ではなくて、〝ゴールデン・ゲート〟です。何人か別の人間の耳でも聴いてもらいましたが、この点は誰が聴いても同じでした。それに、わたしたちは彼女の言葉を聞き取って、火事の有様を詳しく再現しましたが、それは実際のデータを知る前のことですよ。事実に照らして、訂正するべきことは何一つありませんでした。細かい部分にいたるまで、完全に事実と一致しましたよ」

長い沈黙がテーブルを覆った。

やがて、エルドリッジは言った。「と、まあそんなわけです。メアリーは三千マイル離れた場所の火事を三十分前に予知したのです。しかも、火事の状況は細部に至るまで、彼女の言ったとおりでした」

ドレイクが釈然としない様子で言った。「あなたは、信じるのですか？　たしかに、予知能力だと思いますか？」

「信じまいとしているのです」エルドリッジは言った。「しかし、敢えて信じないと言う、どんな理由がありますか？　こんなことを信じるような馬鹿な真似はしたくありませんよ。でも、信じないわけにはいかないじゃありませんか。どこでわたしは自分を騙しているでしょうか？　これが予知でないとしたら、じゃあいったいこれは何ですか？　実は、ここへ来れば、何か納得の行く説明が得られるのではないかと密かに期待していたんですが」

再び沈黙が訪れた。

エルドリッジは言葉を続けた。「こうなっては、シャーロック・ホームズの偉大な格言を引き合いに出すより仕方がありませんね。〝不可能をすべて消去した後に残るものこそ、よしやいかにそれがあり得べからざることであろうとも、真実である〟。この場合、いかなる方法によるでっち上げも不可能であるとすれば、残る真実は予知能力でしかないことになります。そうは思いませんか?」

沈黙はより重苦しく一同を押さえつけた。と、トランブルが突然大声を発した。「何だ、おい、ヘンリーがにやにやしてるじゃないか。まだ誰も彼の意見を訊いていなかったな。どうかね、ヘンリー?」

ヘンリーは咳払いした。「顔に出すべきではございませんでした。でも、エルドリッジ先生のお引きになりました言葉に、つい笑ってしまいました。これは、皆さんがむしろただ今のお話を信じようとなさっていらっしゃるという、駄目押しの証拠であるように思われまして」

「信じるも信じないもないじゃないか」ルービンが顰め面で言った。

「そうでございましょう。ところが、わたくし、トーマス・ジェファースン大統領の言葉をふと思い出したんでございます」

「どんな言葉だね?」ホルステッドが尋ねた。

「ルービンさまはご存じでいらっしゃると思いますが」ヘンリーは言った。

「たぶん、知ってると思うがね、ヘンリー。でも、この場合にちょうどいい言葉というと、何かあったかねえ。独立宣言かな?」

「そうではございません」とヘンリーが言いかけるのを、トランブルが語気を荒らげて遮った。

「二十の扉は止そうよ、マニー。で、ヘンリー、きみは何が言いたいんだ？」

「そこなんでございますが、不可能をすべて消去して後に残ったものこそ、よしやいかにそれがあり得べからざることであろうとも、真実である、と申しますのは、実際考慮されるべき点はすべて考慮されているという仮定に立ってのことでございまして、普通はなかなかそうは言えないものでございます。たとえば、ここで十の要素を考えたといたしましょう。そのうち九つまでは明らかに不可能であったといたします。そうしますと、残った第十の要素は、いかにあり得べからざることであっても、真実でございましょうか。もし、第十一の、あるいは第十二、第十三の要素があったとしたら、いかがでございましょう、わたしらが考えていない要素があるって」

アヴァロンがむきになって言った。「じゃあきみは、わたしらが考えていない要素があるって言うのか？」

「どうやら、そのようでございます」ヘンリーはうなずいた。

アヴァロンは首をふった。「そんなことがあるとは思えないがね」

「しかも、それは明白な要素でございます。何にも増して明らかなことでございます」

「だから、それは何だって言うんだ？」ホルステッドが大声で言った。見るからにじれていた。

「はっきりと話せよ」

「まず第一に」ヘンリーは言った。「ただ今のお話のように、三千マイルも離れたところの火事の有様を前もって事細かに言い当てる若い女の能力を説明いたしますには、予知能力ということがなければ不可能だということは明らかでございます。ところが、予知能力もまた不可能なものと考えるとしましたら、いかがでございましょう。そうなりますと……」

ルービンがまばらな髯をふるわせて立ち上がった。厚いレンズの眼鏡の奥で彼の目は異様に拡大されていた。「それだ！　火事は仕組まれていたんだ。その女の子は何週間も前から特訓を受けていた。共犯者はサンフランシスコへ行って二人は打合わせどおり行動した。女の子はこれから起こることがわかっている出来事を予言した。相棒のほうは、女の子が予言することがわかっている、そのとおりのことをやってのけた」

ヘンリーは言った。「故意に五人の犠牲者を殺すようなことを計画した、とおっしゃるんでございますか？　中の一人は八歳の男の子でございますよ」

「まさか、人類の美徳を信じるようになったなんて言うんじゃないだろうな、ヘンリー」ルービンは言った。「きみは悪事に対しては人一倍敏感だったはずじゃないか」

「ささやかな悪事に対してはでございますよ。たいていの人ならば見逃してしまいますような。しかし、まさか気まぐれの予知能力を立証するために、誰かは存じませぬが、わざわざそのような恐ろしい複数殺人を企てようとは、わたくしには信じられません。それに、二十三人の住民のうち十八人が逃げおおせて、特定の五人が死亡するような火事を起こすには、それこそまさに、予知能力の助けがいることでございます」

ルービンは頑《かたく》なに言い張った。「五人を閉じこめる方法はいくつもあるよ。手品でカードを一枚引かせるように……」

「皆さん！」エルドリッジが思い入れたっぷりに言った。「火事の原因をまだお話ししていませんでしたね」

彼はテーブルをひと渡り見回し、自分に関心が集中していることを確認してから言った。

「火事の原因は、落雷です。あらかじめ決められた特定の時間に、どうやって落雷を起こせますか？」彼はどうすることもできないというふうに両手を拡げた。「まったくの話、わたしはこのところもう何週間もこの問題で頭を悩ませているんですよ。わたしは未来予知などということを信じたくないんです。しかし……ああ、これできみの考え方も否定されたんじゃあないかね、ヘンリー」

「どういたしまして、エルドリッジ先生。これではっきりいたしました。間違いございません。メアリーと火事のお話になりましてからというもの、先生のおっしゃいますことはどれもこれも、聞くほどにぺてんは仕組む余地がなく、未来予知ということが起こったのであると思わないわけには参らぬことでございました。ところが、もし、未来予知ということもまた不可能であるといたしますならば、残る答はただ一つでございます。先生、ただ今のお話は、何もかも作り話でございます」

〈ブラック・ウィドワーズ〉の面々は申し合わせたように驚愕の叫びを発した。アヴァロンのうろたえた「ヘンリー！」という声は中でもひときわ高かった。

しかし、エルドリッジは椅子の背に凭《もた》れたまま、さも愉快そうに笑っていた。「そのとおり、今のは作り話さ。はじめから終わりまでね。わたしはね、あなた方いわゆる合理主義者たちが、超心理学的現象を信じようとして熱心になるあまり、その興奮に水を注すよりは明白な事実に敢えて目をつぶるのではないかと思いまして、そこのところをちょっと試してみたかったのですよ。どこでわかったね、ヘンリー?」

「はじめから、それは一つの可能性であろうと存じておりましたが、先生が次々に新しい事実を出されて答を否定なさるのを伺っておりまして、だんだん、わたくしは確信いたしました。落雷というお話が出まして、わたくしはもう、これで間違いはないと思いました。出火の原因としては大層珍しくもあり、また印象的でもございますから、お話のはじめにそのことが出ても不思議はございません。それが最後に出ましたということは、わずかに残された可能性を封じるために、その場でお考えになったことだからでございます」

「はじめから一つの可能性だった、というのはまたどういうわけかね?」エルドリッジは開き直って尋ねた。「わたしは見るからに嘘つきだっていうのかね? きみは、わたしがメアリーに万引を見抜かせたように、嘘つきは顔を見ればわかるのかね?」

「いいえ、どんな場合にも、それは常に一つの可能性でございます。いつもそのことを頭に置いて、用心しなくてはならないのでございます。ジェファースン大統領の言葉を思い出しましたのも、実はそこなんでございます」

「どんな言葉だね?」

「一八〇七年にイエール大学のベンジャミン・シリマン教授が隕石落下を目撃したことを報告いたしました。まだ科学者たちの間で隕石の存在が認められていなかった時分のことでございます。大層器量の大きい合理主義者で切れ者だったトーマス・ジェファースンはその報告を聞いて言ったのでございます。『石が空から降ってきたなんどという話を信じるよりは、ヤンキーの学者先生は嘘つきだというほうを信じるね』」

「ああ」アヴァロンがすかさず言った。「しかし、ジェファースンは間違っていた。シリマンは嘘をつかなかった。事実、石は空から降ってきたんだ」

「そのとおりでございます、アヴァロンさま」ヘンリーは少しも慌てずに言った。「それだからこそ、この言葉は後世に残ったのでございます。けれども、あまりにも多くあり得べからざることが伝えられておりまして、しかも、そのほとんどが結局は証明されずに終わっていることを考えまして、わたくしはやはり成算ありと見たのでございます」

"The Obvious Factor"

あとがき

この話は〈エラリー・クイーンズ・ミステリ・マガジン〉一九七三年五月号に原題のまま発表された。この話の謎解きは〝フェアでない〟と考える読者はまずいないだろうと思う。現実の世界において夥《おびただ》しい超自然現象が報告されているけれども、それらはいずれも、故意ないしは無意識のうちに事実を曲解した結果である。私は、要するに何か超自然の出来事が現実に起こったのだという含みで終わるミステリにはほとほとうんざりしているのだ。

私個人に関する限り、すべて不可能が消去された後に残るものが超自然であるとすれば、それは誰かが虚偽の申立てをしているのだ。それを裏切りと言わば言え、大いに活用すればいいのである。

7　指し示す指

その日、〈黒後家蜘蛛の会《ブラック・ウイドワーズ》〉の会食はルービンとトランブルが真っ向から対立するまではやや低調だった。

最初にやってきたのはマリオ・ゴンザロだった。どことなく沈んだ様子で、悩んでいるらしかった。

ゴンザロが到着した時、ヘンリーはまだテーブルの準備をしている最中だった。彼はその手を止めて声をかけた。「いかがでいらっしゃいますか？」慎ましく控え目な声にはそれとなく思いやりが示されていた。

ゴンザロは肩をすくめた。「まあまあだね。先回は来られなくて残念だったよ。実はね、とうとう警察へ行く決心をしたんだ。そんなこともあって、しばらくはこういうところへ出てくる気がしなくてね。警察に何ができるかはわからんが、とにかく今はもう連中に預けたわけさ。きみの話を聞かずにいたらよかったと思うこともあるよ」

「申し上げるべきではなかったようでございますね」

ゴンザロは肩をすくめた。「あのねえ、ヘンリー。わたしはこの会のお歴々に一部始終を電話で知らせたよ」

「その必要はございましたでしょうか？」

「あったね。自分一人の胸にしまっておいたら息が詰まっちまうだろうと思うんだ。それに、きみが謎解きに失敗したと連中に思わせておきたくなかったものでね」

「そのご配慮にはおよびませんでしたのに」

他のメンバーも次々にやってきて、嬉しそうにゴンザロに挨拶した。彼らは皆、ゴンザロの殺された妹のことには意識的に触れないようにしていた。挨拶が済むと彼らは何とはなしに、ぎごちなく口をつぐんだ。

当夜のホスト、アヴァロンは例によって持ち前のいかめしさでその役割に一層の重みを加えているかに見えた。彼は一杯目のグラスを啜《すす》ってゲストを紹介した。なかなか二枚目の若い男で、黒い髪はやや薄くなりはじめていたが、代わりにたっぷりとたくわえた見事な髭は、流行が変わって先をワックスでかためる時が来るのを待つばかりであった。

「こちら、サイモン・リーヴィ」アヴァロンは言った。「科学評論家でね、輝ける才人だよ」

イマニュエル・ルービンが即座に言った。「レーザーの本を書いておられましたね。『新しい光』でしたか」

「ええ」リーヴィは思いがけぬ読者に出会った著者の喜びを露わに示して言った。「お読みになりましたか？」

ルービンは常に変わらず五フィート四インチの体を六フィートの自意識で脹らませながら厚い眼鏡越しにもったいぶって相手を見た。

「読みましたよ。非常に面白かった」

リーヴィは力なく笑顔を引っ込めた。〝非常に面白かった〟という感想はおよそ的はずれだとでもいうふうだった。

アヴァロンは言った。「ロジャー・ホルステッドはきょうは来られないそうだ。何か、ニューヨークにはいないとかでね。残念だと言ってきたよ。マリオが現われたらよろしく伝えてくれとのことだった」

トランブルが口を歪めてあざ笑うように言った。「きょうはリメリックを聞かされずに済むわけだ」

「先月のを聞きそこなったけれど」ゴンザロが言った。「面白かったのかね?」

「きみには理解できなかったろうよ、マリオ」アヴァロンが大真面目に言った。

「ほう、そんなによくできていたのかい?」

それから後はぼそぼそと低声のやりとりが続いた。と、何かのきっかけでユニオン条令が話題に上った。なぜそんな話題になったのか、ルービンもトランブルもまるで憶えてはいなかった。

トランブルは食卓を囲んで対話しているとは思えぬ声を張り上げて言った。「イングランド、ウェールズ、スコットランドを連合王国《ユナイテッド・キングダム》とするユニオン条令は一七一三年にユトレヒトの和約で制定されたんだ」

「いや、そうじゃない」ルービンは麦藁色のまばらな髯を怒りにふるわせて言った。「条令の可決は一七〇七年だよ」

「じゃあ何か、きみはユトレヒトの和約の調印が一七〇七年だって言うのか？　馬鹿も休み休み言いたまえ」

「そうじゃない。そんなことは言ってないぞ」ルービンはびっくりするほどの銅鑼声《どらごえ》を発した。「ユトレヒトの和約は一七一三年さ。その点はきみのまぐれ当たりだよ。きみのまぐれがどうして当たったか、神ならぬ身の知る由もないがね」

「ユトレヒトの和約が一七一三年なら、ユニオン条令もそれでいいじゃないか」

「違うって。そうじゃないんだ。ユトレヒトの和約とユニオン条令は全然関係ないんだからね。ユニオン条令は一七〇七年さ」

「わからん男だな。きみはユニオン条令と、シャツとズボン下がつながっているユニオン・スーツの区別も知らないんだ。五ドル賭けよう」

「いいだろう。さあ、五ドルだ。そっちも出せよ。それとも、賃仕事の週給をこっちへ回すか？」

二人は立ち上がり、中に挟んだジェイムズ・ドレイクの上に覆いかぶさるように顎を突き出し合っていた。ドレイクはどこ吹く風と最後のじゃがいもに新しくサワー・クリームとチャイヴをつけて口に運んだ。

ドレイクは言った。「馬鹿だなあ二人とも。怒鳴り合ったってはじまらんだろう。調べればいいんだ」

「ヘンリー！」トランブルが叫んだ。

間髪を容れず、ヘンリーはコロンビア百科事典第三版の一巻を差出した。

「ホストの特権だ」アヴァロンが言った。「公平なる傍聴者として、わたしが調べよう」

彼は部厚い百科事典のページを繰った。「ユニオン、ユニオン……と、ええ、ユニオン条令」

ほどなく彼は目当ての項目を引いて言った。「一七〇七年。マニーの勝ちだ。トム、払えよ」

「え？」トランブルは激怒した。「ちょっと見せろよ」

ルービンはテーブルに置かれた二枚の五ドル札をそっと取り上げて、得意然とした声で言った。「いい参考書だよ、コロンビアの百科事典は。一巻本の何でも事典としては世界一だね。ブリタニカよりよっぽど役に立つ。アイザック・アシモフなんかにページを割《さ》いているのは無駄というものではあるがね」

「誰だって？」ゴンザロが尋ねた。

「アシモフさ。ぼくの友だちでね。SF作家なんだが、こいつが病的な自惚《うぬぼ》れ屋なんだ。パーティにこの百科事典を担いでいくんだよ。で、こんなふうに言うんだ。『コンクリートって言えばね、コロンビア百科事典のわたしの項の、ほんの二四九ページ後に実に行届いた説明が載っているよ。ほら、これだ』で、やつは自分の項を見せるのさ」

ゴンザロは笑った。「まるできみそっくりじゃないか、マニー」

「そんなことをやつに言ってみろ、ぶっ殺されるぞ……ぼくが先に殺していなければだがね」

サイモン・リーヴィがアヴァロンをふり返って言った。「この会はいつもこんなふうにやり合ってばかりいるの、ジェフ?」

「議論はしょっちゅうだがね」アヴァロンは言った。「しかし、ふつうは賭や参考書の段階まではいかないんだ。そこまでいった時はヘンリーが待機している。ここにはコロンビア百科事典だけじゃあなくて、聖書も用意してあるんだ。ジェイムズ一世の欽定訳聖書と近代英語訳と両方ある。それからウェブスターの辞書。省略なしの、もちろん第二版。それに、ウェブスターの人名事典と地名事典。ギネスの記録の本。ブリューワーの引用句伝説事典。シェイクスピア全集。〈ブラック・ウィドワーズ〉の文庫でね。ヘンリーは管理人だよ。たいていの議論はこれでかたがつく」

「訊くんじゃなかった」リーヴィは言った。

「どうして?」

「シェイクスピアが出てきたもんで、吐き気がした」

「シェイクスピアに?」アヴァロンは見下げはてたやつだといった表情でゲストの顔を覗いた。

「そうなんだよ。何しろこのふた月、べったりシェイクスピアと付き合っているもんでね。前から読んだり、後から読んだり、まさに虱つぶしに読んでるから、この上〝何故に結婚〟だの〝猛り狂ったやまあらし〟なんてやられたら、本当に反吐《へど》が出ちまうくらいだよ」

「へえ、それはまた。ああ、ちょっと待った……ヘンリー、デザートはまだかね?」

「はい、ただいま。クープ・オ・マロンでございます」

「ようし……サイモン、デザートが先だ。それが済んだら先を続けよう」

十分ばかり後、アヴァロンはスプーンでグラスを叩いて一同に静粛を求めた。「ホストの権限だよ」彼は言った。「定例の尋問の時間だが、すでにわれらがゲストはこの二か月間シェイクスピアの研究に情熱を傾けているという意味のことを洩らしているので、われわれとしてはその点を追究するべきだと思う。トム、尋問の栄を担ってくれるかね？」

トランブルは不機嫌に言った。「シェイクスピア？　誰が今さらシェイクスピアなんて、面白くもない」五ドル取られた口惜しさはいまだに冷めやらず、ルービンの顔に示された無上の歓喜がかえって彼を頑《かたく》なにしているようであった。

「ホストの権限だよ」アヴァロンは譲らなかった。

「ふん。わかったよ。リーヴィさん。科学評論家として、あなたにとってシェイクスピアとは何ですか？」

「何でもありませんよ、科学評論家としては」彼は生粋のブルックリン訛りで言った。「ただ、わたしは三千ドルを捜しているだけのことです」

「シェイクスピアの中に？」

「シェイクスピアのどこかにあるはずなんです。残念ながらまだ運に恵まれたとは思えませんがね」

「これはちょっとした謎々ですな、リーヴィさん。シェイクスピアのどこかに三千ドルがあって、それが見つからないとは、いったいどういうことです？」

「いや、それが、話すと厄介なことになりましてね」

「いやいや、聞こうじゃありませんか。そもそも、これはそのための集まりですからな。以前からの不文律がありましてね、この部屋で話されたこと、ないし行なわれたことは、いかなる状況においても絶対に他へは洩らしてはならないことになっているんですよ。だから、安心して自由に話してください。話が退屈なら、こっちでストップをかけます。その点は心配いりませんよ」

リーヴィは両手を拡げた。「わかりましたよ。ですが、その前にお茶を飲ませてください」

「どうぞどうぞ。ヘンリーが今もう一つポットを持ってきます。あなたはまだコーヒーを飲むところまで進化していないようだから……ヘンリー！」

「はい」ヘンリーは低く答えた。

「彼が戻ってくるまで、話をはじめないでくださいよ」トランブルは言った。「彼には全部聞いといてもらわなきゃあ」

「あのウェイターにですか？」

「彼はメンバーなんですよ。この中ではもっとも優秀だ」

ヘンリーが新しい紅茶のポットを運んできた。リーヴィは話しはじめた。「これは、いわば遺産問題でしてね。家宅がどうこうとか、何百万ドルの宝石がどうとか、そんなんじゃあ全然ないんです。ただの三千ドルですからね。別にどうしても必要だっていうわけじゃあないんです。でも、手に入れば悪くないですよね」

「遺産というと、誰の？」ドレイクが尋ねた。

「女房の親父なんです。ふた月前に、七十六歳で亡くなりました。五年ばかりわたしのところで暮らしていましてね。少々世話が焼けましたが、でも、なかなかいい老人で、それに、女房の血筋ですから、だいたいにおいて女房が面倒をみていたわけですよ。わたしらが引き取ったことを、岳父《ちち》はまあ、それとなく感謝していましたね。でも、他に身寄りもないんですから、わたしらが引き取らなければ、養老院しか行き場所はないんです」

「で、その遺産ていうのは」トランブルが気短に言った。

「岳父は決して裕福ではなかったんですが、それでも何千ドルかの蓄えはありました。最初にわたしのところへ来た時、三千ドル相当の流通証券を買ってある、死んだらおまえたちにやる、と言いました」

「死んだら、というのはどういうわけで?」ルービンが尋ねた。

「厄介者扱いされたくなかったんだと思います。親切にしてくれたら、お礼に三千ドルやるよ、っていう意味だったんでしょう。いよいよという時、面倒を見てくれれば債券はやる。放り出したら、やらん。というのが岳父の気持だったんだと思いますよ」

リーヴィはさらに言葉を続けた。

「岳父はそいつをいろんなとこへ隠しました。年寄りっていうのは妙なことを考えるもんですね。わたしらが見つけそうだな、と思うと隠し場所をちょくちょく変えるんですよ。もちろん、こっちはすぐ見つけてしまいます。でも、知らんふりをしていましたし、絶対に手を触れるようなことはしませんでした。一度だけ、例外があります。岳父は債券を洗濯物のバスケットに隠したんですよ。しようがないから、そいつを返して、どこか別の場所に隠してくれるように言いました。さもないと、遅かれ早かれ、洗濯機に放り込まれることになるから、って言いましてね。

「ちょうどその頃でしたよ、岳父が最初の発作で倒れたのは、わたしたちが債券を見つけたこととは関係ありませんよ。でも、一度倒れた後、岳父は少々扱いにくくなりました。不機嫌になって、口数もぐっと減りました。右脚が不自由になって、もう長いことはないと感じるようになったらしいんです。その後、岳父はどこかうまい隠し場所を思いついて、そこへ債券を隠したようでした。それっきりわたしたちの目には触れなくなりました。もっとも、こっちはそんなに気にしていたわけではありませんが。その時が来れば話してくれるだろうと思っていましたから。

「で、ふた月前のことですが、わたしの下の娘のジュリアが飛んできて、おじいちゃんが長椅子に寝てるけど、様子がおかしいと言うんです。すぐに居間に行ってみました。また倒れたのだということはひと目でわかりました。医者を呼びましたが、右半身不随になっていることは明らかでした。口もきけなくなっていました。唇を動かして声を出すことはできるんですが、それが言葉にならないんです。

「岳父はしきりに何か言おうとしながら、左の腕を動かしました。で、わたしが『おじいちゃん《グランパ》、何か言いたいの?』と言いますと、岳父は辛うじて微かにうなずきました。わたしが、『何の話?』と尋ねたんですが、答えることができません。わたしは、『債券のこと?』と言いました。すると、岳父はまた小さくうなずきました。『ぼくたちにくれるって言うの?』と言ってみました。岳父はまたこっくりをして、何かを指さすような動作をしました。

「『どこにあるの?』と言いますと、岳父はふるえる左手で何かを指そうとするのです。わたしは『どこを指さしてるの?』と訊くしかありませんでした。岳父は答えられません。ただ、ふるえる手で、じれったそうに何かを指さすばかりです。何か言いたいのに言えない苦しさがその顔にはっきりと示されていました。わたしは気の毒でなりませんでした。岳父はわたしたちに感謝のしるしとして債券を渡したいのに、それができぬまま死のうとしているのです。

「女房のキャロラインは泣いて、『そっとしといてよ、サイモン』と言いました。でも、わたしは放ってはおけません。絶望のうちに死なせるなんて、とてもできませんでした。それでわたしは『指さしてるほうへ長椅子を動かしてみよう』と言いました。キャロラインは気が進まない様子だったんですが、当の老人がしきりにうなずいています。

「キャロラインが足のほうを持って、わたしが頭のほうを持って、そろそろ長椅子を動かしました。急に動かしてがくんとなったりしないように用心しながら。岳父は、どうしてどうして、軽量級じゃあありませんでした。その間も、岳父はずっと何かを指さしていました。わたしたちが長椅子を運んでいくほうに首をねじ曲げて、呻き声を出すんです。こっちでいいとか、違うとか言おうとしてるみたいでした。で、こっちのほうでも『もっと右、おじいちゃん?』とか『もっと左?』とか訊きました。そうすると、時々うなずくんです。

「そんなふうにして、とうとう本棚の前まで行きました。岳父はゆっくりと首を回しました。

手を貸して、ぎゅっと回してやりたい気がしましたが、痛めてはいけないと思って我慢しました。岳父は何とか自分で首を動かして、長いことじっと本を見つめていました。そのうちに、左手を本に沿って動かして、ある一冊のところで止めました。それが、キトレッジ版のシェイクスピア全集ですよ。

「わたしは『シェイクスピアだね、おじいちゃん？』と言いました。岳父は返事をしませんでした。うなずこうともしません。でも、その顔は安らかで、もう何かしゃべろうとはしなくなっていました。わたしの声はもう聞こえなかったんだろうと思います。口の左半分がにやっと笑ったように見えたな、と思ったらそれきりでした。医者が来て、遺体が運ばれていきました。わたしたちは葬式の準備をしました。葬式を済ませてはじめてわたしたちはシェイクスピアのことを考えるようになりました。慌てることはなかったし、それに、野辺の送りもきちんとしないうちに遺産に手を出すのは躊躇《ためら》われましたから。

「わたしは、シェイクスピア全集のどこかに、債券のありかを示す何かがあるに違いないと考えました。これがまず第一のショックでしたね。一ページごとに全部ひっくり返してみたんですが、何も出てこないんですよ。紙切れ一枚、書き込み一つありゃあしません」

ゴンザロが言った。「背中も見ましたか？　ほら、ページが膠《にかわ》で綴じてあるところと、背表紙の間の」

「何もありませんでしたよ」

「誰かが盗んでいったというようなことは？」

「どうしてそんな？　知ってるのはわたしとキャロラインだけなんですよ。何かが盗まれた形跡もないし。で、結局、本の中に鍵があるらしいと考えるようになりました。書かれたものの中に、つまり、戯曲そのものにです。これはキャロラインの考えでした。で、このふた月間でわたしはシェイクスピアの戯曲、ソネット、その他の詩を全部、隅から隅まで二度読みました。収穫なしです」

「シェイクスピアなんぞ、どうでもいいんじゃないかね」トランブルが不機嫌に言った。「鍵なんぞ忘れることですよ。とにかく、家の中のどこかにあるはずなんでしょう」

「そうとは言いきれませんよ」リーヴィは言った。「銀行の金庫に入れたってことだってあるかもしれませんよ。最初に倒れた後は、まだ出歩いていたんですから。洗濯物のバスケットにあったやつをわたしたちが見つけ出して以来、家の中は安心できないと思っていたかもしれません」

「なるほど。かと言って、じゃあ絶対に家の中じゃないとも言えないでしょう。とにかく捜してみちゃあどうです？」

「捜しましたとも。少なくとも、キャロラインは捜しました。そうやって手わけしたんですよ。女房が家の中を捜したんです。大きながらんとした家でしてね。そんなこともあって、岳父を引き取ることができたんですが。で、わたしはシェイクスピアに専念しました。二人とも空ぶりです」

じっと眉を寄せて考えに沈んでいたアヴァロンが顔を上げて言った。「ここは一つ、論理的に考えてみようじゃないか。サイモン、きみのおやじさんは、たしかヨーロッパの生まれだったね」

「ああ。第一次大戦前夜に、間一髪というところでアメリカに渡ったんだ。まだ十代だった」

「となると、正規の教育は受けていないね」

「全然」リーヴィは言った。「仕立て屋の丁稚になって、修業して自分の店を持って、引退するまで仕立て屋だったからね。教育なんておよそ受けてない。ただ、帝政ロシアでユダヤ人たちが代々受け継いでいた宗教的な教育だけは身につけていたけれどもね」

「なるほど。だとしたら」アヴァロンは言った。「シェイクスピアの戯曲に鍵があると考えるのは果たしてどうかね。シェイクスピアとは縁がなかったのではないかな」

リーヴィは額に皺を寄せて椅子の背に凭《もた》れた。ヘンリーが少し前にテーブルに置いた小さなブランデーのグラスに彼は手を触れずにいた。それを今、彼は取り上げて、指先でそっとステムをつまんで揺すり、口をつけることなくテーブルに戻した。

「ところが、そうじゃあないんだ、ジェフ」彼はややよそよそしい口調で言った。「確かに教育はなかったけれど、岳父は頭がよくてね、それに、実に読書家だった。聖書は全部空で憶えていたし、『戦争と平和』を読んだのは十代の頃だったそうだよ。シェイクスピアも読んでいた。あのねえ、一度ブロードウェーに『ハムレット』がかかって見にいったけれど、岳父のほうがよっぽどよくわかって面白がっていたよ」

ルービンがいきなり勢い込んで言った。「ぼくは二度と『ハムレット』を見ようとは思わないよ。ハムレットらしいハムレット役者が出ない限りはね。太っちょでなきゃあ」

「太っちょだ？」トランブルが色をなして言った。

「そうさ。太っちょなんだ。最後の場面で妃がハムレットのことを言う科白《せりふ》があるだろう。『あの子は太っちょで、息切れする性質《たち》だから……』シェイクスピアがハムレットは太っちょだって言っている以上はだね……」

「それは母親の科白だよ。シェイクスピアがそう言ってるんじゃない。あんまり頭のよくない過保護の母親の典型的な言い種《ぐさ》だよ……」

アヴァロンがテーブルをどんと叩いた。「そういう議論はどこかほかでやってくれたまえ、諸君」

彼はリーヴィをふり返った。「きみのおやじさんは、何語で聖書を読んでいたね？」

「当然、ヘブライ語だよ」リーヴィは冷ややかに答えた。

「じゃあ、『戦争と平和』は？」

「ロシア語だよ。でもねえ、憚《はばか》りながら、シェイクスピアは英語で読んでいたよ」

「しかし、英語は母国語じゃあなかった。訛りがあっただろうね」

リーヴィは冷ややかを通り越して、凍るような目つきになった。「何が言いたいのさ、ジェフ？」

アヴァロンは慌てて弁解した。「わたしは何も反ユダヤ主義者じゃあないよ。ただね、きみの奥さんのおやじさんが英語をそれほど得意としていなかったとすれば、シェイクスピアを鍵に使ったにしても、どこまで微妙な意味合いで使ったか、そこにおのずから限界があるだろうという、明らかな事実を指摘したまでさ。まさか『リチャード二世』の〝そこに〈死〉《アンティック》は蟠《わだかま》る〟という科白を引いたりはしないだろう。いくら読書家だって、まずアンティックが何だかは知らないだろうからね」

「何だ、そりゃあ？」ゴンザロが尋ねた。

「いいから、いいから」アヴァロンは短気に言った。「もしきみのおやじさんがシェイクスピアを鍵にしたならば、誰が聞いてもわかるような、意味のはっきりした科白を使ったはずだよ」

「お父さんが好きだった芝居は？」トランブルが尋ねた。

「当然『ハムレット』ですよ。喜劇は嫌いでした」リーヴィは言った。「ユーモアは軽佻浮薄だと思っていましたから。史劇はまるでちんぷんかんぷんです。ああ、そうだ。『オセロ』は好きでしたね」

「なるほど」アヴァロンが言った。「じゃあ、『ハムレット』と『オセロ』に焦点を絞るべきだね」

「もちろん読んださ」リーヴィは言った。「まさか、その二つをぼくが抜かしたなんて思ってるんじゃないだろうね」

「しかも科白はよく知られているものに違いない」とアヴァロンはリーヴィの言葉を無視して言った。「どこで誰が言ってるのかわからないような科白が鍵だとしたら、シェイクスピアを指さすだけで充分ヒントになるとはちょっと考えられないからね」

「岳父がただ指さした理由はほかでもない」リーヴィは言った。「口がきけなかったからだよ。口がきければ他に説明を加えるような、目立たない科白だったかもしれないんだ」

「口がきけたら」ドレイクが理詰めに言った。「説明するまでもなかったでしょう。どこに債券があるか、あなたに話せば済むことなんだから」

「そのとおり」アヴァロンが言った。「いいところを衝いたね、ジム。さっきの話では、サイモン、ご老体はシェイクスピアを指さした後、安らかな顔になって、もう口をきこうとはしなくなった、ということだったね。つまり、それはきみに伝えるべきことはちゃんと伝えたという気持だったわけだ」

「ところが、何も伝わってない」リーヴィは暗澹《あんたん》とした面持で言った。

「だから、そこを筋道を追って考えてみようじゃないか」アヴァロンは言った。

「その必要があるかね？」ドレイクが言った。「この辺でヘンリーに訊いたほうが早いんじゃないか？……ヘンリー。シェイクスピアの科白で、何かちょうどいいのがあるかね？」

デザートの皿をそっと片づけながらヘンリーは言った。「わたくし、シェイクスピアはひととおり諳《そら》んじておるつもりでございますが、正直に申しまして、これという科白が浮かんで参りません」

ドレイクはがっかりした。しかし、アヴァロンは言った。「諦めるなよ、ジム。なるほど、これまではヘンリーの独壇場だったがね。しかし、彼がいなきゃあはじまらないと思い込む必要はないんだ。わたしはこう見えても、シェイクスピアに関してはかなり詳しいつもりだよ」

「ぼくも素人《しろうと》じゃあない」ルービンが言った。

「じゃあ、きみと二人でこの謎を解いてみようじゃないか。まず、『ハムレット』から行こう。『ハムレット』だとすれば、まず独白のどれかだと考えるべきだろうね。あの戯曲で一番有名なところは独白だから」

「実際」ルービンは言った。「〝生か、死か、それが問題だ〟っていう科白はシェイクスピアの作品の中で一番有名なんだ。このひと言がシェイクスピアの看板だからね。『リゴレット』の四重唱がオペラを代表するように」

「そのとおりだよ」アヴァロンは言った。「それに、この独白は死について語る科白だよ。その老人も死に瀕していた。〝死は眠りだ。それだけのことではないか。眠りによって、胸を痛める悩みも、肉体をさいなむ数知れぬ苦しみも絶たれる……〟」

「それはいいけど、だからどうだっていうの？」リーヴィが苛立ちを見せて言った。「その科白から何が出てくるのさ？」

これこそ本格的なシェイクスピアふうであると称する、まさにアイルランド訛りそのままのような発音でシェイクスピアを暗誦するのを常としているアヴァロンは言った。「さあて、そいつはどうもねえ」

ゴンザロがふいに発言した。「あれは、『ハムレット』だったかね、シェイクスピアが〝それには芝居がいい〟って言ってるのは？」

「ああ」アヴァロンは言った。「〝それには芝居がいい。王の本性を見抜いてやる〟」

「ああ」ゴンザロは言った。「その老人が指さしていたのが芝居の本だとすれば、科白はそれだな、きっと。王様の絵とか、彫刻とか、そんなものはありますか？　あるいは、カードの王様かもしれない」

リーヴィは肩をすくめた。「そこからは何も出てきそうもありませんね」

「『オセロ』はどうだろう？」ルービンが言った。「いいかね、あの戯曲で一番有名なのはイアゴーが名誉のことを言うくだりだよ。〝男であれ女であれ、名誉というものは……〟」

「それで？」アヴァロンが先を促した。

「この科白の中でも特に有名な文句で、そのご老体もきっと知ってたに違いないところは……だって、これを知らないやつはいないからね、マリオでさえ知ってるくらいなんだから……こうだ。〝わたしの財布を盗んだところで所詮はがらくた。大事でもあり、大事でもなし。わたしのものであったのが、今は彼のもの……〟云々《うんぬん》」

「それで？」アヴァロンはまた言った。

「だからさ、これは遺産にあてはまるんじゃあないかね。〝わたしのものであったのが、今は彼のもの〟だろう。おまけに、遺産はもうないんじゃあないのかね。〝わたしの財布を盗んだところで所詮はがらくた〟なんだから」

「もうない、っていうのは、どういう意味です？」リーヴィが尋ねた。

「洗濯物のバスケットの中で見つけたのが最後で、それっきり見えなくなったんでしょう。ご老体は、どこか安全なところへ移して、そいつを忘れちゃったんじゃあないですかな。あるいは、どこかに置き忘れたか、手放しちまったか、こっそり殖やそうとして逆にすってんてんになってしまったか、いずれにしろ、口がきけないんじゃあもう説明できない。それで、心残りなく死ねるようにシェイクスピア全集を指さしたんですよ。そうすりゃあ、あなたはお父さんの好きだった芝居の、一番有名な科白を思い出すでしょう。それが、〝わたしの財布を盗んだところで所詮はがらくた〟。だから、どこを捜しても何も出てきやしないわけですよ」

「それは違いますね」リーヴィは言った。「債券をわたしたちにくれるっていうのかって訊いたら、岳父はうなずいたんですよ」

「うなずくことしかできなかったんでしょう。それに、事実あなた方にそいつを残してやりたい気持はあったけれども、それができなかった……そうは思わないかね、ヘンリー？」

すっかり片づけを終えて静かに耳を傾けていたヘンリーは言った。「どうやら、そうではないようでございます、ルービンさま」

「わたしも違うと思います」リーヴィは言った。

ゴンザロが指を鳴らした。「ちょっと待った。シェイクスピアはどこかで債券《ボンド》のことを言ってなかったかね？」

「あの時代にはまだそんなものはないからね」ドレイクがにやにや笑って言った。

「いや、どこかにあったはずだぞ」ゴンザロは言った。「何か、ボンドに関することがあったよ、たしか」

アヴァロンが言った。「ああ。〝そのことは証文《ボンド》に書いてありますかな？〟っていうあれだろう。あの場合のボンドは法的な約束のことを言っているんだよ。あることが証文にあるかないかを尋ねてる科白だ」

ドレイクが言った。「や、待てよ。その証文は三千ダカットの貸し借りの件じゃあなかったか？」

「いやあ、わたしとしたことが。そのとおりだよ」アヴァロンが言った。

にったり笑ったゴンザロの口は耳から耳まで裂けているかと思われるばかりだった。「どうやら、こいつだな。三千という金額を認めた証文。調べるとしたらその芝居だよ」

ヘンリーが控え目に口を挟んだ。「わたくしはそうは思いません、皆さま。問題の戯曲は『ヴェニスの商人』でございます。証文にあることが書かれているか否かを尋ねているのは、残酷な復讐を企むユダヤ人シャイロックでございます。お亡くなりになりましたご老体が、この芝居をお好きだったとは考えられないことでございます」

リーヴィが言った。「そのとおりです。シャイロックというのは岳父にとっては口にするのも穢らわしい名前でした。わたしも決して好きじゃあありません」

ルービンが言った。「この科白はどうかなあ。〝ユダヤ人には目がないと言うんですかい。ユダヤ人には手がないと言うんですかい。五臓六腑も、手足胴体も、五感も喜怒哀楽も……〟」

「岳父はそんな科白には惹かれなかったと思います」リーヴィは言った。「わかりきったことを仰々しく言い立てているだけのことですし、それに、そこで主張している平等については、岳父は内心承服し難かっただろうと思います。何しろ岳父は、神に選ばれた民の一人であることを非常な誇りとしていた人ですから」

ゴンザロはいかにもがっかりした様子だった。「どうやら暗礁に乗り上げたらしいねえ」

リーヴィは言った。「そうですね。どうしようもありませんね。わたしは全部読んだんですよ。科白は一つ残らず、丁寧に読みました。今皆さんから出た科白も当然わたしは読んでいます。でも、そこからは何も出てきませんでした」

アヴァロンが言った。「たしかにきみは全部読んだかもしれないがね、しかし、何かさりげない、何でもない科白を見落としているっていうこともあるかもしれない」

「そんな、ジェフ。誰でも知ってるようなはっきり意味のわかる科白に違いないって言ったのは、あんた自身じゃないか。岳父はね、何かわたしと女房にだけはぴんと来るような文句を考えてたと思うんですよ。わたしらにはわかる、それも、見ればすぐにわかるようなことです。ところが、まるでお手上げですよ」

ドレイクが言った。「あるいはそうかもしれない。何か、内輪の楽屋落ちのようなものがあるんじゃないですか」

「今言ったのはそのことですよ」

「じゃあ、そいつを逆に辿ってみちゃあどうです？　何か心当たりはありませんか。よく使われた冗談とか、決まり文句とか、口癖のようになってた言葉とか？」

「ありますよ。気に入らない相手に対しては、父はよく、『十八年間、黒い年でも喰らえばいい』と言いました」

「それはまた、どういう意味ですか？」トランブルが尋ねた。

「イディッシュ語ではしょっちゅう出てきますよ」リーヴィは言った。「それからもう一つ。『そりゃあ死人に吸い玉だ』」

「どういうことです？」ゴンザロが尋ねた。

「医者が使う道具で、吸い玉っていうのがあるでしょう。小さな丸いガラス器の中に火をつけた紙を入れて、平らなほうのへりを皮膚に当てるんですよ。火は消えますが、ガラス器の中に部分的な真空が生じます。それで皮膚に近い内部の血液の循環をよくしたり、膿を吸い出したりするわけです。でも、いくらこれを使ってみても、死人の血のめぐりをよくするわけにはいかないでしょう」

「なるほど」ドレイクが言った。「で、その十八年間の黒い年だの、死人に吸い玉だのから、何かシェイクスピアで思い当たる科白はありませんか？」

息苦しい沈黙が流れた。やがて、アヴァロンが言った。「どうも、これというのが浮かばないねえ」

「仮にこれというのがあったとして、どうなるって言うのさ？」リーヴィは言った。「何の意味があるの？　だってそうだろう。わたしは二か月まるまるかかっているんだよ。それを、ここでたった二時間で解けるはずがないじゃないか」

ドレイクは再びヘンリーをふり返った。「ヘンリー、そんなとこにただ突っ立ってないで、何とかしてくれよ」

「せっかくのお骨折りでございましたけれども、ドレイクさま、どうやらシェイクスピアという狙いがそもそも見当違いのようでございます」

「まさか」リーヴィは言った。「そんなはずはない。老人は確かにシェイクスピア全集を指さしていた。これは間違いないよ。指の先は本からほんの一インチのところにあったんだから、他の本ということはあり得ないんだ」

ドレイクがふいに大声を上げた。「リーヴィさん、あんたまさかわたしらをかついでるんじゃなかろうね。わたしらをからかってやろうっていうんで、嘘八百を並べ立ててるんじゃないだろうね」

「え？」リーヴィは仰天した。

「気にしない、気にしない」アヴァロンが慌ててとりなした。「前に一度そんなことがあったものでね。差し合いだよ、ジム」

「はっきり言っときますがね」リーヴィは言った。「わたしはありのままそっくりお話ししてるんですよ。岳父はたしかにシェイクスピアを指さしていたんです」

短い沈黙が過ぎて、ヘンリーは吐息を一つ洩らして言った。「推理小説では……」

ルービンが「ヒヤ、ヒヤ」とはやし立てた。

「推理小説では」ヘンリーははじめから繰り返した。「今際《いまわ》のひと言が決定的な鍵になるということがよくございますが、どうもわたくしには納得いたしかねるのでございます。死を目前にして、最後の一句を何とかして人に伝えようとしている男が、必ず、それは込み入った謎の言葉を吐くように描かれております。余命いくばくもない男の混濁した頭脳が、健康な頭脳が何時間かかっても解くことができない複雑な謎を編み出すのでございます。ただ今のお話で申しますならば、脳卒中で倒れて死に瀕した老人が、咄嗟に、最高の知的水準を誇る何人かの方が寄ってたかって取り組んでも歯が立たないほどの鍵を考え出したことになります。しかも、その中のお一人はもうふた月もそのことをお考えになっておいでということでございますね。わたくしには、どう考えましても、そのような鍵があろうはずがないように思われるのでございます」

「じゃあ、どうしてシェイクスピアを指さしたんだろう、ヘンリー?」リーヴィは言った。

「死にかけて朦朧とした意識で、意味もなくしたことだって言うのかい?」

「先程のお話が正確だといたしますならば」ヘンリーは言った。「確かにその方は何かをなさろうとしておいでだったのだろうと存じます。とは申しましても、謎を解くべき鍵をその場でお考えになったとはとても思えません。かすれていく意識の中で、何とかできるだけのことをしようとなさったのです。お父上は、債券を指さしておいでだったのでございます」

「言ってることがよくわからないなあ」リーヴィは言った。「わたしはその場にいたんだよ。老人はシェイクスピアを指さしていた」

ヘンリーは首をふって言った。「リーヴィさま。五番街をお指しくださいますか」

リーヴィはしばらく首をかしげていたが、やがて方向を摑んで指さした。

「五番街を指さしておいでですか?」ヘンリーは念を押した。

「だって、この店の入口は五番街に面しているんだろう。だから、そう、これでいいんだ」

「わたくしには」ヘンリーは言った。「この部屋の西の壁にかかっておりますテトスの門の画を指しておいでのように見えますですが」

「そりゃあそうだけどさ、その向こうが五番街じゃないか」

「そのとおりでございます。つまり、そのようにお聞きして、はじめてわたくしはあなたが五番街を指しておいでだということがわかるのでございます。さもなければ、あなたは画を指しておいでとも見られますし、あるいは画の前の空間のどこか一点を指しておいでとも受け取れます。あるいはまた、ハドソン河とも、シカゴとも、さらには木星を指しておいでとも考えられます。ただ指さしただけで、言葉であれ何であれ、何を指さしているかの説明がないといたしますならば、その指が示しているのはただ方向だけでございまして、それ以外の何を明らかにしているわけでもございません」

リーヴィは顎をさすった。「じゃあ、岳父はただ方向を示していただけだって言うのかね?」

「きっとそうに違いございません。シェイクスピアだとはおっしゃらなかったのでございましょう。ただ、指をさされただけでございますね」

「じゃあまあ、それはそれでいいとしよう。でも、何を指していたんだろう?……ええと……ええと」彼は目を閉じて、そっと髭をひねりながら自分の家の向きを考えた。「ヴェラザノ橋かね?」

「おそらく、そうではございますまい」ヘンリーは言った。「全集のほうを指さしておられたのでございますね。先程のお話では、指先は本からわずか一インチのところにあったということでございますから、本よりも手前の何かとも思われません。本のうしろには、何がございますでしょうか、リーヴィさま？」

「本棚……本棚の奥の板だよ。でも、本もどけて見たけど、何もなかった。本と奥の板の間には何も挟まっていなかったよ。もし、それを考えているんならね。何かがあればひと目でわかったはずだし」

「本棚の裏はいかがでございましょう？」

「壁だよ」

「本棚と壁の間はお調べになりましたか？」

リーヴィは黙った。彼は頭を抱えた。誰一人、彼の頭の中に渦巻いているに違いない思考の流れを遮ろうとする者はなかった。彼は言った。「電話を借りられるかね、ヘンリー？」

「今、お持ちします」

電話機がリーヴィの前に運ばれ、コードが差込まれた。リーヴィはダイアルを回した。

「もしもし、ジュリアか？　こんなに遅くまで何してる？……テレビなんか見てないで、もう寝なさい。ああ、ママに代わって……もしもし、キャロライン、サイモンだ。……ああ、とっても面白いよ。それでね、キャロライン、よく聞けよ。ほら、シェイクスピアの入ってる本棚だけどね……そう、例のシェイクスピア。もちろん。あれを壁からどけてね……本棚をさ……いや、だからね、本を一度出しちゃえばいいじゃないか。できるだろう。必要なら全部、床に放り出しゃあいいよ……いや、そうじゃない。ドアに近いほうを少し前に出せばいいんだ。うしろが覗けるくらいに。で、何かあるかどうか、ちょっと見てくれないか……ちょうどシェイクスピアの本があったあたりを見るんだ……ああ、待ってるよ」

男たちは固唾《かたず》を呑んで見守った。リーヴィは見るからに蒼ざめていた。五分ほど過ぎた。そして、「キャロライン？……ああ、落ち着けよ。うん、動かした？……ようし、わかった。すぐ帰るよ」

電話を切ってリーヴィは言った。「いやあ、恐れ入りました。年寄りは債券を本棚の裏にテープで留めていたそうです。わたしらが留守の間に本棚を動かしたんですねえ。その時発作で倒れなかったのが不思議だな」

「またしても、ヘンリー」ゴンザロが言った。

リーヴィは言った。「手数料は三百ドルだよ、ヘンリー」

ヘンリーは答えた。「わたくしはこのクラブで充分なものを頂戴いたしております。それに、この会食がわたくしの何よりの楽しみでございます。この上何もしていただく必要はまったくございません」

リーヴィはやや顔を赤らめて話題を変えた。「それにしても、どうやってそこに気がついたんだね？　ほかの皆は全然……」

「さほどの難題ではございませんでした」ヘンリーは言った。「たまたま、皆さまそれぞれに違う筋道を辿られました。わたくしはただ、残った道を行ってみただけのことでございます」

"The Pointing Finger"

あとがき

この話は〈エラリー・クイーンズ・ミステリ・マガジン〉一九七三年七月号に、私がつけたままの題名で発表された。

雑誌では冒頭の部分を少し変えてある。連載の作品で、前出の話に触れるのはふさわしくないと思われたからである。それと言うのも、雑誌の読者は必ずしも毎号欠かさず読んでいるとは限らないし、毎号読んでいたにしても、半年も前の話は忘れてしまっているに違いないからだ。

それはそれで、至極もっともなことなのだ。しかし、単行本にまとめるに当たっては、私は冒頭の部分を元に戻した。正直に言って、もしそもそものはじめから単行本を念頭に置いてシリーズを書いたとしたら、私は作品相互の絡みをもっと緊密なものにしただろうと思うのだ。たとえば、ホルステッドの『イリアス』と『オデュッセイア』のリメリックを省略するようなことは、私はしなかったと思う。とはいうものの、よくよく考えてみると、単行本の読者が必ずしもはじめから順序よく読むとは限らないし、中には飛ばして読む場合もあるだろう。そんなことをされれば効果は半減だ。
まあ、ほどほどにしておこう。

8　何国代表？

〈黒後家蜘蛛の会《ブラック・ウィドワーズ》〉の例会はいつになくよそよそしく白けた雰囲気だったが、それは明らかにマリオ・ゴンザロの連れてきたゲストのせいだった。大柄な男だった。頰は垂れ下がるほどに脹れて、その肌はすべすべしていた。髪の毛はもうほとんど残っていなかった。そして彼はヴェストを着ていた。これは〈ブラック・ウィドワーズ〉の集まりでは絶えて見かけることのない身なりだった。

彼の名はアロイジアス・ゴードンと言った。そして、彼が落ち着き払って自己紹介し、いとも気易く、自分は十七分署にかかわりのある者だとその職業を告げた時、気まずい空気が一座を覆った。窓に日除けを降ろして陽光を閉め出すように、会食の席から一瞬にして活気が消え失せた。

ゴードンは眼前の通夜のような沈鬱な空気と、いつもの〈ブラック・ウィドワーズ〉の会食の喧躁を比べる由もなかった。イマニュエル・ルービンがまるでこの世の人とも思えないほど黙りこくって、誰にも喰ってかかろうとしないのがいかに異例のことであるか、トーマス・トランブルがごく稀に声を発した時、その声がいかに押し殺されたものであったか、ジェフリー・アヴァロンが何と二杯目のグラスをすっかり空けてしまったということがいかにあり得べからざることか、ジェイムズ・ドレイクが火をつけたばかりの煙草を二度ももみ消してしまったのがいかに彼らしくなかったか、ロジャー・ホルステッドが『イリアス』第五章に基づくリメリックを書きつけた紙片を取り出して拡げておきながら、ちらりとそれに目をやったなり広い桃色の額に皺を寄せて引っ込めてしまったことがいかに破格であるか、ゴードンは夢にも知らなかった。

実のところ、ゴードンはヘンリーにしか関心がないようだった。彼はヘンリーの動きをずっと目で追っていた。そして、その目は明からさまな好奇心を宿していた。いつもは水も洩らさぬ給仕ぶりを見せるヘンリーは事もあろうに水の入ったグラスをひっくりかえして皆を愕然とさせた。彼の皺のない顔に、ことさら頬骨が浮き上がって見えるほどだった。

トランブルはこれ見よがしに立ち上がって洗面所へ向かった。控え目な動作ではあったが、しかし何か思いつめたところがあった。わずかの間を隔てて、ゴンザロが彼に倣《なら》って席を立った。

洗面所で、トランブルは低く落としたしゃがれ声で言った。「何だってあんなやつを連れてきたんだ?」

「面白い男なんだ」ゴンザロは弁解口調で言った。「それに、ホストの特権だよ。誰を連れてきたっていいじゃないか」

「警官だよ」

「私服だよ」

「同じことじゃないか。知り合いなのか？　それとも、やつは警官として乗り込んできたのか？」

ゴンザロは何をか言わんとばかり、ややむっとして両手を拡げた。激した時の常で、彼は黒い目を大きく剝いていた。「個人的な知り合いだよ。どうして知り合ったか、そいつはあんたにかかわりのないことだがね、トム。とにかく、わたしは彼をよく知ってるんだ。面白い男だから、それで是非ここへ連れてきたかったんだ」

「そうかね。ヘンリーのことをきみは何と言った？」

「どういう意味だ、何と言ったっていうのは？」

「おいおい、いい加減にしろよ。白ばっくれるな。やつがヘンリーの一挙一動をじっと見守っていたのにきみは気がつかなかったって言うのか。どうしてやつは給仕一人に注目するんだ？」

「ヘンリーは謎解きの天才だって話したからさ」

「どこまで詳しくしゃべった？」

「何も詳しくなんか言わないさ」ゴンザロはかっとした。「会食の席で話されたことは絶対に他言無用という約束をわたしが知らないとでも思ってるのか？　わたしはただ、ヘンリーは謎解きの天才だって言っただけだよ」

「で、やつは興味を持ったわけだな」

「だから、その、一度集まりを覗いてみたいって言うから、それで……」

トランブルは言った。「ヘンリーにとってそれがどんなに不愉快か、きみは考えなかったのか？　彼には相談したのかね？」

ゴンザロはブレザーの真鍮のボタンをまさぐった。「ヘンリーが気分を悪くするようだったら、ホストの特権を行使して話題をそらすよ」

「ゴードンが調子を合わせようとしなかったらどうする？」

ゴンザロは閉口した様子で肩をすくめた。二人はテーブルに戻った。

ヘンリーがコーヒーを注いで回り、ゲストを吊し上げる時間がやってきても、一座は一向に盛り上がらなかった。仕来りに従ってゴンザロは尋問の役をトランブルに譲った。トランブルは歓迎できないお鉢が巡ってきたとでも言いたげだった。

お定まりの第一問。「ゴードンさん。あなたは何をもって、あなたの存在を正当となさいますか？」

「今この席においては」ゴードンはよく響くバリトンで答えた。「この会の愉しみをより大きなものにすることによって、と言いたいですな」

「いかなる方法によってですか？」アヴァロンが不機嫌に尋ねた。

「わたしの理解するところでは、皆さん」ゴードンは言った。「ゲストが問題を出して、それをこの会のメンバーである皆さんが解明する、ということですね」

トランブルは怒りのまなざしでちらりとゴンザロを見てから言った。「いやいや、そうじゃありませんよ。なるほど、問題を出したゲストは今までに何人かありました。しかし、それは何と言うか、まあ、たまたまそうなったというだけのことですよ。ゲストに期待されているのは、面白い話題を提供すると言うことにつきます」

「それに」ドレイクが乾いた声で付け足した。「謎を解くのはヘンリーでね、われわれはただ、ああでもないこうでもないと馬鹿なことを言い合うだけですよ」

「ジム、困るんだな、そういう発言は……」と、言いかけるトランブルの声を組み伏せる勢いでゴードンは言った。

「まさにそのようにわたしは聞いていますよ。わたしは今、純然たる一市民としてここに来ています。決して警官としてではなくです。しかしながら、職業的な関心はまったくないと言ったら嘘になります。わたしは、実を言うと、ヘンリーに非常に興味がある。わたしは、ヘンリーをテストしてみたいのです……ああ、そういうことが許されればの話ですが」面々の冷ややかな沈黙に接して彼は慌てて言葉を足した。

アヴァロンは顰《しか》め面をしていた。手入れの行届いた口髭ときれいに刈り整えた顎鬚、それに房々とした見事な眉を持つ彼の渋面は実に重々しく威厳があり、かつまた不吉な予感を孕《はら》んでいた。

彼は言った。「ゴードンさん。これは私的な集まりですよ。この会合の目的は親睦を深めること以外の何ものでもありません。ヘンリーは専属のウェイターです。わたしたちは彼を非常に贔屓《ひいき》にしています。この席で彼に不愉快な思いをさせることは、わたしたちの望むところではありません。あなたがおっしゃるように、職業をはなれて、純然たる私人としてここにお見えになったのなら、ヘンリーはそっとしておいていただきたい」

ヘンリーは儀式のようにおごそかにコーヒーを注ぎ終え、いささかも動揺の色を見せずにアヴァロンを遮った。「わたくしのために、そのようにおっしゃってくださいまして、どうもありがとうございます、アヴァロンさま。しかし、わたくし自身の口から、ゴードンさまにひと言申し上げましたほうがこの場の仕儀としましてはよろしいように存じます」

彼はゲストに向き直ると真摯《しんし》な態度で言った。「ゴードンさま。わたくしは過去におきまして何度か、この会食の席で話題となりました謎をめぐる明白な事実をいくつか指摘したことがございます。謎はいずれもそれ自体些細なものでございまして、およそ警察官の関心に値するものではございませんでした。警察の方々が取り組まれるような事件の解明に当たりましては、何よりも記録や情報、地味な分析作業、大勢の人間や異なる組織の共同作業などが大切であるということを、わたくしはよく存じております。そういったことは、とてもわたくしなどの及ぶところではございません。

「正直に申しまして、わたくしがいくつか謎を解くことができましたのも、クラブの皆さまがたがいらっしゃればこそでございます。〈ブラック・ウィドワーズ〉の方々は皆さまそれは優れた頭脳をお持ちでいらっしゃいまして、どのような問題に対しましても、込み入った解答をいくつもお考えになれるのでございます。そのように、解答が出揃いましたところで、ときたまわたくしは、どうやらそうむずかしく考えることはないと見当をつけまして、複雑なところを通り抜けて単純な真実に行き当たることがあるのでございます。要するにそれだけのことでございまして、わざわざお時間をお割《さ》きになってわたくしをお試しになるほどのことはないのでございます」

ゴードンはうなずいた。「別の言い方をすればだね、ヘンリー。組織犯罪の内部抗争で殺し合いがあったりして、何人か犯罪組織の人間を引っ張ってきてアリバイを調べるとか、自分の目撃したことを話してくれる勇気ある一般市民を捜し出さなくてはならないとか、そういったことではきみの力を借りるわけにはいかない」

「とうていお役に立ちかねます」

「ところがだ、たとえばここに一枚の紙切れがあって、そこに何か書いてある。それは意味のあることかもしれないし、何の意味もないかもしれない。が、とにかく、複雑なところを通り抜けて単純な真実に行きつくちょっとした知恵が必要だ。ということになれば、きみの出る幕がなくはないだろう」

「さあ、それは」

「何はともあれ、ちょっとその紙切れを見て、きみの考えを聞かせてはもらえないかね？」

「それがテストでございますか？」

「まあ、そう言っていいだろうね」ゴードンは言った。

「ああ、それでしたら」ヘンリーはゆっくりと首をふって言った。「ゴンザロさまがホストでございます。ゴンザロさまが、ここでそのテストをすることをお許しになるようでしたら、それはこの会の規則でございますから、わたくしといたしましてもいなやは申せません」

ゴンザロはばつの悪そうな顔をしたが、ややあって、決然として言った。「いいよ、警部補、そいつをヘンリーに見せてくれ」

「ちょっと待った」トランブルがずんぐりとした指をゴンザロの鼻先に突き立てて言った。「きみはもう見たのか、マリオ？」

「ああ」

「意味はわかったかね？」

「いや」ゴンザロは言った。「しかし、ヘンリーなら何とかなりそうだ」

ルービンが言った。「しかし、ヘンリーにそういうことを押しつけるのはよくないと思うな」

しかし、ヘンリーは言った。「ホストの特権でございます。拝見いたしましょう」

ゴードンはヴェストの右上のポケットから四つに畳んだ小さな紙切れを取り出して、肩越しにヘンリーに渡した。ヘンリーはちらりと目を通してすぐにゴードンに返した。

「申し訳ございません」彼は言った。「書かれております以外のことはわかりかねますです」

ドレイクが手を出した。「皆に回してみてはどうかね。構いませんか、ゴードンさん？」

「どうぞ、皆さんご覧になってください」ゴードンは右隣りのホルステッドに紙切れを渡した。

ホルステッドは目を通して次へ回した。紙切れがテーブルを一巡する間、誰一人声を発する者はなかった。ゴードンは戻ってきた紙切れを一瞥して元のポケットにしまった。

へたくそな字で、二行の文句がなぐり書きされていた。

イゼベルらに禍いあれ

ラハブに死よ下れ

「聖書の文句らしいな」ゴンザロは言った。「違うかい？」彼は当然といった顔でルービンを見た。ルービンはこの集まりでは聖書の権威で通っていた。

「聖書の文句のように見えるがね」ルービンは言った。「おそらく聖書狂が書いたものではあるんだろうが、しかし、これは聖書の引用ではないよ。その点は信じてもらっていいね」

「こと聖書に関する限りは、誰もきみを疑ったりはしないよ、マニー」アヴァロンが好意的に言った。

ゴードンは言った。「そのメモは、ミス・地球《アース》コンテストの出場者たちが記者会見をやっていたレストランの入口で女の子に渡されました」

「持ってきたのは？」トランブルが尋ねた。

「どこかの浮浪者です。一ドルの駄賃で女の子に渡すように言われた、と言うんですが、その相手は男だったという以外何もわからんのですよ。その浮浪者はただの使い走りに過ぎないと見ていいでしょう。そいつの身元は洗いました」

ホルステッドが言った。「指紋はありましたか？」

ゴードンは答えた。「めちゃくちゃに汚れていて、まともな指紋は採れませんでした」

アヴァロンがむずかしい顔をして言った。「そこにある、イゼベルらというのはミス・アース・コンテストに出る若い娘たちを指しているんでしょうな」

「まずそう考えるのが穏当でしょう」ゴードンは言った。「問題は、どの娘かということです」

「全部だと思いますね、わたしは」アヴァロンは言った。「イゼベルら、と複数になっていますからな。それに、こういう言葉で何かを言おうというやつは、細かい区別なんぞしないでしょう。自分の美しさを人目にさらして審判を乞うような女は誰だろうとすべてイゼベルです。だから全部イゼベルですよ」

「しかし、二行目はどうです?」ゴードンは尋ねた。

ルービンはやや自惚《うぬぼ》れた様子を見せて言った。「それは、こういうことですよ。これを書いたのは、おそらく聖書狂でしょう。聖書を読まずには夜も日も明けず、道に背く者をこらしめよという神の囁きがいつも耳の奥に聞こえているといった手合です。そういう人間は無意識のうちに聖書の文体を真似るものです。ところで、聖書の時代の詩的な作法でもっとも顕著なのは、同じ文句をほんの少し違えて繰り返すことです。たとえば……」彼はちょっと考えてから言った。「こんなのがあります。〝あなたの幕屋の何と美しいことか、おお、ヤコブ、そしてあなたの仮屋の何と立派であることか、おお、イスラエル〟。それから、〝あなたがた知恵ある人人よ、わたしの言葉を聞け、あなたがた知識ある人々よ、わたしに耳を傾けよ〟」

ルービンが唇を大きく割ってにんまり笑うと、彼のまばらな髯はさらにまばらになった。厚い眼鏡の奥で目を輝かせながら彼は言った。「後のほうはヨブ記ですよ」

「対句《パラレリズム》というやつだね」アヴァロンが誰にともなく呟いた。

ゴードンは言った。「つまり、これを書いた男は、同じことを二度言ってるということですか？」

「そういうことです」ルービンは言った。

「まず彼は、彼女らに禍いを予言している。次いで、究極の禍い、死を予言しているわけですよ。はじめは彼女たちをイゼベルらと呼んで、次にはラハブらと呼んでいるんです」

「それはどうですかな」ゴードンは言った。「イゼベルは複数ですよ。しかし、ラハブは違う。禍いを呼ぶ時はイゼベルらと複数に呼びかけているのに、死を予言する段になるとラハブと単数、つまり中の一人のことを言っています」

「ちょっと、もう一度さっきの紙を見せてくれませんか」ルービンは言った。手渡された紙切れを彼はじっと見つめた。「この筆跡や書き方から見ると、正しい綴りは期待できませんね。後のほうにも複数のSをつけたつもりなんじゃありませんかねえ」

「あるいは、そうかもしれません」ゴードンは言った。「しかし、そこのところは何とも言えませんな。綴りも句読点も正確だし、字はまずいかもしれませんが、前のほうはちゃんとSをはっきり書いていますよ」

「やっぱりそれは」アヴァロンが口を挟んだ。「単数扱いと考えるほうが無難だろうね。そうではないという確実な根拠があれば別だけれども」

ドレイクは煙草の烟《けむり》を輪に吐こうとした（彼がそれに成功したところを、いまだかつて誰一人見たことがなかった）。彼は言った。

「こいつを真面目に考えとられるですか、ゴードンさん？」

「わたし個人がどう考えるかの問題ではないのです」ゴードンは言った。「このメモは、どこか異常性格者の仕業と思われる節があります。もし、これが下らないいたずらのつもりでないとしたら、これを書いた男は狂人と考えていいと思います。狂人をあなどってはならんのです。これを書いた男が、神の怒りの代弁者をもって自ら任じていたとしたらどうなりますか。当然、彼はそれを宣言します。神の言葉を求めます。聖書の預言者たちがしたことですから」

「で、それを詩的な言葉で表現する」ホルステッドが合の手を入れた。

「それも、聖書の預言者たちがしていたことですからね」ゴードンはうなずいた。「そういう人間は、神の声であるばかりか、神の片腕にでもなった気持でいるのです。これは放ってはおけませんよ。ご承知のとおり、ミス・アース・コンテストはミス・アメリカ・コンテストとはわけが違って、いろいろと厄介なことがありましてね」

「外国人が参加するから、ですね」ルービンが言った。

「そうなんです。出場者は全部で六十人。そのうち、アメリカ育ちはミス・ユナイテッド・ステーツただ一人ですよ。われわれとしては、とかく彼女らに事なかれといった心境です。小さな事故だって願い下げですよ。そりゃあ、何かがあったからと言って、それが国際緊張にまで発展するとは思いませんがね、しかし、国務省にとってはやっぱり歓迎できないでしょう。ですから、こんなメモが舞い込んだとあれば、警察は六十人の美女の安全対策を講じなくてはならんわけですよ。ところが、今は人手不足でしてね、とてもそれだけの人員を割く余裕がないんですよ」

「ちょっとお訊きしますがね」トランブルが眉を寄せて言った。「あなた、いったいわれわれにどうしろって言うんです？」

ゴードンは答えて言った。「その男は、何も女の子たちを残らず殺してやろうと考えているわけではないかもしれません。しかし、中の一人を狙っているということは考えられるのです。だから、死のことを言うところでは単数を使っているのかもしれないんです。で、ヘンリーに、どうやってその範囲を絞るかについて知恵を借りられればと思っているわけですよ。六十人の女の子を見張るよりは十人のほうが楽ですからな。いや、一人に注意を集中できればそれに越したことはないんです、正直なところ」

「そのメモからですか？」トランブルは露骨に不愉快な顔をして言った。「あんた、そのメモからヘンリーにミス・アース・コンテストの出場者の一人を拾い出せって言うんですか？」

トランブルはヘンリーをふり返った。ヘンリーは言った。「わたくしには見当もつきませんです、トランブルさま」

ゴードンは再び紙切れを取り出した。「ラハブというのが誰を指しているのか、教えてもらえればと思ったんだがねえ。どうしてある特定の一人をラハブと呼んで、その娘を殺すと威しているのか」

ゴンザロがだしぬけに言った。「どうしてラハブっていうのが目当ての女の子ってことになるんだ？　そいつは自分の署名かもしれないじゃないか。ラハブは聖書に出てくる偉い預言者か死刑執行人か何かなんだろう。だからそれを借りて自分の名前にしたんじゃないかね」

ルービンはふんと鼻を鳴らした。「冗談じゃないぜ、マリオ。いくら画家だといったって、そいつはちと物を知らなすぎるじゃあないか。ラハブは一行の文句の中にあるんだよ。もし署名だったら一つ下げて書くだろうが。もし、そいつが神の怒りを衆目の前に示そうとしているなら、誇らしげに、誤解の余地のないような署名をするはずだよ。署名をしたとすればさ。それに、もしそうだとしたら、まずラハブなんていう名前は使うはずがないよ。多少とも聖書を知っていればね。ラハブっていうのは……ああ、そうだ。ヘンリー、欽定訳聖書を持ってきてくれないか。ここは間違いのないように、ちゃんと確かめたほうがいい」

「何だ、きみは聖書を暗記してるんじゃなかったのか」トランブルが言った。

「たまに細かいところを度忘れするってことはあるさ、トム」ルービンは高慢な態度で言った。

ヘンリーから聖書を受け取って彼は言った。「ありがとう、ヘンリー。聖書にはね、ラハブというのは一人しか登場していない。そのラハブは遊女なんだ」

「本当かい?」ゴンザロはびっくりして言った。

「そうさ。ああ、ここだ。ヨシュア記第二章第一節。〝ヌンの子ヨシュアは、シッテムからひそかに二人の斥候をつかわして彼らに言った、〈行って、その地、特にエリコを探りなさい〉。彼らは行って、名をラハブという遊女の家にはいり、そこに泊まった〟」

「対句を使っているのは、その意味も含んでいるということか」アヴァロンは考え深げに言った。「きみはそう言いたいわけだね」

「そういうことさ。だから、イゼベルもラハブも女の子全部を指している。両方とも複数のはずだ、とぼくは思うんだ。イゼベルもラハブも、聖書ではふしだらな女を象徴している。誰だか知らないけれども、その脅迫状の主はミス・アース・コンテストに出るような女は皆ふしだらだと思っているんだよ」

「そうなのかね?」ゴンザロが尋ねた。「いや、だから、連中はふしだらなのかね」

ゴードンはにやりと笑った。「彼女らの個人的な生き方についてはわたしが云々《うんぬん》するべきことではありませんが、しかし、彼女らの経歴にはそういう意味で汚点があるとは思いませんよ。彼女たちは各国の代表として厳正に選ばれた若い女性です。本当にいかがわしい噂があるような女が審査員の目を潜り抜けてくるとは考えられませんね」

アヴァロンが言った。「がりがりの正統派信者が誰かをイゼベルと極《き》めつけたり、ふしだらな行為などと言う場合にはですね、わたしに言わせると、実際にふしだらな行為があったかどうかの問題ではないんですよ。これは要するに、きわめて主観的な問題でしてね。自分に性的羞恥心を起こさせるような女は誰であれ、ふしだらなんです。だから、もっとも性的魅力にあふれる女こそ、彼にしてみればもっともふしだらだということになるわけです」

「というと」ゴードンはじろりとアヴァロンに目を向けた。「その男は、一番の美人を殺そうと狙っている、ということですか?」

アヴァロンは肩をすくめた。「美人とはいったい何ですか? 仮にその男が一番の美人と思う一人を狙っているとしてですね、彼の美人の基準はどこにあるんです? 衆目の一致する、絵に描いたような美人であるとは限りませんよ。死んだ母親の面影がある女とか、子供の頃憧れていた女の子に似た女とか、かつての受持ちの先生を思い出させる女とか、いろいろあるでしょう。何とも言えないじゃありませんか」

「なるほど」ゴードンは言った。「おっしゃることはいちいちごもっともですな。しかし、この際そんなことはどうでもいいのです。問題は誰が狙われているかです。ラハブというのは誰ですか。動機は後回しでいいのです」

アヴァロンは首をふった。「いいや、そう簡単に動機を無視するわけにはいきません。しかし、考えの筋道が違っていたんじゃあ、何も出てこない。マニーはああ言っていますがね。わたしはイゼベルとラハブが共通の意味を表わす対句として使われているとは思わないんです」

「いや、その点は間違いないね」ルービンは顎をぐいと突き出した。

「どうしてだね？　そもそも、イゼベルは遊女じゃあないよ。イゼベルはイスラエルの女王だ。しかも、聖書のどこを捜したって、イゼベルが性的にふしだらであったとは書いてない。イゼベルはただ偶像崇拝者でヤハーウィスト、つまり、ヤハーウェを信仰する者たちと対立したというだけのことだよ。エホバのほうが普通に使われているけれども、正しくはヤハーウェだね」

ルービンは言った。「それを言うなら、こっちも説明しよう。イゼベルはツロの王の娘だよ。ツロの王は同時にアシタロテの司祭だった。おそらく、イゼベル自身も巫女だったんだろう。ラハブのほうはだね、これはただの遊女じゃあなかったはずだよ。きっと、豊饒多産の祭祀を司る巫女だった。イスラエルの民から見ると、これは春を鬻《ひさ》ぐ行為だ」

ホルステッドが口を挟んだ。「聖書をそんなふうに読んでる人間なんていやしないよ、マニー。聖書には、イゼベルは女王で、ラハブは遊女だとある。たいていの人間はそれをそのまま受け取っているんだ」

「いや、わたしが言いたいのはそこじゃあないんだよ」アヴァロンが言った。「イゼベルの身分がどうであったかではなくてね、イゼベルは悲惨な最期を遂げた、ということなんだ。イゼベルは王宮の叛乱で殺されて、犬に喰われた。ところが、ラハブのほうはというと、これはめでたしめでたしで終わっている。エリコが滅びた後まで生き延びているんだ。それは斥候をかくまってやったからだよ。その後、ラハブは改宗してイスラエルの神を崇めるようになったと解釈していい。つまり、ラハブはもう遊女でも、異教の巫女でもなくなったわけだね。事実……マニー、ちょっと聖書を貸してくれないか」

アヴァロンは聖書を受け取ってせわしなくページを繰った。「マタイ伝のはじめのところに出ているよ。ああ、ここだ。〝サルモンはラハブによるボアズの父、ボアズはルツによるオベデの父、オベデはエッサイの父、エッサイはダビデ王の父であった〟。ほうら、マタイ伝第一章第五節。これによれば、ラハブはイスラエルの貴人と結婚した。しかも、ダビデ王の曾々孫だよ。ということは、すなわち、他でもないイエスの遠い先祖じゃないか。イスラエルのエリコ攻略に協力して、イスラエル人に嫁いでだよ、ダビデとキリストの先祖に当たるラハブが、正統派にとって何で邪淫の象徴になるものかね」

聖書は手から手へテーブルのまわりを回った。ホルステッドが言った。「名前の綴りが違うねえ。マタイ伝ではラハブ（Rachab）になってる」

アヴァロンは言った。「新約聖書はギリシャ語から英語に訳されているんだ。旧約はヘブライ語からだよ。だから綴りが不統一なところがあるんだ。今私が読んだところのボアズ(Booz)にしても、旧約のルツ記ではBoazだよ」

「それに」ルービンが言った。「ラハブの場合はRachabと綴るほうがむしろ正しいんだ。ヘブライ語の固有名詞の中に出てくるハの音はドイツ語のchの発音だからね」

「だから、ラハブをミス・アース・コンテストの出場者の一人に結びつけて考えるとしたら」アヴァロンは言った。「イゼベルとの類似、共通性ということは捨てて、何か別の意味を考えるべきだね」

「しかし、どう考えるって言うのかね」ドレイクが尋ねた。

「まあまあ」アヴァロンは指を立てて彼を制した。「一つ思い当たることがあるんだよ。マニー、ラハブというのは聖書では詩的表現としてエジプトを指しているんじゃあなかったかね?」

ルービンは体を乗り出した。「そうそう、そうなんだよ。ヘブライ語とは別の言葉なんだ。その場合はラハブはRahabだよ。ところが英語になると同じになってしまう。普通、〝誇り〟とか〝威力〟とか、そんな意味に訳されるんだけれども、たしか、少なくとも一か所そう訳されてないところがあるんだ。……ええと、あれは詩篇だったと思うなあ」

彼はぶつぶつ言いながら聖書をめくった。「聖書事典があるといいんだがな。クラブとして一冊買っておくべきだよ」やがて彼は大声を上げた。「あったあった、ここだよ。詩篇第八七篇第四節。〝わたしはラハブとバビロン王を、わたしを知る者のうちに挙げる。ペリシテ、ツロ、またエチオピアを見よ〟」

「そのラハブがどうしてエジプトだってわかるんだ？」ゴンザロが尋ねた。

「それはだね、旧約の時代を通じてずっと、チグリス・ユーフラテス渓谷とナイル河畔の二大強国が覇を競っていたからだよ。バビロンは明らかに前者だ。だからラハブは後者だということになる。この点は疑問の余地がない。聖書学者の意見も、このラハブはエジプトを意味するということで一致しているよ」

「ということであればだね」アヴァロンが言った。「どうやらこれはヘンリーに尋ねるまでもなさそうだね。わたしは、この謎の告知状の主が狙っているのはミス・エジプトだと思う。それならば辻褄も合うよ。このニューヨークには現在ユダヤ人が二百万ばかりいるわけだし、イスラエルとエジプトの現在の関係を考えれば、中には少々気がふれて、ミス・エジプトを威すことを自分の使命と思うやつがいるかもしれないじゃあないか」

ゴードンは言った。「いや、実に面白い推理ですな。ただ、一つだけ難点があります」

「とおっしゃいますと？」

「ミス・エジプトはいないのです。ご承知のとおり、ミス・アース・コンテストは、ミス・アメリカのように単純なわけにはいかんのですよ。ミス・アメリカの場合は五十州からそれぞれ一人ずつ代表が出ます。外交政策の入り込む余地はありませんからな。ところが、ミス・アース・コンテストとなりますと、アメリカに好意を持っていない国ですとか、あるいは、美人コンテストなどは頽廃堕落であると考える国々は代表を送ってきません。今回はアラブ諸国からは一人も出場していないのです。一方、国によっては代表を一人に絞らずに、別の呼び方で何人も出すところがあります。たしか、何年か前だったと思いますが、ドイツ美人が二人出てきましてね。優勝したのがミス・ドイツで、準優勝がミス・バヴァリアでしたよ」

アヴァロンはがっくりと肩を落とした。「ミス・エジプトがいないとなると、ラハブが何を意味するのか、どうも見当がつきませんねえ」

「聖書では、どういう意味なのかね？」ゴンザロが尋ねた。「どうしてエジプトがそう呼ばれるようになったんだ？　何か理由があるはずだろう」

ルービンが言った。「ああ、それはだね。エジプトは河の王国だった。ラハブというのは海に関係のある言葉なんだよ。実はね、これはイスラエル以前の天地創造神話の名残りなんだ。シュメール人たちは、陸地は海から作られたと考えていた。海はティアマットと呼ばれる巨大な怪獣でね、そいつがまっ二つに断ち切られて、その間から陸地が現われたということになっているんだよ。バビロニアの神話では、そのティアマットを殺したのはマードックだとされている。

「創世記を最初に書いた神官たちは、バビロニアの神話を整理して多神論を排除した。しかし、その痕跡は残っているんだな。創世記第一章第二節を見ると、天地創造第一日目の前にこんなことが書いてある。〝地は形なく、むなしく、やみが淵のおもてにあり、神の霊が水のおもてをおおっていた〟。ところでこの〝淵〟と訳されている言葉だがね、これはヘブライ語では

〝テオム〟なんだ。聖書の注解者《コメンテーター》の中には、これはティアマットの変化したものだろうとしているのがいるよ。で、この一節は宇宙的闘争の名残りを留める唯一の例だと言っている」

「そいつは深読みがすぎるよ」ドレイクが言った。

「さあどうかな。聖書にはそれ以前のもっと素朴な天地創造の神話から来ていると思われる語句がよくあるよ。イザヤ書の終わりのほうにもあったはずだな。ええと、どこだっけ……昔は何章何節っていうのを全部覚えていたんだがねえ」

ルービンはヘンリーが運んできた小さなブランデーのグラスには目もくれず、しきりに聖書をあちこちひっくりかえした。ゴードンはブランデーをちびちびと舐《な》めながらのんびりとその様子を眺めていた。彼はルービンを制止するでもなく、議論を本筋に戻すでもなかった。

「こんなことやってたって埒があかないじゃないか」と言ったのはトランブルだった。

しかし、ルービンは興奮して手をふりまわした。「あった、あった。これだよ。イザヤ書第五一章第九節。〝主のかいなよ、さめよ、さめよ、力を着よ。さめて、いにしえの日、昔の代にあったようになれ。ラハブを切り殺し、龍を刺し貫いたのは、あなたではなかったか〟。ね。〝ラハブを切り殺し〟と〝龍を刺し貫いた〟というのも、やっぱり対句になっているんだ。ラハブと龍は両方とも荒れ狂う海を象徴するものだよ。その海が滅ぼされて、二つに割れてはじめて乾いた陸が形作られたわけなんだ。コメンテーターの中にはこれはエジプトと、それから紅海の分割を指しているんだという意見を主張する者もあるがね、ぼくはこの一節はティアマットとの闘いを言っているに違いないと思う」

ルービンは額に汗を光らせながら左手を上げて皆を制し、そうする間にも右手でページを繰っていた。「詩篇にもそのことを言っている箇所があるよ。ちょっと待ってくれよ、今捜すから。ああ。詩篇第八九篇第一〇節と第一一節。〝あなたは海の荒れるのを治め、その波の起こるとき、これを静められます。あなたはラハブを、殺されたもののように打ち砕き〟。それからもう一箇所、詩篇第七四篇第一三節と一四節。〝あなたはみ力をもって海をわかち、水の上の龍の頭を砕かれた。あなたはレビヤタンの頭を砕き〟。レビヤタンも太古の海の別の呼び名だよ」

トランブルが怒鳴った。「いい加減にしないか、マニー。きみはもう復活運動の説教師じゃあないんだぞ。そんなことをぐだぐだ言っていて何になるんだ、まったく?」

ルービンは憮然として顔を上げ、聖書を閉じた。「ぼくに話をさせてくれればだね、トム」彼は大袈裟にもったいをつけて言った。「かつ、そうやって怒鳴る気持をきみがぐっと堪えてくれれば、聞かせてやらないでもないよ」

彼は思い入れたっぷり一座を見まわした。「どうやらこの脅迫状を書いた男にとっては、ラハブというのは荒れ狂う海の力を意味しているんじゃあないかと思うんだ。ところで、現在、荒れ狂う海の力とは何だろう? 海を支配しているのは誰か? アメリカだよ。空母。原子力潜水艦。ポラリス・ミサイル。まさにアメリカはラハブの力を持っているじゃあないか。そいつの狙っているのは、たぶんミス・ユナイテッド・ステーツだとぼくは思う」

「そうかね?」ホルステッドが言った。「アメリカが海で支配的な勢力を持つようになったのは、つい第二次大戦からこっちのことじゃないか。まだ伝説になるところまではいってないよ。歌や物語で海の覇者といえば、これはもう、グレート・ブリテン島だよ。〝ブリタニア波濤を統べる〟。わたしはミス・グレート・ブリテンに一票入れるね」

ゴードンが口を挟んだ。「ミス・グレート・ブリテンはいません。ミス・イングランドはいますがね」

「そうですか。じゃあ、ミス・イングランドに一票」

ドレイクが言った。「狂人の考えてることはしょせんわからんさ。あるいは、そいつはただ自分の手口を予告するだけの目的で名前を出しているのかもしれないぞ。さっきルービンが読んだ中にあっただろう。〝頭を砕き〟とか、〝打ち砕き〟とか。つまり、鈍器で殴り殺すってことじゃあないのかね」

ルービンは首をふった。「〝ラハブを切り殺し〟になってるところもあるよ」

ゴンザロが言った。「ラハブが神の不倶戴天の敵だとすると、そいつはナチのことを考えているのかもしれないぞ。ジェフはそいつがユダヤ人でミス・エジプトを狙っているんじゃないかと言ったけれども、ミス・ドイツが目当てかもしれないじゃないか」

トランブルが言った。「いつから犯人はユダヤ人ていうことに決まったんだ？　正統派の信者はほとんどがプロテスタントだよ。その正統派はかつて一時期ローマ法王に実にいい綽名を奉っていた。一部では法王を〝バビロンの娼婦〟と呼んでいたのさ。しかるに、ラハブは遊女だ。まさか、ミス・バチカンはいないだろうけれども、ミス・イタリアはどうかね？」

ヘンリーが言った。「ひと言、よろしゅうございますか、皆さま?」

ゴードンは顔を上げた。「ほう、意見があるかね、ヘンリー?」

「はい、一つ考えに浮かびましたことがございますが、お役に立ちますかどうですか……先程のお話に、ゴードンさま、ミス・アース・コンテストは代表を派遣する国に関する限りはきわめて融通がきくということがございましたですね。代表を送ってこない国もあれば、一方、別の名前で二人あるいはそれ以上代表を出す国もあるのでございますね。たとえば、ミス・ドイツとミス・バヴァリアがいる、というお話でございました」

「そのとおり」ゴードンは言った。

「それから、ミス・グレート・ブリテンはいないが、ミス・イングランドはいるとおっしゃいましたね」

「ああ、そのとおり」

「ミス・イングランドがいるということは、ミス・スコットランドもいるということでございますか?」

「実を言うと、そのとおりなんだ」ゴードンは目を細めた。「ほかにミス・アイルランドと、ミス・北アイルランドがいるよ」

ゴンザロは両手でテーブルを押さえつけるような恰好をした。「ヘンリーの言わんとしていることはわかったぞ。もし、この脅迫状の主がアイルランド人ならば、目当てはミス・北アイルランドだろう。ミス・北アイルランドはイギリスの傀儡政権を代表しているわけだ。それに、イギリスは海の覇者だ。だからラハブさ」

ヘンリーはかぶりをふった。「わたくし、そのようなむずかしいことではあるまいと存じます。これはわたくしの日頃からの持論でございますが、すべてが甲乙つけ難い時には、一番簡単な説明が、一番よろしゅうございます」

「オッカムの剃刀（説明のための例証は必要以上に込み入るべからずという意味の格言）だね」アヴァロンが言った。

「正直に申し上げまして」ヘンリーは言った。「わたくし、ラハブのことは何も存じませんでした。けれども、ルービンさまのご説明は、わたくしの蒙を啓《ひら》くものでございました。もし、ラハブが海を象徴する怪物であり、その怪物がレビヤタンと呼ばれているといたしますならば、そして、レビヤタンが今なお時として、現存する最大の海の怪物をさす言葉として使われておるといたしますならば、つまりそれはミス・ウェールズ（鯨《ホエールズ》の洒落《しゃれ》）ではございませんでしょうか」

「ほう」ゴードンは言った。

ヘンリーはゴードンに向き直った。「それが答でございますか、ゴードンさま?」

ゴードンはもったいぶって言った。「一つの可能性だね」

「いえ、ゴードンさま」ヘンリーは言った。「それでは納得いたしかねます。わたくしを試しにおいでになったのでございましょう。答をご存じなしに、どうしてわたくしを試すことがおできになりますか?」

ゴードンはからからと笑った。「さすがお見事、ヘンリー」彼は言った。「今話したことは全部事実なんだよ。ただし、これは昨年の出来事だった。問題の脅迫状の主は捕まった。刃物を持っていたけれども、それほど危険な人物ではなかったよ。おとなしく観念した。今さる精神病院に入っている。その男の言うことは、まさに支離滅裂だったよ。結局男の動機は最後までわからずじまいだった。ただ、餌食《えじき》と狙った相手の女性を、とにかくよこしまであると信じ込んでいるんだな。

「厄介なことに」ゴードンは言葉を続けた。「警察としては、警備のために多数の人員を投入しなくてはならなかったのだよ。それに、ラハブが何を意味するかも最後までわからなかった。しかし、そいつがミス・ウェールズの楽屋に押し入ろうとしているところを捕まえたのだよ。去年あんたに会っていたらよかった。いや、実に大した探偵だよ」

「〈ブラック・ウィドワーズ〉の皆さまがでございます。皆さまが謎を解明なさるのです。わたくしはただ、落穂拾いをいたすだけでございます」ヘンリーは言った。

"Miss What?"

あとがき

この話は、〈エラリー・クイーンズ・ミステリ・マガジン〉一九七三年九月号に『ミス・アースへの警告』の題名で発表された。この題名は私の好みではない。で、私は『何国代表？』に戻すことにした。

私はたいてい作品が生まれたきっかけなど忘れてしまうのだが、この話に限ってはよく憶えている。〈ニューヨーク・ポスト〉のレナード・ライアンズのコラム担当であるアニタ・サマー夫人は熱心なＳＦ愛好家で、ある時、ミス・ユニヴァース・コンテスト出場者のために催されたカクテルパーティに私を招待してくれた。

もちろん、私は喜び勇んで出かけていった。私はまさに陶然として美女たちの間をさまよい歩いた。私の手放しの喜びように気をよくしたアニタは言った。「このことを小説にしてみない、アイザック？」

私は言った。「いいね」私は書いた。と言うわけで、私はこの作品をアニタ・サマーに捧げる。

9　ブロードウェーの子守歌

〈黒後家蜘蛛の会《ブラック・ウィドワーズ》〉の歴史はじまって以来はじめて、月例の会食が個人の自宅で行なわれることになった。言い出したのはイマニュエル・ルービンである。彼は麦藁色のまばらな髯を激しくふるわせながら、まるで議会の演説のように自分の意見を主張した。

次回のホストは自分である、と彼は言った。クラブの内規ではホストは帝王であり、しかも内規のどこを捜しても、例会の場所は特に定められてはいなかった。

「仕来りだからね」ジェフリー・アヴァロンが特許弁護士という彼の職業にふさわしいある種の威厳を示して言った。「これまでずっと、例会はここと決まっていた」

「仕来りが絶対なら」ルービンは言った。「何だって内規なんぞがあるのかね」

結局、ルービンが料理の腕を自慢し、マリオ・ゴンザロがにったり笑って、「皆で行ってハンバーガーが焦げつく臭いでも嗅いでみるか」と言ったことで話がつき、ルービンの主張が通った。

「ハンバーガーなんぞ喰わせやしないさ」ルービンはむきになって言った。しかし、すでにその時には皆一歩譲る気になっていたのである。

そんなわけで、ハドソン河の向こうから同じ電車でやってきたアヴァロンとジェイムズ・ドレイクはウェストサイドのルービンのアパートのロビーでドアマンがふり向いてくれるのを待っていた。暴力に訴えれば話は別として、ドアマンの許しがなければアパートに入ることは明らかに不可能だった。

アヴァロンが小声で言った。「要塞の心理だね。ニューヨークじゅうどこへ行ってもこれだ。じろじろ見られて、武器を調べられることなしには、どこへも入れない」

「無理もないさ」ドレイクは穏やかなしゃがれ声で言って、煙草をつけた。「エレベーターの中で絞め殺されるよりはましだよ」

「それもそうだね」アヴァロンは陰気に言った。

ドアマンが二人をふり返った。背が低く丸顔で、禿の男だった。顔のまわりにわずかに残った髪の毛と同じ色の髭はドレイクのそれと同様、短く硬かったが、ドレイクに比べて鼻の下のあたりをより広い範囲にわたって覆っていた。どこから見ても、およそ恐ろしげなところはなかったけれども、灰色のお仕着せが権威の目印となっていて、どうやら闖入者《ちんにゅう》の意気を挫《くじ》くにはそれで充分であるらしかった。

「はい」彼は言った。

アヴァロンが咳払いして、持ち前のほれぼれするような豊かなバリトンで、彼ほどの長身で姿勢がよく、堂々たる押出しの男にしては信じられない照れを隠しながら答えた。「ドクター・ドレイクとミスター・アヴァロンだがね、14－AAのイマニュエル・ルービン氏のところへ行きたいのだよ」

「ドレイクとアヴァロンね」ドアマンは言った。「ちょっと待ってくださいよ」彼はずらりと並んだベルのところに行ってインターフォンで客を取次いだ。ルービンがせわしなく叫ぶ声がはっきりと返ってきた。「通してくれ、通してくれ」

ドアマンは二人のためにドアを開けた。アヴァロンは入りかけてふと足を止めた。「ところで、ここではちょくちょく事故があるのかね？」

ドアマンは重々しくうなずいた。「時々、あるんですよ。どうやったって、起きる時には起きるんです。去年、二十階の家がやられましてね。ついこのあいだも、洗濯場で奥さんが一人襲われました。そういうことはあるもんですよ」

背後で穏やかな声がした。「ご一緒させていただけますか？」

ドレイクとアヴァロンはふり返って後からきた客を見た。二人とも、すぐには相手がわからなかった。と、ドレイクがくっくっと笑って言った。「ヘンリー。レストランで給仕をしてない時は、どうしてなかなか立派なもんじゃないか」

アヴァロンは思わず弾けるように言った。「ヘンリー！　こんなとこで何を……？」彼は慌てて言葉を飲み込んだ。ばつの悪い顔をした。

「ルービンさまがお招《よ》びくださったんでございますよ。レストランでの会食ではないとなると、わたくしはお給仕させていただくわけには参りません。それならば、ゲストとして招ぼうとおっしゃってくださいまして。是非ともご自宅でとおっしゃいましたのは、そのような狙いがおありだったからに違いございません。ルービンさまは、ああ見えても大層お優しい方でいらっしゃいますから」

「素晴らしい」アヴァロンは前の失言を挽回しようとするかのように熱をこめて言った。「守衛さん、こちらわたしたちと一緒でね」

ヘンリーは一歩退って言った。「ルービンさんに、お取次ぎ願えますかな?」

彼らのやりとりの間ずっと気長にドアを支えていたドアマンは言った。「いや、いいですよ。どうぞ、入ってください」

ヘンリーは軽く会釈し、三人は広々とした青いロビーを抜けてエレベーターに向かった。

ドレイクが言った。「ヘンリー、そういう恰好は最近じゃあもうとんとお目にかからなくなったね。そうやって正装してニューヨークを歩いたら人だかりがするだろう」

ヘンリーは自分の姿をざっと見下ろした。チャコール・ブラウンの上下はいかにも古風な裁断で、ドレイクは今どきどこへ行ったらこんな服を売る店が見つかるだろうかと内心首をかしげているに違いなかった。靴はおとなしく黒。ワイシャツは眩しいほどにまっ白で、細い地味な灰色のネクタイをすっきりとしたピンで止めていた。

しかし何と言っても、ヘンリーの古色蒼然たるスタイルに止めを刺しているのは焦茶色の山高帽《ダービー》だった。今ヘンリーはそれを脱いで、軽くつばのあたりを持っていた。

「ダービーなんぞを見るのは何年ぶりかね」アヴァロンが言った。

「第一、帽子そのものがもうはやらなくなったからねえ」ドレイクが言った。

「今は自由の時代でございます」ヘンリーは言った。「人それぞれが好きなようにする時代でございます。わたくしは、これがいいのでして」

アヴァロンが言った。「困ったことに、中には洗濯場で女性にいやがらせをするのが自由と心得ているやつがいる」

「はあ」ヘンリーは言った。「ドアマンの話はわたくしも聞いておりました。ともあれ、きょうのところは何事もありませんように」

エレベーターの一つが来て、犬を連れた女が一人降りていった。アヴァロンはエレベーターの中を覗き、左右を見てから乗った。彼らは無事十四階に着いた。

顔ぶれはすっかり揃っていた。いや、ほぼすっかりと言うべきだろうか。ルービンは妻のエプロンをして(〝ジェーン〟と大きく刺繍されていた)忙しそうに立ち働いていた。サイドボードにはあらゆる種類の酒瓶が並んでいた。アヴァロンは押し問答の末にヘンリーを退けて自分がにわかバーテンを買って出た。

「きみは坐ってろよ、ヘンリー」ルービンが大声で言った。「きょうはゲストなんだから」

ヘンリーは居心地が悪そうだった。

ホルステッドは軽く吃りながら言った。「なかなかいいアパートじゃないか、マニー」

「悪くないよ……ちょっと、そこを通してくれないか……ただ、狭くてね。そりゃあ、うちは子供がいないから、だだっ広いことはいらないんだがね。それに、ぼくみたいな物書きにとってはマンハッタンにいるありがたさってことがあるからねえ」

「ああ」アヴァロンが言った。「下でそのありがたさってやつのことを聞いてきたよ。守衛の話だけれども、洗濯場で女性が襲われたことがあるそうだね」

「ああ、あれか」ルービンは蔑むように言った。「中にはわざと大騒ぎするのがいてね。この二、三丁先のモーテルが中国の国連代表部になってから、金持の独身女性なんぞが何かというとすぐに黄禍《こうか》だなんて言い立てるんだよ」

「泥棒もあるっていうじゃないか」ドレイクが言った。

ルービンはマンハッタンが非難されたことでまるで個人攻撃を受けたかのように無念な顔をした。「いや、あれはどこにでもあることだよ。それに、ジェーンにも不注意な点があったんだ」

目の前の飲み物にも手をつけずに一人だけテーブルに坐っていたヘンリーははっと顔を上げた。その驚きの表情にもかかわらず、彼の顔には不思議と皺一つ寄りはしなかった。彼は言った。「すると、何でございますか、ルービンさま。この部屋《アパート》が泥棒にやられたんでございますか?」

「うん、まあね。ドアの錠は、セルロイドの板切れ一枚で簡単に解《あ》くらしいんだ。それで皆、別に大袈裟な錠前をくっつけているんだね」

「いつごろのことでございます?」ヘンリーは尋ねた。

「二週間前くらいになるかな。いや、本当に、ジェーンが悪かったんだよ。ホールの向こうの誰かに料理の味つけのことを訊くか何かで家を空けたんだ。その時錠を二重にかけずに出てしまったんだな。これじゃあ、どうぞ空巣に入ってくださいと言ってるようなものだよ。空巣狙いっていうやつは、留守かどうかを見わける、ある種の超能力を持っているからね。そいつがまさに出ていこうとするところへジェーンが帰ってきて、それで大騒ぎになったんだよ」

「怪我はなかったかい?」ゴンザロがただでさえ飛び出している目をさらに大きく見開いて尋ねた。

「いや、そんな大袈裟なことじゃあなかったからね。ちょっとびっくりしたっていうだけのことさ。女房のやつはとてつもない声を出した。女房としてはできる限りもっとも有効な手段に訴えたわけさ。相手は逃げだした。もしぼくが家にいたら追っかけてってとっつかまえてやったと思うんだ。あんなやつの一人や二人……」

「止したほうがいいな」アヴァロンが人さし指で氷を回しながら思慮深げに言った。「追っかけたところであばらにナイフを刺されるのが落ちだろう。きみがだよ」

「あのねえ」ルービンは言った。「ぼくは昔ナイフを持ったやつらと渡り合ったことがあるんだよ。なあに、あいつらは……ちょっと待った。何か焦げてる」彼は台所に駆け込んだ。

ドアを叩く音がした。

「覗き穴から見たほうがいい」アヴァロンが言った。

ホルステッドが覗いて言った。「トムだ」彼はドアを開いた。トーマス・トランブルが入ってきた。

アヴァロンが言った。「取次なしにどうやって上がってこられたのかね?」

トランブルは肩をすくめた。「顔を知っているからさ。マニーのところははじめてじゃあないんだ」

「それに」ドレイクが言った。「きみくらいの大物諜報部員は木戸御免か」

トランブルはふんと鼻を鳴らして顔を顰《しか》めたが、しかし、餌に飛びつこうとはしなかった。トランブルが暗号の専門家であることは〈ブラック・ウィドワーズ〉たち皆が知っていた。しかし、彼が実際には何をしているのか誰も知らなかった。皆、うすうす同じことを考えてはいたけれども。

トランブルは言った。「誰かもう、牛の数を数えてみたかい？」

ゴンザロが笑った。「まさに牛の群れだね」

壁一面の本棚には、木彫りや陶器のあらゆる大きさ、あらゆる彩りの牛が犇《ひし》めいていた。エンドテーブルやテレビの上にもいくつか並んでいた。

「手洗いにもまだたくさんあるよ」ドレイクがそう言いながら出てきた。

「賭けようか」トランブルが言った。「ここにいる皆がそれぞれこの家にある牛を数えるだろう。そうすると、答は全部ばらばらで、しかも、正しい答は一つもない」

「それよりも」ホルステッドが言った。「マニー自身、いくつあるか知ってるはずがないよ」

「おい、マニー」ゴンザロが大声で尋ねた。「牛はいくつあるんだ？」

「ぼくを入れてか？」ルービンはがちゃがちゃと皿を鳴らしながら叫び返した。台所の入口から頭だけ出して彼は言った。「うちで食事をして一つだけ確実なことはね、アペタイザーにレバーなんぞは出ないってことだよ。いろいろな材料を使った茄子《なす》の料理をご馳走するがね、細かいことは訊きっこなしだよ。これはぼくの秘伝でね。ぼくが考え出したんだ。……あっと、マリオ、その牛は落っことすと欠けるから気をつけてくれよ。ジェーンのやつは全部空で憶えてて、帰ってくると一つずつ調べるんだから」

アヴァロンが言った。「ここが泥棒にやられたって話、知っているかね、トム？」

トランブルはうなずいた。「大したものは持っていかなかったんだろう」

ルービンがせかせかと料理を運んできた。「坐っててくれよ、ヘンリー。ああ、ジェフ。ちょっと酒は後回しにして、ナイフだのフォークだの並べるのを手伝ってくれないか。……きょうはロースト・ターキーだよ。皆、好みは白いところか赤いところか考えておいてくれよ。一度決めたらもう変えられないぞ。それから、スタッフィングは好き嫌いなし。全部に食べてもらうからね。何て言ったって、これこそが……」

アヴァロンは最後のナイフをもったいぶって並べ終えてから言った。「何を盗《と》られたんだ、ルービン？」

「うちへ入ったやつのことか？　何も盗りゃあしないさ。仕事にかかったばかりのところへジェーンが帰ってきたんだろう。薬戸棚を引っかきまわしていったっけ。麻薬でも捜したんだろう、きっと。小銭をいくらか持っていったかな。ぼくの録音機がいじくりまわしてあった。質種《しちぐさ》にポータブル・ステレオを持ち出そうとしたのかもしれないんだけれども、ちょっと動かしただけで諦めたらしいよ……ああ、そうだ。誰か、音楽を聴きたいか？」

「音楽なんかいらないよ」トランブルが腹立たしげに怒鳴った。「妙な音を出してみろ。わたしがそのステレオを盗み出して、きみのテープを残らず焼却炉に叩き込んでやるからな」

ゴンザロは言った。「あのねえ、マニー。言いたかあないけど、スタッフィングのほうが茄子よりもうまいね」

ルービンはふんと鼻を鳴らした。「台所がもう少し広ければ……」

どこか遠くでサイレンの音が聞こえた。ドレイクは肩越しに親指で開け放った窓を指した。

「ブロードウェーの子守歌だ」

ルービンは何でもないというふうに手をふった。「あれは馴れてしまえば何でもないよ。消防自動車でなければ、救急車。救急車でなければパトカー。パトカーでなければ……。とにかく自動車の音は全然気にならないよ」

しばらく、彼は何やら考え込む様子だった。やがて彼の小ぶりな顔に激しい憎悪が浮かんだ。

「何と言っても我慢できないのは隣り近所だね。この階だけで何台ピアノがあると思う？　レコード・プレーヤーがどのくらいあると思う？」

「ここにも一台あるな」トランブルが言った。

「ぼくは夜中の二時にヴォリュームをいっぱいに上げてかけたりしないよ」ルービンは言った。

「壁の厚さが腕の長さほどもあるような昔のアパートだったらそう問題にはならないだろうと思うんだ。ところがさ、このアパートは建ってからたかだか八年でね。壁はアルミ箔にコーテイングしたやつなんだ。これが何しろ音をよく伝えるんだよ。壁に耳をくっつければ、どの階のどの部屋の音も全部聞こえるんだからね。三階上だろうと三階下だろうとさ。

「ところが、それが、音楽が聞こえて調子がいいという具合にはいかないんだ」彼は言葉を続けた。「聞こえてくるのは超低音でズンズンズンというベースばかりでね。骨がばらばらになってしまいそうな」

ホルステッドが言った。「わかるよ。わたしもアパート住まいだがね、しょっちゅう夫婦喧嘩をする家があるんだ。こっちは女房と二人で耳を澄ませて聴くのさ。ところが、何を言ってるかは聞き取れないんだな。ただ声の感じがわかるだけでね。あれはかなわない。でも、時によっちゃあ面白い声が聞こえてくることもあるが」

「このアパートには何世帯くらい入っているんだね？」アヴァロンが尋ねた。

ルービンは唇を動かしながらしばらく掛かってやっと計算した。「六百五十世帯くらいかな」

「まあ、こういう蜂の巣で暮らしたいと言うんなら」アヴァロンは言った。「それに伴って起きてくる諸々の結果には甘んじるよりしかたがないだろうねえ」

「そいつは結構な慰めというものだね」ルービンは言った。「ヘンリー。ターキーのお代わりはどうかね」

「いえ、もう充分にいただきました、ルービンさま」ヘンリーは絶望的な声を発した。「本当に、もう……」彼は諦め顔で溜息をついた。彼の皿には再び山のように肉が盛られていた。

ヘンリーは言った。「大層、腹に据えかねておいでのようでございますね、ルービンさま。

ピアノの音だけではないように存じますが」

ルービンはうなずいた。一瞬、彼の唇はこみ上げてくる憤りのためか、ぶるぶるとふるえた。

「そうなんだよ、ヘンリー。何て言ったってあの大工のやつは我慢がならないんだ。今もやってるんじゃないかな」

彼は首をかしげてじっと耳を澄ました。絶え間なく流れる道路の騒音の他は何も聞こえはしなかった。

ルービンは言った。「ははあ、きょうはついてるな。やつはやってない。そう言えば、ここしばらくは聞こえないな。ああ、諸君、デザートは無残な失敗でねえ。急ごしらえの間に合わせで勘弁してもらうよ。食べたくない人がいたら、店で買ってきた出来合いのケーキがあるからね。本当なら、そんなものは出すわけにはいかないんだが、きょうばかりは……」

「今度はわたしが手伝おう」ゴンザロが言った。

「頼むよ。ヘンリー以外は皆手伝ってもらうから」

「そいつは」トランブルが口を挟んだ。「いわば、野暮の裏返しだな。ヘンリー、このルービンて男はね、わざときみをそうやって椅子に縛りつけているんだよ。きみが本職のウェイターだってことを、こいつはやけに意識しているのさ。そうじゃなけりゃあ、きみに手伝ってもらったっていいわけなんだ」

ヘンリーは相変わらず山盛りのままの自分の皿を見つめた。「わたくしの欲求不満は、お手伝いさせていただけないことよりも、むしろ理解できないことのためでございます」

「何が理解できないって？」デザートの盆を運んできたルービンが尋ねた。デザートは見たところチョコレート・ムースのようだった。

「このアパートに、大工が入っているんでございますか？」ヘンリーは尋ねた。

「大工？……ああ、さっきの話ね。いや、何者だかぼくは知らないんだ。ただ勝手に大工と言っただけでね。とにかく、のべつ何かを叩いているんだよ。午後の三時にやってるかと思うと、朝の五時におっぱじめることもある。のべつ幕なしなんだ。それも、決まってこっちが原稿を書いてる時でね。余計音が気になるんだよ。……どうかね、ババロアは？」

「これのことかい？」ドレイクがうさんくさそうに皿を見つめて言った。

「いや、予定ではそのはずだったんだ」ルービンは言った。「ところがゼラチンがうまく固らなくってね。適当にごまかしたのさ」

「なかなかいけるよ、マニー」ゴンザロが言った。

「少し甘すぎるね」アヴァロンが言った。「しかし、デザートについてはわたしはあまりうるさいことを言わないほうなんだ」

「たしかに、少し甘すぎたよ」ルービンは謙虚に言った。「今すぐコーヒーにするからね。これはインスタントじゃない」

「何を叩いているんでございますか、ルービンさま？」ヘンリーが尋ねた。

ルービンはそそくさと台所へ駆け込んだ。五分ほど経ってコーヒーが各人のカップに注がれてからやっと、ヘンリーは質問を繰り返した。「何を叩いているんでございますか？」

「え?」ルービンは訊き返した。

ヘンリーは椅子を引いた。彼の穏やかな顔に何やら厳しい表情が浮かんでいた。「ルービンさま。あなたはホストでいらっしゃいます。わたくしはきょうのゲストでございます。ホストの権限によって、わたくしに一つの特権を認めていただきたいと存じます」

「ほう。どんなことかね」ルービンは言った。

「わたくしはゲストでございますから、仕来りによれば尋問されるはずでございます。ですが、正直に申し上げまして、わたくし、尋問はご免こうむりとう存じます。と申しますのは、ほかのゲストの方々と違いまして、来月の月例の会食にも、その次の集まりにも、わたくしは当然、本来のウェイターの資格で参加するわけでございます。ですから……」

「プライバシーを守りたいというわけだね、ヘンリー?」アヴァロンが言った。

「そのように申し上げてよろしいのですかどうですか……」ヘンリーは何やら言いかけて思い止まった。「はい、そうでございます。わたくし、プライバシーを守りたいと存じます。ただ、それだけではございません。わたくし、ルービンさまにいくつかお尋ねいたしたいことがございます」

「何でまた?」ルービンは厚い眼鏡の奥で目を丸くした。

「きょう伺いましたお話には、どうも腑に落ちない点がございます。ところが、わたくしの疑問には、お答えいただいておりません」

「ヘンリー、酔ってるのかい。ぼくは質問には全部答えたじゃないか」

「それはそれといたしまして、正式にいくつかお尋ねいたしたいと存じますが、よろしゅうございますか?」

「どうぞどうぞ」

「どうもありがとうございます」ヘンリーは言った。「わたくし、ルービンさまの癪の種のことを知りたいんでございます」

「あの大工の、ブロードウェーの子守歌のことかね」

「わたしが言ったんだ、それは」ドレイクが小声で言ったがルービンはそれを無視した。

「はい。いつごろからでございますか?」

「いつごろから?」ルービンは激して言った。「もう何か月も前からさ」

「大層けたたましいのでございますね?」ヘンリーは尋ねた。

ルービンはちょっと考えた。「いや、けたたましいっていうのとは違うねえ。何となく聞こえてくるんだよ。それも妙な時にね。予想もつかないんだ」

「誰の仕業でございますか?」

ルービンはいきなりテーブルをどんと叩いた。コーヒー・カップががちゃんと鳴った。「問題はそこだよ。音そのものは大したことはないんだ。多少気になるけどね。音の正体がわかれば我慢できると思うんだ。誰がやってるのか。何をやってるのか。こっちが思うように筆が進まずにいらいらしてる時なんか、行ってしばらく静かにしてくれって言えればこれほど気にはならないんだよ。ところが、正体がわからないんだから、へっつい幽霊《ポルターガイスト》にいやがらせをされてるようなものなんだ」

トランブルが手を上げた。「ちょっと待てよ。ポルターガイストなんぞに跳梁《ちょうりょう》されちゃあかなわない。マニー、まさかここで超自然現象なんか持ち出すんじゃあるまいな。一つはっきりさせておこう……」

ホルステッドが彼を制した。「質問してるのはヘンリーだよ、トム」

「わかっているさ」トランブルはぞんざいにうなずいて言った。「ヘンリー。わたしに質問させてくれないか?」

「もし」ヘンリーは言った。「音が聞こえるのになぜそれがどこから出ているかわからないか、というご質問でしたら、今わたくしがお尋ねいたすところでございますが」

「訊いてくれ」トランブルは言った。「わたしはコーヒーをもう一杯もらうよ」

ヘンリーは言った。「今の質問にお答えくださいますか、ルービンさま」

ルービンは言った。「そこが皆にはなかなかわかりにくいかもしれないねえ。ここにいるうちの、二人はハドソン河の向こうに住んでいる。それから、一人がブルックリンの古い住宅街、一人はグリニッチヴィレッジ。トムは改造されたブラウンストーンの家に住んでいる。ヘンリーがどんなところにいるのかは知らないが、アヴァロンのいわゆる近代的な蜂の巣じゃあないことは確かだね。諸君はだから、一階二十五世帯、二十五階建て以上といった今様《いまよう》の集合住宅の暮らしを知らないわけだ。それも、滅法音をよく伝えるコンクリート構造のね。

「レコードをがんがん鳴らしてるなんていうのはね、すぐ上の階あるいはすぐ下の階なら、どこだか見当がつくと思うんだ。賭けるほど確実にとは言わないがね。その気になりゃあ、まずこの階をずうっと調べてさ、それから下の階、次に上の階っていう具合に軒並みに調べて歩くことだってできるんだ。ドアに耳をくっつければどこの家でレコードをかけてるかわかるからね。

「ところが、小さな音でトントンやってるとなると、これはとてもわからない。ドアに耳をくっつけたところで全然駄目なんだ。音はそれほど空気やドアを伝わりゃしないからね。壁を伝わるんだから。実はね、ぼくはあんまり頭に来て、そうやって一軒一軒歩いたことがあるんだ。今までに何度そうやってこっそり廊下を歩いたか知れやしない」

ゴンザロが笑った。「そうやって歩いてるきみを誰かが見たら、下の守衛に人相の悪い怪しい男がうろついてるなんて通報がいくだろうな」

「いったって構わんさ」ルービンは言った。「守衛はぼくのことを知ってるからね」彼は急に照れ臭そうな顔をした。「彼はぼくの作品の愛読者でね」

「一人くらいは読者がいるだろうと思ってはいたよ」トランブルが言った。ヘンリーはターキーの皿を脇へ押しやった。彼はますます考え込む様子だった。

「きみの愛読者が非番だったらどうする」ゴンザロは理屈をこねた。「守衛は何人か交代で二十四時間頑張ってるんだろうし、きみの愛読者だって寝ることはあるんだから」

「皆ぼくのことは知ってるのさ」ルービンは言った。「今下にいるやつは、チャーリー・ウィスツォンスキーといってね、ウィーク・デーの夕方四時から十二時が受け持ちなんだ。一番辛い時間だよ。彼は一番の古株でね……ああ、テーブルを片づけてしまおう」

ヘンリーは言った。「どなたかに代わっておもらいになるわけにはまいりませんでしょうか、ルービンさま。まだお訊きしたいことがございます。例の大工のことでございます。音は壁を伝わるんでございましょう。そういたしますと、他にもそれを聞いている人はたくさんいるのではございませんか？」

「いると思うよ」

「そんなにたくさんの人たちが迷惑しているのでしたら……」

「そこがまたぼくの我慢のならないところなんだ」ルービンは言った。「皆、平気なんだよ……ああ、済まないね、ロジャー。流しに重ねといてくれればいいよ。後でぼくがやるから……誰もその大工の音なんぞ気にしていないらしいんだ。昼間は亭主たちは留守だし、女房族もほとんどいないからね。それに、ここはあまり子供もいない。家にいる女房どもは家事に忙しいだろう。夜になればどこの家もテレビをつける。時々トントン音がしたところで、誰も何とも思いやしないのさ。ぼくはしかし、一日じゅうべったり家にいるし、物書きだから、どうも気になってね。頭を使う仕事をしてるんだから、音にはどうしたって敏感になるわけだよ」

「ほかの方々に、お尋ねになったことはおありですか？」ヘンリーは質問した。

「ああ、何度か言ったことはあるよ」ルービンはスプーンで小刻みにカップを叩いた。「次の質問は、連中が何と答えたか、ってことだろうな」

「そのお顔から察しまして」ヘンリーは言った。「誰もそんな音は聞いたことがなかったのではございませんか」

「いや、そうでもないんだ。何度かそんな音を聞いたっていうやつはちらほらいたよ。問題は、誰も何とも思ってないということさ。音には気がついていても、うるさいとは思わないんだ。ニューヨーク人はそこまで音に鈍感になっているんだよ。爆弾を叩きつけたって知らん顔じゃあないのかな」

「誰がやっているかはさておくとして、いったい何の音だときみは思うね？」アヴァロンが尋ねた。

ルービンは言った。「大工だよ。玄人じゃあないかもしれないがね、とにかく面白半分にやってるんじゃない。家の中に仕事場があるに違いないよ。ぼくはいまだにそう思っているんだ。そうでなきゃあ、説明がつかない」

「どういう意味でございます、いまだにそう思っているとおっしゃいますのは？」ヘンリーが尋ねた。

「チャーリーに話したんだよ」

「守衛の？」

「守衛に文句言ってどうなるんだ？」ゴンザロが横から言った。「管理人に言わなきゃ駄目だよ。あるいは、オーナーか」

「あんな連中が頼りになるものかね」ルービンは短気に言った。「オーナーのことは、ぼくは何も知らないけどね、ただ、毎年暑くなると空調を故障させるんだよ。一番上等なチューインガムで目貼りをするのが趣味でね。管理人に会うにはワシントンにコネがないと駄目と来ている。それよりも、チャーリーはいいやつだし、ぼくとは馬が合うんだ。ジェーンが泥棒と鉢合わせした時も、ぼくが留守だったもんで、女房はチャーリーに連絡したんだよ」

「警察には言わなかったのかね？」アヴァロンが尋ねた。

「もちろん言ったさ。でも、まずチャーリーに知らせたんだよ」

ヘンリーはいかにも気に入らないという顔をした。「で、その物音について、守衛にご相談になられたんでございますね。何と言いましたでしょうか？」

「それまで、どこからも文句は出ていない。文句を言ったのはぼくがはじめてだ、とこうなんだ。調べておくと約束したよ。で、調べてくれたんだけれども、この建物のどこを捜しても大工の仕事場はないと言うんだ。人を使って、エアコンディショナーの点検という触れ込みで各戸を全部調べたそうだよ。人の家へ入るにはこの口実が絶対だね」

「守衛はそれきりそのことは忘れてしまったんでございますね？」

ルービンはうなずいた。「そうらしいね。それもぼくとしては面白くないんだ。不愉快だよ。チャーリーはぼくの言うことを信じてないんだ。そんな音なんか聞こえないと思ってる。文句を言ってきたのはぼくだけだって言うんだからね」

「奥さまはご存じでいらっしゃいますか？」

「もちろん知っているよ。でも、ぼくがほらやってると言って教えてやらないと気がつかない。女房のやつもてんで気にしてないんだ」

ゴンザロが言った。「どこかの女の子が、カスタネットか、何か打楽器の練習でもしてるんじゃないのか」

「冗談じゃないよ。リズムのある音と、ただでたらめに叩いてる音の区別くらいできるぜ」

「小さな子供かもしれないな」ドレイクが言った。「あるいはペット。ボルティモアにいた頃アパートに住んでいたがね、頭の上でごとごと音がするんだよ。何かが落ちる音なんだが、それが一日何百回もなんだよ。犯人はペットだった。犬を飼っていてね、その犬が玩具の骨を銜《くわ》えちゃあ落としていたんだ。文句を言って、安物のカーペットを敷かせたよ」

「子供でもなきゃあ、犬でもないね」ルービンは頑《かたく》なに言った。「まさか皆、ぼくが何の音だかわかってないなんて思ってるんじゃあないだろうね。いいかね、ぼくは昔製材所で働いたことがあるんだよ。大工の腕前だってちょっとしたもんだ。ハンマーで木を叩く音を聞き違えるはずがないじゃないか」

「日曜大工でどこか修繕してるんじゃないかね」ホルステッドが言った。

「何か月もかかってかい？　そんな簡単な話じゃあないよ」

ヘンリーが言った。「で、その後はそれきりになっているんでございますか？　守衛がいい加減なことを言った後、音の正体を突き止めるために、何かなさいましたか？」

ルービンは眉をひそめた。「やってはみたんだが、それがなかなか面倒でね。この辺はみんな電話帳に番号の出てない電話を引いているような連中ばかりでね。アヴァロンがよく言う要塞の心理ってやつさ。話を交す相手なんて数えるほどしかいないんだ。ぼくは何軒かこれと思う家の戸を叩いて、自己紹介して音のことを訊いてみたけれど、ただうさんくさい目つきで見られるばかりさ」

「わたしだったら諦めるね」ドレイクが言った。

「ぼくは諦めない」ルービンは胸を叩いた。「何が我慢できないと言って、これほど腹にすえかねるのは、皆ぼくのことを少しおかしいと思ってることなんだ。チャーリーですら、どうもそう思ってるらしいんだよ。一般の人たちは、どうも作家というとまず疑ってかかる傾向がある」

「そりゃあ無理もないな」ゴンザロが言った。

「うるさいぞ」ルービンは言い返した。「で、ぼくははっきりした証拠を提示することにしたんだ」

「とおっしゃいますと?」ヘンリーが尋ねた。

「だからさ、そのトントンやってるやつを録音したんだ。二、三日じっと耳を澄ましていてね、はじまると、それっていうんで録音機を回すんだよ。おかげで仕事は全然はかどらなかったけれども、とにかくそのトントンいうやつを四十五分ばかり録音したよ。大きくはないけど、でもちゃんと聞こえる。それに、そうやって録音するのは結構面白かったよ。と言うのはね、その音を聴いてると、そいつが大工としてはどうしようもない素人《しろうと》なのがわかるから。平均に力が入っていないし叩き方も不規則なんだよ。ハンマーを持てあましてる感じなんだな。ああいう不規則な叩き方は疲れるんだよ。ちゃんとリズムが身につけば一日じゅう叩いても疲れなくなるんだ。ぼくもよくやったことがあるけれども……」

ヘンリーが彼を遮った。「その録音を、守衛にお聞かせになりましたか?」

「いや。先月、ぼくは出るところへ出たんだ」

ゴンザロは言った。「じゃあ、管理人に会ったのか」

「そうじゃない。ここにはね、借家人組合というものがあるんだよ」

一人ヘンリーを除いて、テーブルの面々はなるほどとばかりいっせいににんまり笑った。

「それは考えもしなかった」アヴァロンが言った。

ルービンはしたり顔で言った。「こういう場合はたいてい誰もそこへ気がつかないのさ。どうしてかっていうと、住民組織は家主との対決を唯一の目的としているからだよ。住人が他の住人に迷惑を及ぼすことは絶えてないみたいに皆思っているんだ。ところが、ぼくに言わせれば、アパート内のいざこざは十中八九まで、住人同士の問題だよ。ぼくはそこを指摘してやったんだ。ぼくは……」

ヘンリーが再び彼を遮った。「ルービンさまはその組合の正式なメンバーでいらっしゃいますか?」

「もちろん、組合員だよ。住人は自動的にメンバーになるんだ」

「いえ、ですから、そのような会合にはいつもご出席になりますかとお訊きしているんでございます」

「白状すると、出席したのはこれが二度目なんだ」

「常連の方々はあなたのことを知っておられますか？」

「中には知ってるのもいるね。でもさ、そんなことはどうだっていいじゃないか。ぼくは14－AAのルービンと自己紹介してから一席ぶってやったんだ。録音したテープを持っていって、皆の前で見せびらかしてやったよ。これは、どこかの馬鹿者が公衆に迷惑をかけていることの動かせぬ証拠だ、って言ってやったのさ。日付と時間もラベルに書いてあるから、必要とあればぼくの弁護士に内容を証明させることもできるって言ったんだ。もし家主がこんな音を出せば、ここにいる住人はたちまち一致団結して強硬に抗議を申し込むだろう。それなのに、どうして一住人の不心得な行ないに対して同じ態度で臨めないのか、と訴えたのさ」

「さぞかし、声涙ともに下るといった名調子だったんだろうな」トランブルが唸るように言った。「聞けなかったのが残念だよ。で、その連中は何と言った？」

ルービンは眉を曇らせた。「その音の犯人は誰かって言うのさ。ぼくは答えられなかった。それで却下だよ。誰もそんな音は聞いていない。どうでもいいことなんだ」

「その会合は、いつのことでございましたか？」ヘンリーが尋ねた。

「かれこれひと月ばかり前かな。しかし、連中、まったく忘れちまったわけでもないんだよ。実際、名調子だったからね、トム。かなり度ぎつくやったんだ。それが狙いだったんだよ。噂が拡がるようにと思ってね。狙いは当たったよ。ドアマン＝チャーリーによると、住人の半数がぼくの演説のことを話してるそうだよ。まさに、ぼくの狙いどおりさ。ぼくはそれがあの大工の耳に入ってくれればいいと思ってたんだ。ぼくがそいつを探り出してやろうとしてることを、そいつに知ってもらいたかったんだ」

「まさか、暴力沙汰を企らんでいらっしゃるわけではございませんでしょう、ルービンさま」

ヘンリーが言った。

「暴力は無用だよ。ぼくはただ、相手に知ってもらいたかっただけなんだ。この何週間か全然静かだよ。これでもう、トントンやることはないだろう」

「次の会合はいつでございます?」ヘンリーは尋ねた。

「来週だよ……ぼくも出ることになると思うがね」

ヘンリーは首をふった。「ご出席にならないほうがよろしいかと存じます、ルービンさま。もう、全部忘れておしまいなさいませ」

「誰だろうと、ぼくはちっとも怖くなんかないぞ」

「それはよくわかっております、ルービンさま。わかってはおりますが、どうもいくつかの点で、これは尋常のこととは思えませんのです……」

「と言うと?」ルービンは性急に尋ねた。

「つまり、その……いくらか芝居がかって聞こえるかとは存じますが……アヴァロンさまとドレイクさまは、わたくしよりも少し先に下のロビーにお着きになりましたね。で、アヴァロンさまはあの守衛に声を掛けられました」

「ああ、そうだったね」アヴァロンは言った。

「あるいは、わたくしが参りましたのが少し遅かったかもしれません。いくつか聞き逃した点もあろうかと存じます。が、たしかアヴァロンさまはあの守衛に、このアパートであまり芳しからぬ出来事が起きたことがあるかとお尋ねになりましたね。するとあの守衛は、去年二十階で起きた窃盗と、洗濯場である婦人が何らかの形で襲われたということを話しました」

アヴァロンはじっと考えながらうなずいた。

ヘンリーは言った。「しかし、あの守衛はわたくしたちがルービンさまのところへ向かっているのを知っていたはずでございます。それなのに、つい二週間前にここに泥棒が入ったことを話さなかったとは、いったいどうしたわけでございましょう？」

男たちは考え込んだ。ゴンザロが言った。「ゴシップがあまり好きじゃないのかもしれないじゃないか」

「他の出来事のことは話しているんでございますよ。差し障りのない話し方もできるはずでございます。ところが、わたくし、泥棒の話を聞きまして大変心配になりました。その後、いろいろ伺いますごとに、わたくしの不安は募る一方でございます。あの守衛はルービンさまの愛読者だということでございましょう。泥棒に入られた時、奥さまはまず彼に連絡なさったんでございましょう。それなのに、彼はそんなことはこれっぱかりも申しませんでした」

「どう解釈するね、ヘンリー？」アヴァロンが尋ねた。「あの守衛はかかわりあいかね、何らかの形で？」

「冗談じゃないよ、ヘンリー」ルービンは即座に言った。「きみはチャーリーが強盗の一味だって言うのか？」

「いえ。ただ、もしこのアパートで何か変わったことが行なわれているといたしましたならば、ときおり守衛に十ドル札をそっと握らせるのは大変有効でございましょう。彼は何のためかは知らずに受け取るのではありますまいか。その代わりに頼まれることも、彼にとっては別段不都合ではなかったかもしれません。ところが、ここに泥棒が入って、彼がそれまで考えもしなかったことに、はたと気がつくということはございませんでしょうか。彼は自分がかかわりあいだと感じて口を閉ざしてしまうでしょう。自分自身のためにでございます」

「なるほど」ルービンは言った。「しかし、ここで何かそんなに変わったことがあるかね？　大工がトントンやってるやつかい？」

ヘンリーは言った。「ルービンさまご夫妻がお宅をお空けになり、錠も一つしかかかっていないところを狙って、いったい誰が空巣を働こうとしたのでございましょう。それともう一つ、先程アヴァロンさまが洗濯場で女性が襲われた話をなさいました時、ルービンさまはすぐに中国の国連代表団のことをおっしゃってその話を打ち切っておしまいになりましたが、あれはなぜでございます？　何か関係があるんでございますか？」

ルービンは言った。「なあにね、ただ、ジェーンが住人の中には中国人がここへ入ってくることを心配してるのがいると話していただけのことだよ」

「それだけでは黄禍論という飛躍した《ノン・シクウエトウール》結論の根拠としては薄弱な気がいたします。奥さまは、鉢合わせした空巣狙いは東洋人だったとおっしゃいましたか？」

「ああ、そいつは当てにならんよ」ルービンは大きく肩をすくめて言った。「何しろ咄嗟のことだし……」

アヴァロンが言った。「まあ待ちたまえよ、マニー。その泥棒が事実中国人だったかとは誰も訊いてない。ヘンリーは、ジェーンがそう言ったかどうかを尋ねているんじゃないか」

「女房のやつは、そうらしいと言ってたよ。見た感じがそうだったって……じゃあ何かい、ヘンリー。これはスパイ事件だって言うのか?」

ヘンリーは淡々と話した。「あれこれ考え併せまして、これとその不規則に叩く音とを結びつけてみてはいかがでございましょう。たしか、ルービンさまは、その不規則な音は素人大工としてもとりわけへたくそな証拠であるとおっしゃいましたけれども、あるいはその不規則なところが巧妙なスパイの仕業ではございませんでしょうか? わたくし、かねがね考えておりますんですが、おしなべて諜報手段の弱点は、情報の受け渡しにあるようでございます。ところが今の場合を考えますと、情報を渡す側と受け取る側は接触するということがございません。途中に介在する障害もございませんし、盗聴や妨害の心配もございません。およそ人の注意を惹く音ではございませんし、害のある音でもございません。それと知って聴いている相手以外は誰も何とも思いますまい。幸か不幸か、たまたま書き物の最中で、ほんの小さな物音にも気が散って困るという作家がいたような場合は別でございますが、しかし、それとても誰か、大工かなにかがハンマーを使っているのだろうということで済んでしまうのでございます」

トランブルが言った。「おいおい、ヘンリー。そんな馬鹿な話があるものか」

ヘンリーは言った。「しかし、実際には何も盗られなかった空巣をどうご説明になりますか？」

「瘋癲《ふうてん》だよ」ルービンが言った。「ジェーンが帰ってくるのが早すぎたんだ。もう五分遅かったら、ステレオが消えてたろうよ」

トランブルは言った。「ねえ、ヘンリー。確かに、きみはこれまでに何度か鮮やかなところを見せてくれた。わたしは何事につけ、きみの言うことを頭から否定する気はないよ。しかしねえ、きみ、どう考えても今の話はいただけないよ」

「証拠をお見せできると存じますが」

「どんな？」

「ルービンさまが録音なさったとおっしゃる、そのハンマーの音に関係がございます。お聞かせ願えますでしょうか、ルービンさま？」

ルービンは言った。「これ以上のお安いご用はないね」彼はアーチ形の戸口を潜って姿を消した。

トランブルは言った。「ヘンリー、わたしがその下らないハンマーの音を聴いて、こいつは暗号だなどと言うと思っているとしたら、きみは頭がおかしいぞ」

「トランブルさま」ヘンリーは言った。「政府関係のどのようなお立場にいらっしゃるかは存じませんが、おそらく、もう少しいたしますと、トランブルさまは然るべき筋にご連絡の必要をお感じになるはずでございます。わたくしの考えでは、まず下の守衛を徹底的にお調べになるべきであると存じます。そして……」

ルービンがまっ赤な顔を顰めながら戻ってきた。「おかしいなあ。テープがないんだよ。どこに置いたか、ぼくはちゃんとわかってるつもりだったんだ。ところが、そこにないんだよ。というわけだから、きみのいう証拠もおあずけだね、ヘンリー。それにしても、どこへ……どこかへ忘れてきたのかなあ」

「そのテープが失くなっていることこそ、まさに証拠でございます、ルービンさま」ヘンリーは言った。「これで、その空巣狙いの目当てが何だったかわかりました。以来ハンマーの音がしなくなったわけもわかりました」

トランブルは気色ばんで言った。「これはさっそく……」と、呼鈴の音が彼を遮った。

一瞬その場は凍りついたようであった。ややあってルービンが低く言った。「まさか、ジェーンのやつが早々と帰ってきたんじゃああるまいな」彼は大儀そうに立ち上がり、ドアのところへ行って覗き穴に目を当てがった。

じっと外の様子をうかがってから彼は言った。「誰かと思えば」彼はドアを大きく開いた。件《くだん》の守衛が立っていた。顔をまっ赤にして、見るからにおどおどしていた。

彼は言った。「なかなか代わりの者が見つからなかったもんで……実はですね」彼は室内の男たちを順ぐりに見つめて言った。「面倒なことにかかわりあいにはなりたくないんだが……」

「ドアを閉めろ、マニー」トランブルが叫んだ。

ルービンは守衛を中に引き入れてドアを閉じた。「どうしたって言うんだ、チャーリー？」

「実はどうも、弱ってたんですよ。そこへ持ってきて、ここで起きた事件のことを訊かれたでしょう……ああ、お宅でしたね」彼はアヴァロンに向かって言った。「その後からまた人が来たでしょう。それで、あたしも見当がつきましたよ。例の空巣の件を調べてるんでしょう。あたしは何があったのか知りませんよ。でも、あたしは直接かかわっちゃあいないはずなんで、それでひとこと話しておきたいと思いましてね。あの男は……」

「名前と部屋番号だ」トランブルが言った。

「キングです。15―Uの」チャーリーは言った。

「ようし。わたしと一緒に台所へ来てくれ。マニー、ここの電話を貸してもらうよ」トランブルは台所のドアを閉じた。

ルービンは耳を澄ましでもするように天井を見上げて言った。「トンカチで情報を送っていたって？　ちょっと信じられないね」

「まさに、それだからこそうまくいっていたんでございますよ、ルービンさま」ヘンリーは静かに言った。「同じアパートに、こう申し上げてよいかわかりませんが、頗《すこぶ》るつきの偏執狂的作家が住んでいなければ、これから先もそうやって情報が伝えられていたことでございましょう」

あとがき

この話と、続く二編は〈エラリー・クイーンズ・ミステリ・マガジン〉に掲載されたものではなく、まえがきに断わったとおり、単行本のために特に書いた作品である。

この一編は、文章を書くことがいかに人生を豊かにするかということの一例である。アパートのどこからか何かを叩いているらしい正体不明の音が聞こえるというのは実際にあった話なのだ。私のアパートのどこかで、ひっきりなしに何かを叩く音がしているのである。私はマニー・ルービンのように強硬な態度に出たことはなく、ただ一人で頭をふり、歯ぎしりをして我慢していた。

我慢を重ねているうちに私は胃潰瘍になる一歩手前まで行ってしまった。と、その時ふとこれを種にして短編が書けないものかという考えがひらめいた。そこでさっそく書いたのがこの作品である。

今では音が聞こえてくると（実はそれほどたびたびでもないし、大してうるさくもないのだ）私は愉快な気持で肩をすくめ、それが短編の材料になったことを思い出す。そうすると、その音もまるで苦にならない。

10　ヤンキー・ドゥードゥル都へ行く

　ジェフリー・アヴァロンが第二次大戦中は将校で少佐にまで昇進したことは、〈黒後家蜘蛛《ブラック・ウイド》の会《ワーズ》〉の間では常識とされていた。けれども、彼らの知る限り、アヴァロンは実戦に参加したことはなく、彼は決して軍隊時代の懐旧談を口にすることがなかった。とはいえ、彼の隙のない身のこなしは、軍服を着たらいかにもよく似合いそうだった。そんなわけで、彼がかつてはアヴァロン少佐だったことを誰も不思議には思わなかった。

　したがって、彼が会食の席にゲストとして陸軍の将校を連れてきた時も、少しも驚くには値しなかった。彼は言ったのだ。「こちら、わたしの軍隊時代の旧《ふる》い馴染でね、サミュエル・ダヴンハイム大佐」面々は眉一つ持ち上げるでもなく、いたって気楽に挨拶した。アヴァロンの戦友は、当然、彼ら皆の戦友だった。

　五〇年代の末に平穏無事な軍隊生活を経験し、将校一般に対しては辛辣な意見を持っていることで知られているマリオ・ゴンザロでさえ、なかなか上機嫌だった。彼はサイドボードに凭《もた》れるようにしてゲストの似顔絵を描きはじめた。アヴァロンはこの〈ブラック・ウィドワーズ〉の絵師がひょっとして大佐の顔をとてつもない間抜け面に描きはしないかと案ずるかのように、ゴンザロの肩越しにちらりと彼の手もとを覗いた。

間抜け面に描くようなことは、ゴンザロにしてみれば到底無理な相談だったろう。それと言うのも、ダヴンハイムの顔はあらゆる点で見るからに知的な特徴を備えていたからである。彼のやや太りぎみの丸顔は、旧式な髪型によってその丸さがさらに強調されていた。すなわち、彼は顱頂部《ろちようぶ》に短い髪を残してあとはきれいに刈り上げていたのである。口は軽く弧を描いて親しげな笑いを浮かべていた。彼の声はよく通り、言葉は歯切れがよかった。

彼は言った。「諸君のことはすでに充分説明を聞いているよ。ご承知のことと思うが、ジェフは几帳面な男だからね。誰が誰だかみなわかるはずだ。たとえば、きみはイマニュエル・ルービンだ。背が低くて度の強い眼鏡をかけている。それにささやかな髯……」

「まばらな髯」ルービンは気を悪くした様子もなく言った。「といつもジェフは言うんですがね。自分の髯は濃いものだから。しかし髯の濃い薄いは別にその人間の……」

「それに口数が多い」ダヴンハイムは威厳のある大佐の口ぶりできっぱりと言った。「作家だそうだね。……ああ、きみは画家のマリオ・ゴンザロ。現にそうやって絵を描いているのだから、何も言うことはない。……ロジャー・ホルステッド。数学者。かなり禿げている。髪の毛がそっくり残っていないのは一人だけだ。というわけで間違うはずがない。……ジェイムズ・ドレイク。ああ、いや、ドクター・ジェイムズ・ドレイク……」

「〈ブラック・ウィドワーズ〉は皆ドクターということになっているんですよ」煙草の烟《けむり》の渦の奥でドレイクは言った。

「ああそうだ。それもジェフからちゃんと聞いている。きみがドクター・ドクター・ドレイク。

十フィート先から煙草の匂いがする」

「なるほどジェフの言いそうなことだ」ドレイクは冷静な口ぶりで言った。

「それから、トーマス・トランブル」ダヴンハイムは言った。「顰《しか》め面をしているし、残っているのはきみだけだ……ああ、これで全部だな？」

「メンバーに関してはね」ホルステッドが言った。「ヘンリーが落ちている。肝腎要《かなめ》の男ですよ」

ダヴンハイムはきょとんとした。「ヘンリー？」

「ウェイターだよ」アヴァロンがじっと飲み物を見つめながら顔を赤くして言った。「悪かったよ、ヘンリー。でも、きみのことをダヴンハイム大佐に何と言ってよいやらわからなくてね。ただウェイターとだけ言ったんではおよそきみを説明したことにはならないし、かといってそれ以上話すと〈ブラック・ウィドワーズ〉の秘密の掟を犯すことにもなりかねない」

「承知いたしております」ヘンリーは好意的に言った。「何はともあれ、ようこそお越しくださいました、大佐。お好みは？」

大佐は一瞬当惑した。「ああ、飲み物のことだね。いや、結構。わたしは飲まないのだよ」

「ジンジャー・エールでもお持ちいたしましょうか？」

「そうだね」ダヴンハイムは救われたように言った。「そうしてもらおうか」

トランブルがにやりと笑った。「下戸《げこ》の人生の苦しみやいかばかり、というところですな」

「上戸《じょうご》は人に酒を勧めずにはいられないものらしいのだが」ダヴンハイムは皮肉に言った。

「どうもわたしは飲む気がしなくてね」

ゴンザロが横あいから言った。「ジンジャー・エールにサクランボを入れるといいですよ。いや、もっといいことがある。カクテルグラスに水を入れてオリーブを一つ浮かすんですよ。で、飲んじゃあまた水を注ぎゃあいい。この人は強いって尊敬されますよ。もっとも、正直言って将校ってのはだいたいにおいて……」

「どうせもう、そろそろ食事がはじまるだろう」アヴァロンが時計を見ながら遮るように言った。

ヘンリーが言った。「どうぞ皆さま、お席のほうへ」彼はパンのバスケットをゴンザロの目の前に置いた。ゴンザロの口はパンを食べるためにあるとでもいうふうだった。

ゴンザロはパンを一つ取って二つに割り、バターをつけて頬張りながら言った。「……マティニ一杯で他愛もなく酔っぱらうものと相場がきまっているんだがね」しかし、もはや誰も彼の言うことを聞いてはいなかった。

アヴァロンとダヴンハイムに挟まれて坐ったルービンは言った。「ジェフは軍人としてどうでしたか、大佐？」

「きわめて立派だった」ダヴンハイムは重々しく言った。「しかし、彼はその力量を発揮する機会に恵まれなかった。われわれは二人とも法律畑でね。つまり、事務系の任務に当たっていたのだよ。ただ、違うところと言えば、彼は賢明にも終戦と同時に軍を退いた。わたしは残った、ということだね」

「というと、今もなお軍の法務のほうを？」

「そのとおり」

「しかし、何ですね、ぼくは軍法ってやつが封建制度同様、過去のものになる日が来ることを期待しますね」

「それはわたしも同意見だよ」ダヴンハイムは穏やかに言った。「しかし、まだ先のことだ」

「そうでしょう」ルービンは言った。「もし、あなたが……」

トランブルが横あいから言った。「うるさいぞ、マニー。尋問の時間まで待ったらどうなんだ」

「そうだ」アヴァロンがわざとらしく咳をして言った。「まずサムにゆっくり食事をしてもらって、話はそれからということにしよう」

「もし」ルービンは言った。「軍法の適用が同じような考え方で……」

「後にしろったら」トランブルが大声で言った。

ルービンは厚い眼鏡越しにきっと相手を睨んだが、思い直して口をつぐんだ。

ホルステッドは話題を変える意図を明からさまに示して言った。「『イリアス』第五章のリメリックがどうもうまくいかなくてね」

「何？」ダヴンハイムは眉を寄せた。

「放っときゃあいいんです」トランブルが言った。「ロジャーは『イリアス』各章を読むに足りない五行詩に書き直すとか言って息まいているんですよ」

「『オデュッセイア』もだよ」ホルステッドは言った。「五章でむずかしいのはね、ここは主としてギリシャ方の英雄ディオメーデース、英語ではダイオミーディーズ、の活躍を描いたところだろう。だからわたしとしてはこれで韻を踏ませたいわけなんだ。この数か月ああでもない、こうでもないといじくりまわしているんだがね」

「それでここ二度ばかり発表を見合わせたわけか」トランブルが言った。

「一応発表するだけのものは用意していたんだがね、どうもあんまり出来がよくないような気がして」

「きみも多数派に加わったわけだ」トランブルは言った。

「問題はね」ホルステッドは気に止める様子もなく言った。「〝ディオメーデース〟もその正統な変形である〝ディオメド、英語ではダイオメッド〟も、うまく韻を踏む言葉が見つからないんだよ。ダイオミーディーズと韻が合うのはフィーティーズだし、ダイオメッドはシャイアベッドで、これじゃあ何の意味もなさないだろう」

「テュディデス、英語ではティダイディーズを使えばいい」アヴァロンが言った。「ホメロスはパトロニミックを頻繁に使用しているよ」

「何だ、パトロニミックってのは?」ゴンザロが尋ねた。

「文字どおりの意味は、父親の名前ということだよ」ホルステッドが説明した。「ディオメーデースはテューデウス、英語ではタイディアスの息子なんだよ。それを考えなかったと思うかい? そうすると韻は〝襁褓《ダイディーズ》〟か、あるいはコックニー、ロンドン訛りでいけば〝ご婦人《ライディー》方《ズ》〃だよ」

「〃腹水《アサイティーズ》〃ではどうかね」ルービンが言った。

「〃黄鉄鉱《アイアン・パイライティーズ》〃という手もある」ドレイクが言った。

「きみらの知恵はしょせんその程度さ」ホルステッドは言った。「こうしてはどうかね。アクセントをちょっと変えてだね、ダイオメッドの頭と終わりにアクセントを置くんだ」

「いかさまだ」ルービンは言った。

「まあね」ホルステッドは一歩譲った。「とにかく聞いてもらうよ——

〃勇気と技とを武器となし
　ディオメーデースは行くところ敵なし
　　神々すらも刃の錆
　軍神アレースに気はすさび
胴一本息の根止めるも荒けなし〃」

アヴァロンは首を横にふった。「アレースは傷を負っただけだよ。起き上がって喚きながらオリンポスの山へ帰る力は残っていた」

「自分でも、あまりいい出来とは思ってないんだ」ホルステッドは言った。

「全会一致」トランブルが言った。

「ヴィール・パルミジャーナだな！」ルービンが歓声を上げた。例によって流れるような仕種《しぐさ》で、早くもヘンリーは各人の前に料理の皿を並べていた。

かなりの時間、子牛の料理に専念した後ダヴンハイム大佐は言った。「ここは、どうして、なかなか高級じゃないか、ジェフ」

「ああ、ささやかな豪遊というところかな」アヴァロンは言った。「値段のほうも料理相応だよ。しかし、まあ月に一度のことだから」

ダヴンハイムはせっせとフォークを動かしながら言った。「ドクター・ホルステッド。数学者でありながら……」

「やる気のない若い者たちに数学を教えてはいますがね、それは数学者というのとはまたちょっと違うんですよ」

「それはともかくとして、どうしてまた叙事詩のパロディを?」

「要するに、これは断じて数学じゃあないからですよ、大佐。職業的な肩書を持っているからと言ってその人間の関心がすべてその肩書の範囲に集中していると考えるのは誤りです」

「他意はないのだよ」大佐は言った。

アヴァロンはきれいに空っぽになった皿を見下ろし、半分になった彼の二杯目のグラスをそっと脇へ押しやって言った。「いや、実はね、サムは知的な趣味を持つことの何たるかをよく知っているのだよ。彼自身、一流の発音学者だからね」

「いやいや」ダヴンハイムは大いに謙遜した。「しょせんは素人《しろうと》の慰みだよ」

ルービンが言った。「つまり、訛りで洒落《しゃれ》を言ったりするわけですか」

「ある程度までは、どんな訛りも洒落になるが」ダヴンハイムは言った。「しかし、わたしは普通に話していたって冗談一つ言えない男でね」

「結構じゃありませんか」ルービンは言った。「へたな洒落をちゃんとした発音で言ってくれたほうが、うまい洒落を妙な訛りで言われるよりはいいですからね」

ゴンザロが横から言った。「じゃあきみはどうして自分の洒落にしか笑わないんだ？　洒落もまずいし、発音も怪しいのにさ」

ダヴンハイムはルービンに反撃の隙を与えず、すかさず言った。「話の腰を折られてしまったね」彼は体を脇へ傾け、ヘンリーがラム・ケーキを彼の前に置くのを待った。「つまり、ドクター・ホルステッド……ああ、そう、ロジャーと呼ばせてもらうよ……きみは肩の凝る数学の問題から気を紛らせるために古典に遊ぶのではないかね。で、意識の上では韻をひねくりまわしている時に、無意識のところで……」

「面白いもんでね」ルービンはこの機を逃さじと割り込んだ。「それがなかなか効果的なんだな。ぼくなんかはね、筋の運びが行き詰まって、どうにも筆が進まなくなった時映画を観にいくんだ。それでまた先が書ける。これが駄目だったことは一度もないね。夢中になっちゃうようないい映画は駄目だよ。意識としては映画を観ていながら、無意識のところで自由に思考力が働く程度のやつがいい。スパイ・アクションが一番だね」

ゴンザロが言った。「あの手の映画は、一所懸命観ていても、どうなってるのかさっぱりわからない」

「しかし、ありゃあ十二歳程度の頭でわかるようにできてるんだよ」ルービンはついに一矢報いた。

ヘンリーがコーヒーを注ぐ間、ダヴンハイムは言った。「マニーの言うとおりだ。わたしは発音学に没頭する日は、当面の自分の仕事のためにはもっとも有意義であるという気がするね。しかし、そればかりではないのではないかね？　意識を何かに集中することによって、無意識下で自由な思考が働くということは容易に理解できる。ところが、それはいつまでも無意識に留まっているものだろうか？　それ自体、動作や言葉となって現われるのではないだろうかね。その、考えている本人は気づかないとしても、傍《はた》からそれがわかるということがあるのではないだろうか？」

「要するに何を言おうとしているんです、大佐？」トランブルが尋ねた。

「ああ、きみ」ダヴンハイムは言った。「お互いファースト・ネームで呼び合うなら、例外は抜きにしよう。わたしのことはサムと呼んでくれたまえ。つまり、こういうことなんだ。たとえば、マニーが検出不可能な毒を使った小説を書いているとしよう……」

「それはない！」ルービンは気色ばんで言った。「タランチュラなんていうのもぼくは使わない。ヒンズーの神秘教も、超自然現象も駄目。そういうのはみんな十九世紀のロマン主義でね。密室のミステリだって、果たして今では……」

「いや、だからたとえばの話をしているのだよ」ダヴンハイムは一瞬面喰らった。「きみは、無意識下の思考を働かせるために何か他のことをする。意識の上ではミステリのことはすっかり忘れたつもりになっている。頭からそのことをすっかり拭い去って、何も考えていないと、自分では思っているわけだ。ところが、タクシーを拾おうとするときみは〝毒《トクシック》、毒《トクシック》〟と叫んでしまう」

トランブルは慎重な口ぶりで言った。「それはちょっと大袈裟でいただけないが、しかし、どうやら読めてきたぞ。ジェフ、きみがサムを連れてきたのは、彼が何か問題を抱えているからだな」

アヴァロンは咳払いして言った。「必ずしもそうではないよ。先月から声を掛けていたんだ。理由はいろいろあるけれども、一番の理由は彼ならば諸君が歓迎すると思ったからだよ。ところが、昨夜《ゆうべ》彼はわたしのところに泊まって……わたしから話してもいいかな、サム？」

ダヴンハイムは肩をすくめた。「ここは墓場のように静かだという話だから」

「そうだとも」アヴァロンは言った。「サムはね、わたしの家内とはわたし同様、長い付き合いなのだよ。その彼が、家内のことを二度もファーバーと呼んだんだ。フローレンスじゃあなしに」

ダヴンハイムは力無く笑った。「わたしの無意識の思考が迫り出してきたんだね。自分では完全に忘れているつもりだったんだが」

「きみは気がついていなかったよ」アヴァロンが言った。皆に向かって彼は話を続けた。「わたしも気がつかなかった。フローレンスが気づいたのだよ。二度目の時に家内は『どうしてわたしのことをそんなふうに呼ぶの？』と言った。彼は『え？』と言った。で、家内が言った。『わたしのこと、ファーバーって呼んでるわ』彼は愕然としているんだ」

「それはともかく」ダグンハイムは言った。「わたしが悩んでいるのは、わたし自身の無意識ではないのだよ。彼の無意識なんだ」

「ファーバーの？」ドレイクがやにに染まった指で煙草を叩きながら言った。

「いや、もう一人のほうの」

トランブルが言った。「どうせ、そろそろブランデーだな、ジェフ。われらが名誉あるゲストをきみが尋問するかね、それとも、誰か他の者にやらせるか？」

「尋問の必要はなかろう」アヴァロンは言った。「彼の意識がよそに向いている時、彼が無意識に何を考えているかについて、ありのままを聞かせてもらえばいいじゃあないか」

「話すべきかどうか」ダヴンハイムは眉を寄せて言った。「ちと微妙な問題でね」

「信じてもらっていい」トランブルが言った。「ここで話されたことは一切極秘なんだから。ジェフからその話はあったはずだろう。これは、われらが尊敬措《お》くあたわざるヘンリーも含めてのことでね。それに、もちろん、必要以上に細かい話をすることはないんだ」

「しかし、人の名前は伏せておくわけにはいかないだろう」

「すでにファーバーという本名が出ているとしたらね」ゴンザロがにやりと笑って言った。

「うん、まあいいとするか」ダヴンハイムは吐息を洩らした。「実を言えば、話そのものは大したことではないのだよ。何でもないことなのかもしれない。何の意味もないのかもしれないんだ。わたしが頭から間違っているということだってないとは言えない。しかし、もしわたしが間違っていないとしたら、軍にとってはきわめて不名誉なことだし、国家の損失でもある。

わたしは自分が間違っていることを祈る思いだよ。しかし、すでにわたしはこれまでその問題にのめり込んできた。間違っていたら、それはわたしの経歴に永遠の汚点を残すことにもなりかねない。しかも、わたしはすでに退役を目前に控えているのだよ」

しばらくの間、彼は何やらじっと考え込んでいた。やがて彼は厳しい口調で言った。「いや、わたしは間違いを犯したくない。いかに不名誉な思いをしようとも、わたしはそれを止めさせなくてはならないのだ」

「反逆罪の追及ですか？」ドレイクが尋ねた。

「いや、言葉の厳密な意味における反逆ではない。むしろそうであってくれたらと思うがね。反逆というのは、場合によっては大いなる威信を賭けたものであることもある。売国奴は時として、愛国者という一枚のコインの裏側にほかならない場合がある。ある人間にとっての裏切者は、別の人間にとって殉教者かもしれないのだからね。いや、わたしは端金《はしたがね》で買われるけちな小者のことを言っているのではないよ。わたしが言っているのは、国家よりも次元の高い大義のために身を挺《てい》していると自ら信じ、命の危険を冒しながらもそのために金を受け取ろうなどとはしない人間のことだよ。敵国の反逆者たちのことを考えてみると、その違いがよくわかる。たとえば、ヒトラーに言わせれば……」

「つまり、反逆罪ではないわけだね」トランブルがもどかしげに言った。

「違う。これは汚職だよ。穢らわしい、腐敗の臭気に満ちた汚職だ。一部の者、兵隊と、残念なことだが将校、それもかなり階級の高い将校らが、合衆国の生血を吸っているのだ」

「それはやっぱり反逆じゃないか」ルービンが勢いこんで言った。「国家に打撃を与えて、軍に頽廃をもたらすわけだから。国家をないがしろにして私腹を肥やそうなんどという兵隊が、国家のために命を賭けようと考えるわけがない」

「そういうことになると」アヴァロンが言った。「人間、感情と行動を別々の抽斗《ひきだし》にしまうということがあるよ。きょう、合衆国から盗んだやつが、あすは国家のために死ぬというのはあり得ることなんだ。しかも、その両方とも、本当に真剣な気持でやってのけるということがね。所得税を半分誤魔化しておきながら、われこそはアメリカに忠誠を誓うことにおいて誰にも負けぬ愛国者だと信じている人間はいくらもいるよ」

ルービンは言った。「所得税はこの際考えるべきじゃないよ。国の歳費を考えたら、税金を納めずに刑務所に入る人間こそ真の愛国者だっていう議論も成立つんだ」

ダヴンハイムは言った。「信念をもって納税を拒んで、それを認めて刑務所へ行くというのはそれなりに筋が通っている。しかし、当然負うべき責任や義務を、他人におっかぶせようというだけの理由で回避するとなると、これは話が別だ。共に違法行為ではあるが、わたしは前者の場合にはある種の尊敬を覚えるね。今わたしが話そうとしている場合は、その動機が単なる私利私欲でしかない。ことによると、何百万ドルという市民の血税が一部の者の不当な利益となっているかもしれないのだよ」

「ことによると？　それで済むかね？」トランブルは額を洗濯板のようにして言った。

「それ以上は言えないのだよ。今のところは。立証できない。有力な証拠なしには追及もままならない。わたしが先走って、しかも疑惑を立証できないとなると、わたしは破滅だからね。軍の首脳部クラスの名前が出るかもしれないんだ。あるいは出てはこないかもしれない」

「ファーバーの役どころは？」ゴンザロが尋ねた。

「これまでに二人の人間を取り調べた。一人は軍曹、一人は兵卒だ。その軍曹がファーバーだよ。ロバート・J・ファーバー。もう一人はオリン・クロッツ。ところが、二人を調べても何も出てこない」

「本当に何も？」アヴァロンが言った。

「まるで尻尾が摑めない。ファーバーとクロッツの行動の結果、数千ドル相当の兵器が消え去った。ところが、彼らの行為を違法と断定することがどうしてもできないのだよ。彼らにはことごとく逃げ道がある」

「つまり、上層部が嚙んでいる」ゴンザロがじわりと笑った。「将校かな？　頭のいい」

「あり得ないことと思われるかもしれないのだが」ダヴンハイムは冷静に言った。「どうやらそういうことらしい。ところが、証拠がないのだよ」

「その二人を尋問してみては？」ゴンザロが言った。

「それはすでにした」ダヴンハイムは言った。「ファーバーはまったくの空振りだった。あれはもっとも危険な種類の男だね。馬鹿正直な道具というやつだ。自分のしていることの重大さに考えも及ばない愚か者だよ。もしそれがわかっていたら、決してそのような行動は取らなかったはずだとわたしは思う」

「真相を目の前に突きつけてやっちゃあどうかね」アヴァロンが言った。

「何が真相なのかね？」ダウンハイムは問い返した。「わたしはまだ自分の推測を表沙汰にする用意がないのだよ。ここでわたしがわかっていることを公表したら、せいぜい二人の不名誉除隊というところが関の山だろう。で、一味のほかの者たちはしばらく鳴りをひそめて次の機会が来るのを待つに違いない。それは駄目だ。わたしは手掛かりを摑むまで、一か八か賭けてみるに足る、相当しっかりした手がかりを摑むまでは手のうちを見せずにおきたいのだよ」

「手がかりというと、つまり上層部に繋がる？」ルービンが尋ねた。

「そのとおり」

「で、もう一人は？」ゴンザロが言った。

ダウンハイムはうなずいた。「やつは悪《わる》だ。知っている。二人のうち、やつのほうがブレインだよ。ところが、わたしは何としてもやつの話を崩せない。何度も会って話をしたんだが、やつは尻尾を出さないんだ」

ホルステッドが言った。「二人の背後に何かがあるというのが推測の域を出ないのなら、どうしてそれほど深刻になるのかね？　結局はあなたの間違いだったという可能性は充分にあるだろう」

「傍目《はため》にはそう見えるかもしれない」ダウンハイムは言った。「わたしは間違っていないと自分では確信しているんだが、その理由を説明しろと言われても、これはもう、経験に訴えるしかないだろうね。たとえばだよ、ロジャー、経験を積んだ数学者なら、ある推論が正しいと確信していても、厳密に数学的な演算の規則ではそれを立証し得ないということがあるだろう。違うかね？」

「さあて、それは例としてどうかなあ」ホルステッドは言った。

「わたしは適切な例だと思うがね。わたしはこれまでにも、疑いの余地なく有罪である人間や、疑いの余地なく無実である人間に多く接してきた。それぞれの場合、被疑者の態度ははっきりと違う。わたしはその違いを見わける勘があるのだよ。ただ、残念ながらわたしのそういう勘は証拠として通用しない。ファーバーは問題外だ。しかし、クロッツはいささか抜目がなさすぎる。あまりにも理路整然としていすぎる。やつはわたしに調子を合わせて、しかも、それを楽しんでおる。そこがまたわたしとしては何とも腹に据えかねるのだよ」

「あなたが自分の勘は絶対だと言うんなら」ホルステッドは不服そうに言った。「議論の余地はないね。そうでしょう。論理の埒外の話なんだから」

「その点はまず間違いない」ダヴンハイムは動ずる気配もなく言った。自分の憤りに溺れて、あたかもホルステッドの発言は耳の脇を素通りしたかのようであった。「わたしが厳しく追及すると、クロッツのやつは不敵な薄ら笑いを浮かべるのだよ。まるで、わたしが牛で、やつはマタドールだ。わたしが猛然と突っ込もうとすると、やつは少しも慌てずに、涼しい顔でケープを横のほうへひるがえしながらわたしに誘いをかけてくる。わたしが突きかかっていくと、やつはそこにいずに、ケープがわたしの顔をかすめるのだよ」

「どうやら敵は一枚上手だな、サム」アヴァロンが頭をふりながら言った。「からかわれている、馬鹿にされている、と感じるようになっちゃあ、もはやきみは自分の判断力を信じるわけにはいかないよ。誰か他の人間に後を任せることだな」

ダヴンハイムは首をふった。「いいや、わたしがこうだと思ったら、それはわたしがそう思ったとおりに違いないんだ。わたしは自分の手でこれを徹底的に究明してやりたいのだよ」

「ああ」トランブルが言った。「わたしも、多少この種の問題に経験があるのだが、そのクロッツというのは、全容解明の鍵を握っていると考えられるのかね？　仮に共謀の事実があったとしても、たかが一兵卒がそう何もかも知っているとは思えないのだけれども」

「なるほど。それはもっともだ」ダヴンハイムは言った。「わたしも、クロッツが洗いざらいぶちまけてくれるとは思っていない。しかし、少なくとも、やつは今一人別の誰かを知っているはずなんだ。ずっと上のほうの誰かをね。それに、やつはある一つの事実を知っている。やつ自身よりも、もっと核心に近い事実だ。その一人の人物と一つの事実をわたしは知りたい。それさえわかればこっちのものだ。実を言うと、わたしが居ても立ってもいられないのは、やつはそれを洩らしているにもかかわらず、どうしてもわたしにはそれが摑めないからなのだよ」

「洩らしている、と言うと？」トランブルが訊き返した。

「そこで無意識が問題になる。わたしとやつが渡り合っている時には、やつはもっぱらわたしに神経を集中している。わたしを押さえ、わたしをかわし、追い詰め、わたしの足を掬おうとしている。敵ながらあっぱれしたたかな男だよ。こっちの求めている情報をやつは何としても渡さない。しかし、それをやつが握っていることは間違いないのだ。で、やつがその核心的な情報以外のあらゆることに神経を凝らしている時に、まさにそれがひょいと顔を出すのだよ。わたしが突きまくり、攻めまくってやつをコーナーに追い詰める。角をふり立ててケープをはねのけてやつの急所に迫る。と、必ずやつは歌いだすのだ」

「え？」ゴンザロが頓狂な声を上げた。〈ブラック・ウィドワーズ〉の一同は困惑の態だった。一人ヘンリーだけは表情も変えずに、いくつかのカップにコーヒーを注ぎ直した。

「やつは歌うのだよ」ダヴンハイムは言った。「いや、歌うと言うよりも……鼻歌だね。それが、いつも同じ節なのだ」

「どんな節だね？　知ってる節かな？」

「知らなくてさ。誰でも知っている。『ヤンキー・ドゥードゥル』だ」

アヴァロンがもったいぶって言った。「音痴の総元締めであるグラント大統領もこれだけは知っていた。自分は二つの節しか知らないと彼は言っている。一つは『ヤンキー・ドゥードゥル』で、もう一つはそうじゃない、と」

「で、その『ヤンキー・ドゥードゥル』が全容を語っているというわけですか？」他人の非論理性を感じた化学者の目つきでドレイクが尋ねた。

「どうやらそういうことらしいのだよ。やつは言葉巧みに、真実をひた隠しに隠している。ところが、無意識のうちに、真実がちらりと顔を覗かせる。いわば氷山の一角だ。『ヤンキー・ドゥードゥル』はまさにそれだ。にもかかわらず、わたしにはそれがわからない。どうしてもしっかりと摑むところまで行かないのだよ。しかし、答はそこにある。それは間違いない」

「『ヤンキー・ドゥードゥル』に問題解決の鍵があるという意味かな?」ルービンが言った。

「そのとおり」ダヴンハイムは身を乗り出した。「わたしには確信がある。というのは、やつ自身、鼻歌を歌っていながらそれに気づかないのだ。一度わたしは、『何だ、それは?』と言った。すると、やつはきょとんとしている。『何だ、その鼻歌は?』とわたしは言った。やつはただ茫然としてわたしの顔を見つめていた。あれは芝居でできる顔ではない。自分でもびっくりしていたんだ」

「きみがフローレンスのことをファーバーと呼んだみたいに?」アヴァロンが言った。

ホルステッドは頭をふった。「どう考えても、それほど大したこととは思えないねえ。何かの節が耳について出るということがよくあるじゃないか。ふとした拍子にそいつが口をついて出るということがさ」

ダヴンハイムは言った。「そう、ふとした拍子にね。ところが、クロッツの場合は必ず『ヤンキー・ドゥードゥル』を、それも決まってわたしが突っ込んだ質問をした時に歌いだすのだよ。わたしはこの汚職には共謀の事実があると確信しているのだが、わたしの質問が核心に迫ると、その節が出てくる。きっと何か意味があるに違いないんだ」

「『ヤンキー・ドゥードゥル』ねえ」ルービンは何やら考え込みながら半ば自分に向かって呟いた。彼はちらりとヘンリーのほうを見た。ヘンリーは眉間に微かに縦皺を寄せてサイドボードの傍に立っていた。ヘンリーはルービンと目を合わせたが何の反応も示さなかった。〈ブラック・ウィドワーズ〉たちは、しばし沈思黙考した。彼らは皆程度の差はあれ面白くない顔つきをしていた。やがて、トランブルが言った。「やっぱり間違っているんじゃあないかね、サム。ここは精神分析医に相談したほうがいいのかもしれないよ。そのクロッツという男は緊張すると必ず『ヤンキー・ドゥードゥル』を歌うのかもしれない。六歳の頃、いつも父親が歌っていたとか、あるいは母親が子守歌に聞かせていたとか、それ以上の意味はないのかもしれないんだ」

ダヴンハイムはやや気色ばんで上唇を歪めた。「わたしがそれを考えなかったとでも思うのかね？　わたしはやつの同僚に何人も会って話を聞いた。誰もやつの鼻歌なんぞは聞いたことがなかったよ」

「隠しているということもあるな」ゴンザロが言った。「わたしだって、将校相手にはできるだけ何も言いたくない」

「全然気がついていないのではないかね」アヴァロンが言った。「他人のことを気をつけて見ている人間なんてめったにいるもんじゃない」

「隠しているかもしれない。全然知らずにいるのかもしれない」ダヴンハイムは言った。「しかし、彼らの言うことをすべて額面どおりに受け取ると、わたしはどうしてもやつの『ヤンキー・ドゥードゥル』は、特にわたしの尋問に関係があるのであって、それ以外ではないと考えざるを得ないのだよ」

「軍隊生活からの連想ではないかな。独立戦争時代のマーチだから」ドレイクが言った。

「だとしたら、わたしの前でだけ歌うのはなぜかね。他には軍の誰もやつの鼻歌を聞いてはいないのだよ」

ルービンが言った。「いいよ。じゃあ、『ヤンキー・ドゥードゥル』はその件にかかわる何かを意味していると仮定しよう。別に損はないだろう。で、まず、歌そのものを考えてみよう……おっと、ジェフ。頼むから歌わないでくれよ」

明らかに歌おうとする意志で開いた口をアヴァロンはぴたりと閉じた。彼は世にも珍しい桁《けた》はずれの音痴だった。冷静な時には自分でも知っているのだ。彼はふんぞり返って言った。

「歌詞を暗誦するよ」

「結構」ルービンは言った。「節は抜きだよ」

アヴァロンはもったいぶって胸を張り、持ち前のよく響くバリトンで歌詞を暗誦した。

ヤンキー・ドゥードゥルは町へ出た
子馬に乗って
帽子に差した羽根飾り
これを名づけて曰くマカロニ
ヤンキー・ドゥードゥルその調子
ヤンキー・ドゥードゥル男前《ダンディ》
歌に合わせてステップおかしく
それ、娘らがお待ちかね

ゴンザロが言った。「別に意味もないざれ歌じゃないか」

「意味もないだって、冗談じゃない」ルービンがまばらな髯をふるわせて腹立たしげに言った。「これには立派な意味があるんだ。これはね、洗練された都会っ子が野暮なお上《のぼ》りさんを揶揄《からか》った歌なんだ。〝ドゥードゥル〟っていうのは、素朴な民族楽器のことだよ。たとえば、バグパイプなんかそうだ。だから〝ヤンキー・ドゥードゥル〟はバグパイプみたいに垢抜けしないニューイングランドの田舎者のことさ。そいつが精いっぱいめかし込んで、子馬に乗って町へやってくるわけだ。帽子に羽根飾りなんか差して、大いに粋がったつもりでね。十八世紀の末には、そういうのを〝マカロニ〟と言ったんだよ。つまり、最新流行の恰好をした町の洒落者だな。

「後半の四行はリフレインで、町のダンスで踊っている田舎っぺを歌っているんだ。しっかり踊れ、女の子たちが見てるぞ、っていうわけで、まわりから野次が飛んでいるところだよ。〝ダンディ〟というのは十八世紀の中頃から使われだした言葉でね、意味はマカロニと同じだ」

ゴンザロは言った。「なるほど、恐れ入ったよ、マニー。ざれ歌じゃあないんだな。しかし、何でこれがサムの問題を解く鍵になるんだ?」

「鍵にはなりそうもないね」ルービンは言った。「残念でした、サム。しかし、クロッツというのが田舎者で、都会っ子を馬鹿にしているというふうに取れなくもないな。彼はこういう嘲弄的な歌を思い出さずにはいられない。上官を翻弄していると思うと愉快でしかたがない」

ダヴンハイムは言った。「マニー。どうやらきみはクロッツ（うすのろ、間抜けの意味がある）という名前を聞いてやつのことを田舎者だと思っているらしいが、その伝で行けば、きみもルービンだから野暮天《ルーブ》じゃあないか。どういたしまして、クロッツは生まれも育ちもフィラデルフィアだよ。畑なんぞは見たこともないんではないかな。やつは田舎者なんかじゃあない」

「なるほど」ルービンは言った。「じゃあぼくの見方が反対だったのかな。都会っ子は彼のほうで、お宅を見下しているんだ、サム」

「わたしが田舎者だからかね？　わたしはマサチューセッツ州ストーナムに生まれてハーヴァードで法律の学位を取った。それはやつも知っている。マタドール気取りでわたしとやり合っている時の言葉の端々からもそれはよくわかったよ」

ドレイクが口を挟んだ。「マサチューセッツ生まれのマサチューセッツ育ちってことになると、あなたはヤンキーだってことになりませんか」

「ヤンキー・ドゥードゥルではない」ダヴンハイムは頑《かたく》なに言った。

「彼のほうではそう思っているかもしれない」ドレイクは言った。

ダヴンハイムはその点をしばらく考えてから言った。「ああ、確かにそういうことはあり得るね。しかし、もしそうだとしたら、やつは、わざと聞こえよがしに歌うはずではないかね。問題は、やつが無意識のうちに鼻歌を歌っているらしいということなのだよ。何か、やつが隠そうとしていることに関係があるのであって、大っぴらに示そうとしていることではないのだ」

ホルステッドが言った。「将来のことを思っているんじゃあないだろうか。汚職でたっぷりと儲けて、町へ繰り出すようになる時のことをさ。別の言葉で言えば、彼が〝帽子に羽根飾りを差す〟身分になる日のことをだね」

ドレイクが言った。「あるいは、クロッツはそうやってあなたをふりまわすこと自体を帽子の羽根と思っているかもしれませんね」

ゴンザロが言った。「何か特定の言葉に意味があるんじゃあないのかね。〝マカロニ〟っていうのは彼がマフィアと繋がりがあることを示しているとかさ、〝娘らがお待ちかね〟っていうのは、婦人部隊が一枚加わっていることを意味しているとかさ。今でも婦人部隊はあるんだろう、え？」

ここに至ってヘンリーは口を開いた。「あの、アヴァロンさま。ホストとして、わたくしにいくつか質問することをお許しくださいませんでしょうか」

アヴァロンは言った。「今さら何を言うんだ、ヘンリー。何なりと訊きたまえよ」

「ありがとう存じます。大佐も同じことをお許しくださいますか？」

ダヴンハイムは目を丸くしたが、しかし、言った。「それはまあ、きみはここの人間だから、ヘンリー、どうぞ訊いてくれたまえ」

ヘンリーは言った。「アヴァロンさまは『ヤンキー・ドゥードゥル』の歌詞八行を暗誦なさいました。四行は歌詞、後半の四行はリフレインでございます。ところで、歌詞の部分とリフレインの部分では節が別でございますが、クロッツ兵卒は八行全部を歌うのでございますか？」

ダヴンハイムはちょっと首をかしげた。「いや、そうじゃない。ええと……ああ」彼は目を閉じて神経を集中して歌った。「ララ、ララ、ララ、ラララ、ララ、ララ、ララララ。これだけだ。はじめの二行だ」

「歌詞の部分でございますね」

「そうだよ。ヤンキー・ドゥードゥルは町へ出た、子馬に乗って」

「いつも、その二行でございますか？」

「ああ、たしかそのように思うが」

ドレイクはパン屑をテーブルから払いのけて言った。「大佐。その男は追及が厳しくなるとそれを歌いだすと言われましたね。その時、どういうことが問題になっているか、気をつけてみたことはありますか？」

「ああ、それはもちろん。ただ、詳細に立ち入ることはしたくない」

「それはわかります。でも、一つ答えてもらえませんか。その時、問題になっているのは彼自身ですか、それともファーバー軍曹も一緒ですか？」

「たいていの場合」ダヴンハイムはゆっくりと言った。「鼻歌が出るのはやつがもっとも強く無実を主張する時だが、やつは必ず二人とも潔白だという。この点はほめてやっていいと思う。やつは、相手を売って自分だけ逃げるような真似は断じてしないのだよ。いつも、ファーバーも自分もこれこれのことはしていない、あるいは二人とも、これこれのことにかかわりはないと言う」

ヘンリーが言った。「ダヴンハイム大佐。これはまったくの当てずっぽうでございまして、もしお答がノーでございましたら、もはやわたくし、何も申し上げるべきことはございません。けれども、もしお答がイエスということになりますと、あるいは脈があるかもしれません」

「で、その質問というのは、ヘンリー？」ダヴンハイムは彼を促した。

「ファーバー軍曹とクロッツ兵卒が駐屯しておりますその同じ基地に、大佐、ひょっとして、グッドン大尉ないしはグディング、あるいはそれに似た音の名前を持った将校がおりませんでしょうか？」

それまで軽くあしらうような態度でにやにやしながらヘンリーに対していたダヴンハイムは途端にきっと真顔になった。口をきつく結んだ彼の顔から見る間に血の気が去った。彼は椅子を軋らせて立ち上がった。

「いる」彼は厳しい口ぶりで言った。「チャールズ・グッドウィン大尉だ。しかし、いったいどうしてきみはそれがわかったのかね？」

「そうでございますか。でしたら、その大尉こそ、大佐がお知りになりたがっていらした人物でございましょう。わたくしならば、クロッツもファーバーも放念いたしまして、もっぱらその大尉を追及するでございましょう。それが、大佐がお望みの一歩前進であろうと存じます。それに、その大尉はクロッツ兵卒よりも、よほど割りやすい胡桃《くるみ》ではございますまいか」

ダヴンハイムは言葉を失った様子だった。トランブルが言った。「説明してくれないか、ヘンリー」

「大佐のお眼鏡どおり、鍵は『ヤンキー・ドゥードゥル』でございます。ただ、問題は、クロッツ兵卒がそれを鼻歌で歌ったという点でございます。鼻歌を歌いながら、兵卒がどのような歌詞を頭に浮かべていたかを考えなくてはなりません」

ゴンザロが言った。「大佐は最初の二行だと言ったじゃないか。〝ヤンキー・ドゥードゥルは町へ出た。子馬に乗って〟」

ヘンリーは首をふった。「『ヤンキー・ドゥードゥル』のもともとの歌詞は十二番ほどまでございますが、マカロニ云々《うんぬん》といいますのはその中にはございません。あれは後世になってから作られたものでございます。今ではこちらのほうが広く知られておりますけれども。もともとの歌詞は百姓の倅《せがれ》がワシントンの連合植民地軍の野営地へ参りまして、その田舎風情を笑われる話でございます。ですからわたくし、この歌の解釈のしかたはルービンさまのおっしゃったとおりであろうと存じます」

ルービンは言った。「ヘンリーの言うとおりだ。思い出したよ。ワシントンも出てくるんだ。ところが、それがワシントン大尉となってるんだよ。百姓の倅は軍隊における階級の意味も知らないんだ」

「そうでございます」ヘンリーは言った。「わたくしも、歌詞を全部知っているわけではございませんが、もっとも、知っている人のほうがむしろ稀でございましょう。おそらく、クロッツ兵卒も全部は知らなかったろうと存じます。けれども、いくらかでもこのほうの歌詞を知っている人間ならば、一番だけは、あるいは少なくとも最初の二行くらいは知っているはずでございます。クロッツ兵卒が歌っておりましたのも、おそらくはこの歌詞でございます。たとえば最初の部分は、これは百姓の倅の言葉でございますが……〝親父《ファーザー》とおいらは野営地へ行った〟。おわかりでございましょう？」

「いや」ダヴンハイムは頭をふった。「まだよくわからない」

「わたくし、思いますには、大佐が激しく詰問なさいまして、クロッツ兵卒に〝ファーバーときみはこれこれのことをしたろう〟とおっしゃいますたびに、兵卒は〝ファーバーと自分はこれこれのことをしてはおりません〟と答えたでございましょう。そこで鼻歌が出たのだと存じます。先程のお話によりますと、大佐、鼻歌が出るのはファーバーと自分は潔白であると強く主張する時が多い、ということでございました。ですから、〝ファーバーと自分〟という言葉から、兵卒は〝ファーバーとおいらは野営地《キャンプ》へ行った〟というふうに連想したのでございます」ヘンリーはその部分をやわらかなテノールで歌った。

「ファーバーと彼が基地《キャンプ》にいたには違いないが」アヴァロンは言った。「しかし、いくら何でもきみ、そりゃあちと行き過ぎだよ」

「この一行だけでございましたら、おっしゃるとおりかもしれません」ヘンリーは言った。「ですからわたくし、基地にグッドン大尉という人がいないかとお尋ねしたのでございます。もし、第三の共謀者としてそのような名前の人物がいるといたしましたら、これはもう、鼻歌が出るのは自然の成行きと申すものでございましょう。一番の歌詞は、たまたまわたくし、それだけしか知らないのでございますが……」

ルービンが彼を制して立ち上がり、大声で歌った。

親父《ファーザー》とおいらは野営地《キャンプ》へ行った
グッドン大尉に連れられて
右も左も人の波
もろこし粥《がゆ》を見るような

「そうでございます」ヘンリーは静かに言った。「ファーバーと自分は基地へ行った。グッドウィン大尉に連れられて」

「それだ」ダヴンハイムは言った。「それに違いない。違うとしたら、これほどの偶然の一致はあるまい。……いや、間違いない。ヘンリー、きみはやったぞ」

「そうですとよろしいのですが。コーヒーはいかがでございますか、大佐?」ヘンリーは言った。

"Yankee Doodle Went to Town"

あとがき

この話を書いて私は一つ大発見をした。その経緯はこうだ。

私はタイプライターで原稿を書く。初稿もタイプライターである。それ以外に方法はない、と私は堅く信じていた。口述すると自分で何を書いているのかわからない。自分の手で書こうとすると指が痛くなってしまい、二ページ目の半分までももたないのだ。

一九七二年十一月九日、私は講演を翌日に控えてロチェスターのあるホテルに泊まっていた。その夜はこれといってすることもなかったのだが、ロチェスターまで車を運転していく間に私は、今読者が読み終えた（作品を飛ばしてあとがきだけを読んでいないとすれば）話の筋を考えた。私は居ても立ってもいられなかった。とにかく私は書きたかったのだが、あいにくタイプライターを持っていかなかった。

しかたなくなく、私はホテルの便箋を使って、指が動かなくなるまで書き進めようと覚悟を決めた。いくらか時間潰しにはなるだろう。そこで私は書きはじめた。私は書いた。書き続けた。何ということだろう。私はついにただの一度もペンを置くことなく、ついに最後まで書き通した。しかも、指は少しも痛くならなかったのだ。

今では私はタイプライターなど持ち歩く必要はなくなった。あれ以来、私は船旅の途中、いくつかの作品を手書きで書いた。

いや、ここが肝腎なところなのだ。作品を書いている時、私は面白いことを発見したのである。ペンとインクを使って、自分の手で書くと、非常に静かなのだ。書くために出す音は、あれは書くというものではない。要するにあれはタイプライターの音である。これは読者にお伝えしておいたほうがいいと思う。

11　不思議な省略

〈黒後家蜘蛛の会《ブラック・ウイドワーズ》〉の月例の会食に現われたロジャー・ホルステッドは、見るからに、湧き上がってくる歓喜を辛うじて抑えているといったふうだった。彼はスカーフを取って（寒い夜のことで、すでに半インチほどの雪が積もり、冷え込みはさらにきつくなりそうだった）言った。

「面白いゲストを連れてきたぞ」

イマニュエル・ルービンはソーダ割りのスコッチのグラス越しに彼を見て詰《なじ》るように言った。

「どこをうろうろしてたんだ。トム・トランブルでさえ酒の時間に間に合っているんだよ。きみはホストの責任を回避するつもりなんじゃないかって、今皆で言ってたとこなんだ」

ホルステッドはむっとした様子で、広い額を桃色に染めて言った。「ここへ電話したよ。ヘンリー……」

ヘンリーはパンのバスケットをテーブルに置き、ジェフリー・アヴァロンに好物のブラン・マフィンがよく見えるように向きを直した。「はい、ホルステッドさま。少々遅くなられるということは皆さまちゃんとご存じでございます。ルービンさまはただわざとそれを言い立ててお楽しみなのでございます」

トランブルが言った。「で、ゲストは？」

「実は、それで遅くなったんだよ。ホワイト・プレインズまで迎えにいったんだがね、向こうは雪が激しくて。それで途中のガソリン・スタンドからここへ電話したんだ」

「で、今どこにいるんだ?」ゴンザロが言った。彼はいつになく小ぎれいな身なりで、えび茶のブレザーに同系色の縞のシャツ、それによく合う模様入りのネクタイという服装だった。

「今、下の手洗いだ。ジェレミー・アトウッドといってね、かれこれ六十五歳になる。問題を抱えているんだよ」

アヴァロンは六フィートをはるかに越すと思われる高みから一同を見下ろして、灰色に変わりつつある濃い眉を寄せた。「最近、そのことが気になっているのだがね、諸君。〈ブラック・ウィドワーズ〉の本来の目的は、食事と会話以上の何ものでもなかった。それが、この頃は必ず何か難題に神経を凝らして消化の妨げになるようなことをしなくては済まされないところまで来ている。問題がなかったらどうなるのかね? 解散か?」

ゴンザロが言った。「その時はまた以前に帰って目的もなく談論風発を楽しめばいいさ。ここにはマニーという男もいることだし」

ルービンはまばらな髯を逆立てて言った。「ぼくの言うことに目的のないことなんぞは一つもないぞ、マリオ。まるで意味もないことをしゃべったとしてもだね、ぼくの言葉がきみを教育する役に立つという、微かな希望はあるんだからね。たとえば、きみのこのあいだの絵がいかに駄目なものであるか教えてやろうか」

「いいって言ったじゃないか」マリオは眉をひそめて言った。飛んで火にいる夏の虫だった。

「それはきみが最後《ラスト》の作品だと言ったから、ほっとして賞めたまでさ。ところが、よく聞いてみれば何のことはない最新作《レイテスト》じゃないか」

と、そこへホルステッドのゲストが階段を上がってきた。のろのろとした、大儀そうな動作だった。ホルステッドが手を貸して彼はコートを脱いだ。帽子を取ると見事な禿頭が現われた。わずかに白い髪が頭のぐるりに残っていた。

ホルステッドは言った。「諸君、わたしのゲストのジェレミー・アトウッド氏だ。この人の甥の一人がわたしの同僚の教師ということで、それで知り合ったんだよ。アトウッドさん、仲間を紹介しましょう」

紹介が済み、アトウッドの手にドライ・シェリーのグラスが押しつけられる頃には、すでにヘンリーがコースの最初の料理をテーブルに並べていた。ルービンはうさんくさそうに目の前の皿を見つめた。

「レバーじゃないね？」彼は言った。

「レバーではございません、ルービンさま」ヘンリーは言った。「腎臓のスライスがベースでございます」

「助けてくれ」ルービンは言った。「スープは何だ？」

「韮《にら》のクリームでございます、ルービンさま」

「まったく、いろいろと喰わせてくれるよ」彼は唸るように言い、フォークの先で恐るおそる腎臓を突ついた。

ドレイクは化学者仲間の消息に触れることを期待するかのように小さな目を輝かせて言った。「甥御さんは何を教えておられるのですか、アトウッドさん?」

アトウッドはびっくりするほど音楽的なテノールで答えた。「英文学、だと思います。甥のことはあまりよく知らないのです」

「無理もありませんな」ルービンがすかさず言った。「英文学の教師どもは、おそらく世の中のどんないい加減な文化団体よりもたくさんの無学文盲の輩を育てているんですからね」

「いやね、アトウッドさん」ゴンザロが失地回復を図って言った。「マニー・ルービンは作家なんですが、まともな教師は誰も彼の作品を相手にしないんですよ」

トランブルがルービンに反撃の隙を与えずに言った。「あなた自身は何をなさっておいでですか、アトウッドさん?」

「今は隠居の身です。以前は土木技師をしていましたが」アトウッドは言った。

アヴァロンが言った。「今はどんな質問にもお答えになる必要はありませんよ、アトウッドさん。それはデザートになってからです」

彼の助言は不必要だった。というのは、ルービンが抑制を失って一人でしゃべりまくったからである。スープの間(彼はスープにはほとんど手をつけなかった)彼は、一般に英語の教師、そしてなかんずく英文学の教師は英語を鎖でがんじがらめにしてしまい、文学を濁った琥珀の中に閉じこめて化石にしてしまうことを彼らに特に与えられた目的と心得ているという持論を展開した。

詰めものをして焼いた家鴨《あひる》のメイン・コースの間、ルービンはさらに英語を教えるという犯罪の動機を分析し、それは古今を通じて英語を道具として自在に使いこなす人間たちに対するやるかたない憎悪に満ちた嫉妬であるという結論に達した。

「つまり、イマニュエル・ルービンのようにと言いたいわけだ」ゴンザロが聞こえよがしに囁いた。

「ぼくのようにさ」ルービンは臆せず言った。「ぼくは、いわゆる英語の教師なんかよりよっぽど文法をよく知ってるし、文学だって連中が読んでいるであろうよりはよっぽど深く読んでるからね。ただ、ぼくは文法に縛られたり文学に影響されたりしないということさ」

「文法を無視したでたらめな文章を書けば誰だってそう言えるわけだ」アヴァロンが言った。

「そいつは聞きどころだな、ジェフ」ルービンはきっとして言った。「ただし、ぼくの書くものが文法を無視したでたらめな文章だと言う覚悟があればだがね」

ライスをたいらげ、スタッフィングは軽く突つく程度にしながら、ルービンは雄弁に学問的な不良どもによって若い頭脳がいかに毒されているかを論じ、五人の抗議をそれぞれ真っ向から受けて立った。そうこうするうちにポワレ・オ・ヴァンが出て、コーヒーになった。

「わたしにはミルクをもらえますか（Can I have a glass of milk)?」アトウッドは済まなそうに言った。

ヘンリーのかしこまりましたという返事もルービンの勝ちほこった大声に掻き消された。

「ほらごらん。英語の教師なら、今のような場合“May I have a glass of milk?”と言うに違いないんだ。ところが、アトウッド氏はミルクが許されることは知っている。問題は、この店に今ミルクがあるかどうかなんだ。だから〝メイ〟じゃなくて〝キャン〟だよ」

アトウッドは言った。「実はわたし、文法は大変苦手でしてね。あるいは今のわたしの言い方は……」

ホルステッドがスプーンでグラスを叩いた。「文法はそのくらいにしてくれ、マニー。もうたくさんだ。そろそろゲストの話を聞こう」

「だからぼくは」ルービンは退き際の捨て科白《ぜりふ》を吐いた。「書評は集めないことにしてるんだ。書評を書いて時間を無駄にする英文学タイプの連中は誰も……」

「彼は賞められた時だけ切り抜くんだよ」ゴンザロが言った。「わたしは知っているんだ。一度スクラップブックを見せてくれたけど、空っぽだった」

ホルステッドはグラスのチャイムを鳴らし続けていたが、やがて言った。「わたしの同僚のスチュアート、すなわちアトウッド氏の甥が二週間ほど前、アトウッド氏が文学上の問題に悩んでいるという話をした。当然、わたしは関心を持った。理由はここで今さら言うまでもないね。で、もう少し詳しいことを尋ねようとしたんだ。ところが、スチュはよく知らなかった。わたしはアトウッド氏に連絡を取って話を聞いた。その結果、アトウッド氏はこの会にとってまたとないゲストだとわたしは考えたのだよ。わたしはきょうのホストに当たっているし、幸い快くおいでくださることになったので……」

アヴァロンがわざとらしく咳払いして言った。「アトウッド氏は尋問されることをご存じなんだろうね。それも、かなり……」

「その点は充分説明したよ、ジェフ」ホルステッドは言った。「ここで起こることは一切外には洩れないことも話してある。実を言うと、アトウッド氏は目下その問題の解決に心を砕いておられてね、是非ともわれわれの知恵を借りたいと言われるんだよ」

トランブルは浅黒い顔に深い皺を寄せた。「ちょっと待てよ、ロジャー。まさかきみは解決を約束したわけじゃあないんだろうな」

「約束はしないさ。しかし、過去の実績があるからね」ホルステッドは胸を張って言った。

「まあいいや。はじめよう……ヘンリー、ブランデーはまだかね？　誰が尋問に当たるんだ、ロジャー？」

「誰って、それはきみだよ、トム」

ブランデーがそっと小さなグラスに注がれていった。アトウッドはおずおずと手を上げて断わった。ヘンリーは注がずに次へ移った。アトウッドは澄んだ目をトランブルに向けた。「わたしは、尋問されるわけですね？」

「いや、これは言葉の綾ですよ。あなたの文学的な問題というのにわれわれは関心があります。どんなふうにでも結構ですから、それを話してくださいませんか。必要と思われればわたしたちから適宜質問します。よろしければですが」

「ええ、もう、どんどん質問してください」アトウッドは嬉しそうに言った。彼は一人一人の顔に視線を走らせた。「お断わりしておきますが、ミステリというほどの話ではありませんよ。

ただ、わたしがそれをどう考えてよいやらわからないというだけのことでして」

「そりゃあ、わたしらだってわからないかもしれませんよ」ゴンザロがブランデーを口に運びながら言った。

ドレイクはまだ風邪が治りきっていず、そのため煙草を控えなくてはならなかった。彼は半分しか喫っていない煙草を名残り惜しそうにもみ消してから言った。「とにかく、話を聞かないことにははじまりませんよ」彼は真紅のハンカチで洟《はな》をかみ、それをジャケットのポケットに押し込んだ。

「お話を伺いましょうか、アトウッドさん」トランブルが言った。「しばらくきみたちは静かにしてくれよ」

アトウッドはまるで小学生に返ったかのように両手をきちんとテーブルの端に置き、あらたまった口調で話しはじめた。さながら何かの暗誦であった。

「そもそもこれはわたしの友人で、わたし同様以前は土木技師をしていたライアン・サンダーズにまつわる話なのです。仕事で一緒になったことはありませんでしたが、家も近く、二十五年の付き合いで、わたしたちは非常に親しくしておりました。わたしは独り身で、彼は子のない鰥夫《やもめ》でした。二人とも、傍目《はため》には大変淋しく見えるかもしれない暮らしを送っておりました。しかし、実際には二人とも、所を得て自適の生活をしていたのです。

「わたしは、多少評価を受けた土木工事について論文を一つまとめました。それから、この数年来、土木関係の体験に基づいて、学問的なものではありませんが、かなり詳しく細かい点に触れた文章を書いております。これを出版する機会があるかどうかはわかりませんが、そういうことになれば、もちろん……。

「ああ、いや、そんなことはどうでもいいのです。このサンダーズという男は、わたしなどに比べてはるかに外向的な人物でした。能弁で、かなり言いにくいことも言ってのけるし、なかなかの皮肉屋でした。彼はゲームの愛好家で……」

ルービンが口を挟んだ。「狩猟マニアですか？」

「いえいえ、室内遊戯です。彼はあらゆる種類のカード・ゲームに精通していましたし、実際、何をやらせても大層じょうずでした。カードばかりではありません、カウンターやポインターを使う遊び、さいころ、壺、何でもござれでした。将棋は名人でしたし、インド双六、西洋《バック》双六《ギャモン》、モノポリー、チェッカー、チェス、囲碁、立体五目並べ、とまあおよそやらないものはありません。ほかにもまだまだわたしなど名前も知らないような遊びをたくさん知っていて、実力も相当なものでした。

「彼はそうしたゲームを本で研究して、自分で新しいゲームを考案したりもしていました。中にはかなり面白い発明もあって、たしか彼は特許を取って商品化していましたよ。でも、それは彼の目的ではありませんでした。要するに、彼の関心はそうした遊びにつきていたのです。そこでわたしが絡むことになるのですが、彼はわたしを相手にすることで分析力にますます磨きをかけていたのです」

トランブルが口を挟んだ。「どういうことですか？」

「つまりですね」アトウッドは言った。「彼がゲームをすると言った場合、それはただの遊びとはわけが違うのです。彼はゲームを細かく分析するのです。まるで、ゲームが工学的な原理の上に成立っているとでも言うふうにです……」

「そうですよ」ルービンが性急に口を挟んだ。「よくできたゲームというのは数学的に分析することが可能なんです。何しろ娯楽数学なんていう分野があるくらいですからね」

「それはわたしも知っています」アトウッドは穏やかにルービンを遮った。「しかし、サンダーズの場合、正攻法でそういうことをしたかどうか、ちょっと首をかしげざるを得ません。わたしにそういう話をしようとはしませんでしたし、こちらから尋ねようとも思いませんでした。

「二十年来、わたしたちは週末というと決まってゲームで過ごしました。一週間のおさらいといった具合でしてね。というのは、彼はよく、時間をかけてわたしにいろいろ教えてくれたからです。いや、それはわたしを教えるというよりも、敵の腕が上がればそれだけ彼にとっては面白いということだったんだと思います。ある時は十週間ぶっ続けにブリッジをすることもありました。それからジンラミーに変わったり、あるいは、何と言いますか、彼が考えた数をわたしが合わせるようなゲームもやりました。当然、勝つのはいつも彼でした」

ドレイクは火のついていない煙草をじっと見つめた。ひとりでに火がついてくれないかと祈っているかのようだった。「負けてばかりじゃあ、面白くないでしょう」

「いえ、そんなことはないのです。時々は負かしてやろうと懸命になることもありました。それはそれでなかなか面白いのです。実際、たまにわたしが勝つこともないわけではありませんでした。それがまたいいので、彼が飽きないという役に立ちました」

「相手のほうで勝ちを譲っていたということはないんですか？」ゴンザロが言った。

「それはないと思います。わたしが勝つと彼はいきり立ったり、口惜しがったりするのです。で、ますます夢中になって分析に取り組んだものです。彼にとってはそれが結構楽しいようでした。あまり長いことわたしが勝てずにいると彼はわたしにいろいろと教えだすのです。妙な付き合いでしたが、それでわたしたちはうまくいっていました。お互い、非常にいい友人だと思っていました」

「思っていた？」アヴァロンが尋ねた。

「ええ」アトウッドは溜息を吐いた。「半年前に亡くなりました。わたしにとってはさほど響きはしませんでした。お互い、いつかはその日が来るのを知っていましたから。もちろん、非常に残念には思います。彼がいなくなって、週末は手持ち無沙汰でしてね。わたしをからかった彼の意地悪な口ぶりさえ、今では懐しく思い出されます。何かというと彼はわたしをぼろくそに言いました。わたしが酒を飲まないことを彼はいつもからかう材料にしました。それから、彼は最後までわたしの信仰を笑いの種にしていました」

「無神論者だったんですか？」ゴンザロが尋ねた。

「とりたてて無神論者というほどではありません。ただ、彼の育った家はプロテスタントのある宗派で、わたしとは別の宗派だったというだけのことなのです。彼はわたしの宗派を高教《ハイ・チャ》会派《ーチ》と呼んで、わたしが毎日曜日失礼している礼拝のややこしさを、彼が毎日曜日失礼している礼拝のあっさりしたやり方と比べてけちをつけるのを無上の喜びとしていました」

トランブルは眉をひそめた。「かなりカチンと来たでしょう。打ちのめしてやりたいと思ったことはありませんか？」

「いえ。彼はそういう男でしたから」アトウッドは言った。「それに、気の毒なライアンの死については少しも不審な点はありませんでした。その意味では、人から怨みを買うような男では決してありませんでしたから。彼は以前から軽い糖尿病にかかっていましたが、余病を併発して六十八で亡くなったのです。

「彼は遺言でわたしに何かを贈るようにしようと前々から言っていました。わたしよりも先に逝くことを知っていたんですね。いつも勝たせてくれた忍耐に報いたいのだと彼は言いました。本心はわたしに対する友情だったに違いありません。でも、自分からは口が裂けてもそうは言わなかったでしょう。

「死ぬ前の年になって、もう長いことはないと自分で悟ったころから、ちょくちょくそんなことを話題にするようになりました。わたしはもちろん、そんな話は不愉快だから聞きたくないと言いました。ところが、ある時彼は笑いながらこんなことを言ったのです。『そう簡単に渡すものか、乞食根性の偶像崇拝者め』いえ本当に、思い出しただけでもわたしは彼のしゃべり方になってしまうんですよ。その時も、今言ったとおりだったかどうかわかりませんが、要するにそんな意味のことを彼は言ったのです。まあそれはともかく、わたしのことを彼が何と呼んだかはさて措《お》くとして、彼は言いました。『そう簡単に渡すものか。最後の最後までゲームでいくんだ』

「それが何と彼の死の床でのことだったのです。その場にはわたししかおりませんでした。医者や看護婦はまわりをうろついていましたが、個人的なかかわりはありません。遠い親戚がいるにはいたんですが、誰も見舞には来ませんでした。で、夜も遅くなってわたしはいったん帰って翌朝また様子を見にくることにしようかと思案していたのです。その時、彼はわたしのほうを見て、元気な時と少しも変わらないようなはっきりとした声で言いました。『アリスの不思議な省略』

「わたしは『え?』と訊き返しました。

「彼は力なく笑って『それだけだよ、相棒。それだけだ』と言って目を閉じました。それが彼の最期でした」

ルービンが言った。「今際《いまわ》のヒントだ」

アヴァロンが言った。「はっきりした声で言ったんですね?」

「それはもう、しっかりとした声でした」アトウッドは言った。

「言葉もきちんと聞き取れたんですね?」

「一字一句、きちんと」アトウッドは言った。

「ウォーレスの不思議な告白、じゃあないんですね?」

ゴンザロが合の手を入れた。「ダラスの阿漕《あこぎ》な謀略とか」

アトウッドは言った。「まあまあ、おしまいまで聞いてください。わたしは遺言の検証に立ち合いました。頼まれたのです。ほかに生前には見舞にも来なかった遠い親戚が立ち合いました。従兄弟と、まだ若い姪の娘がいました。ライアンは決して裕福というほどではありませんでしたが、それでも一人一人に財産を遺贈していました。年とった使用人と、自分の学校にも何がしかを遺しました。最後にわたしの名がありました。わたしには一万ドルが贈られていました。現金で、さる銀行の貸金庫に納められていて、わたしがそれを要求するならば鍵を受け取ることができる、というのです。

「検証が済んで遺産の配分が終わったところで、わたしは弁護士に貸金庫の鍵を請求しました。一万ドルの金は使い途がありますからね。すると、弁護士は自分でその貸金庫のある銀行へ行ってくれと言うのです。その日から一年以内にわたしがその銀行へ行かなければ、わたしに遺産を贈るという条項は撤回されて、金は別の方法で処分される、とこうなのです。

「当然、わたしは銀行の場所を尋ねました。すると弁護士はアメリカ国内のどこか、としか言えないと言うのです。弁護士はそれ以上は何も知りませんでした。ただ、わたし宛の封筒を一つ預かっていて、これが役に立つだろうと言いました。弁護士はもう一つ別の封筒を渡されていました。一年経ってもわたしが金を受け取らなかったらそれを開封することになっているのです。

「わたしは受け取った封筒を開けてみました。中にはたった一言、彼が今際のきわに言った言葉が書かれているだけでした。『アリスの不思議な省略』……というわけで、わたしははたと行き詰まったまま今日《こんにち》に至っているのです」

トランブルが言った。「つまり、まだ一万ドルは受け取っていないんですね?」

「ですから、銀行の場所がわからないのです。もう半年経ちました。あと半年です」

ゴンザロが言った。「字謎《アナグラム》じゃあありませんかね。文字を並べ変えると銀行の名前になるとか」

アトウッドは肩をすくめた。「わたしも、それはあり得ることだと思いました。サンダーズがアナグラムをやっていたかどうか記憶がないのですが、とにかくわたしは試してみました。しかし、どうやらこれは脈がありません」

ドレイクは今一度洟をかみ、筋の通った理屈を考える根気はないといった顔で発言した。「ホワイト・プレインズの銀行を片っ端から歩いて、あなた名義の貸金庫の鍵があるかどうか訊いてみたらいいじゃないですか」

アヴァロンは頭をふって厳しく言った。「それじゃあおよそゲームにならんよ、トム」

「一万ドルとあっちゃあゲームどころじゃないわなあ」ゴンザロが言った。

アトウッドは言った。「そうやって当てずっぽうにやるのは正直に言ってずるをしているように思います。しかし、白状しますと、わたしはずるをして、ホワイト・プレインズだけでなく、まわりのいくつかの町の銀行を訪ねてみました。収穫はゼロです。もっとも、これは驚くには当たりません。彼のことですから、そんな近間《ちかま》で間に合わせるとは思えないのです。全国の銀行から一つを選べるわけですし」

「最後の一年……つまり、そのことを話題にしていた時期に、その人はどこか遠出をしましたか?」ホルステッドが尋ねた。

「それはなかったと思います」アトウッドは言った。「それに、自分で出掛ける必要もないでしょう。弁護士にやらせれば済むことですから」

「なるほど」トランブルは言った。「じゃあ、こうしましょう。あなたはすでに半年、考える時間があったわけですね。その間にどんなことをお考えになりましたか?」

「メッセージそのものについては何も考えませんでした」アトウッドは言った。「しかし、わたしはあの男をよく知っています。一度わたしに言ったことがあるのですが、何かを隠すには近代的な技術を利用するのが一番だというのが彼の考え方でした。どんな文書も、どんな記録も、いかなる指令も、マイクロフィルムに納めることができます。情報を収録した小さなフィルムはどこに隠すことも可能です。よほどの幸運か偶然がなくてはそれを見つけ出すことはできません。わたしは、おそらくこのメッセージはマイクロフィルムのありかを伝えているのだと思います」

ルービンは肩をすくめた。「それじゃあ問題をすり替えてるだけのことじゃありませんか。銀行の場所を伝える代わりに、マイクロフィルムのありかを示しているとしてもですよ、不思議な省略の謎は依然同じことなんだから」

「まったく同じというわけではないと思います」アトウッドは考え深げに言った。「銀行は何千マイルも離れた場所かもしれません。しかし、マイクロフィルム、あるいはただの薄い紙切れかもしれませんが、それはすぐ手の届くところにあるということも考えられます。しかし、手の届くところにあったとしても、それはやはり何千マイルの彼方にあるわけです」彼は吐息を洩らした。「どうやら、このゲームもまたライアンにしてやられそうですね、残念ながら」

トランブルが言った。「もしここでわたしらが知恵を絞って、その謎が解けたとしたら、アトウッドさん、それはずるをしたことになると思いますか？」

「ええ、そういうことになると思います」アトウッドは言った。「しかし、何しろ一万ドルですから」

ホルステッドが首をかしげながら言った。「メッセージの意味について、何か思い当たるふしがあるのかね、トム？」

「いや」トランブルは言った。「しかし、もしアトウッドさんの言われるとおり、手の届くところにある小さな紙切れを捜せということだとしてだよ、そのサンダーズ氏が公正なやり方をしているならばさ、消去法でもってある程度範囲を絞れるんじゃないかね。……屋敷は誰が相続したんですか、アトウッドさん？」

「従兄弟の一人ですが、すぐ人手に渡してしまったようです」

「家財道具はどうなりました？　本だとか、あらゆる類のゲームだとか、家具があったはずでしょう」

「ほとんどは競売に出されました」

「あなたは何か手に入れましたか？」

「その従兄弟という人が大変親切で、好きなものを持っていけと言ってくれました。もともと大して価値のあるものはその中には入っていませんでしたけれども。わたしは何も受け取りませんでした。わたしはあまり物を集めるほうではないものですから」

「あなたがそういう方だということを、本人は知っていましたか？」

「それはよく知っていました」アトウッドはややじれったそうに体を動かした。「皆さん、わたしは半年このことを考えているんですよ。サンダーズがフィルムを家の中に隠すはずはありません。家は別の人間のものになるわけですし、そうすればわたしは家捜しもできないことはわかっていたはずですから。ところが、彼はわたしの家に始終出入りしていました。何かを隠す機会はいくらでもあったわけです。ですからわたしは、あるとすればそれはきっとわたしの家のどこかだと思っています」

トランブルは言った。「そうとは言いきれんでしょう。特に大切にしていた蔵書とか、形見の品で、きっとあなたがほしがると見越していたようなものがあるんじゃありませんか」

「いえ」アトウッドは言った。「わたしが必ずそれを手に入れるという保証はありませんからね。もし、そういうものだとしたら、彼は遺言でわたしの手に渡るようにしたはずです」

「となると、その線は駄目だね」アヴァロンが言った。「何か、これはあなたにもらってほしいというようなことを匂わせていたものはありませんか？　あるいは、それとなくあなたにくれたものとか」

「いえいえ」アトウッドは微かな笑いを浮かべた。「そういうやり方は、およそサンダーズらしくないのです。わたしにはよくわかっていますが。思うに、彼が一年という期限をもうけたということは、それだけの時間確実にそこに隠されたままになっているという確信があったに違いありません。ですから、わたしが捨ててしまったり、あるいは売り払ったり、どこかに失くしてしまうようなものの中に隠したのではないということです」

賛同の呟きが湧いた。

アトウッドは言った。「おそらくどこかの壁の刳形《くりがた》に貼りつけたか、重い家具の裏側か、あるいは冷蔵庫の中とか、そんなところに隠したんだろうと思います。わたしの言う意味はおわかりでしょう」

「捜してみましたか?」ゴンザロが言った。

「それは、もちろん」アトウッドは言った。「このちょっとしたゲームのおかげでわたしは大忙しですよ。壁の刳形を調べたり、家具の裏側だの抽斗《ひきだし》の中だの、ほうぼう首を突っ込んで、ずいぶん時間を使いました。屋根裏や地下室も隅から隅まで調べましたよ」

「当然何も出てはこなかった」トランブルが言った。「そうでなきゃあ、今ここでこうやってああでもないこうでもないと言っているはずがありませんからね」

「そうなんです。見つかりませんでした。……しかし、だから家の中にはない、ということにはなりません。わたしが捜しているものは目に見えないほど小さなものかもしれないのです。こっちきっと、そうに違いありません。目の前にありながら気がつかないのかもしれません。こっちがそれがどんなものか知っていて、心して見れば見えるということがありますからね」

「となると、ふりだしに戻ったわけですね」アヴァロンがもったいぶって言った。「メッセージですよ。それがわかれば、どこを捜せばいいかわかる。そうすれば見つかるでしょう」

「そうなんですよ」アトウッドは言った。「わかりさえすればです」

「そう、わたしにはどうやら」アヴァロンは言った。「鍵は〝アリス〟だと思えますね。何か、個人的にかかわりのある名前ですか？　お二人の共通の知人とか、あるいはサンダーズ氏の亡くなられた奥さんの名前とか。それとも何かの符丁か、お二人だけの間で通じる何かの冗談とか、そういうことはありませんか？」

「いいえ、全然心当たりがありません」

アヴァロンはきれいに刈り揃えた、それとはわからぬほど少しずつ、しかし確実に灰色に変わりつつある髭の下に歯を覗かせてにったり笑った。「となると、アリスとは、人類の記憶のうちでもその知名度において並ぶもののない、かの有名なアリス、『不思議の国のアリス』を指していると考えていいでしょうね」

「もちろんですとも」アトウッドはわが意を得た表情を見せて言った。「それで、これは文学の問題らしいということになるのです。英文学を教えている甥に相談したのもそのためですよ。わたしははじめから、これはルイス・キャロルの古典に違いないと考えました。サンダーズは『アリス』が大好きでしてね。『アリス』のいろいろな版を集めていました。家じゅうにテニエルの插絵の複製が飾ってありましたよ」

「なぜ今までそれを話してくれなかったんです」アヴァロンは気色ばんで言った。

アトウッドは言った。「話しませんでしたか？　これは失礼しました。わたしにとってはあまりにも当たり前のことだもので、つい誰でも知っていることのように思ってしまって」

「もっと早くそこへ気がついてもよかったね」トランブルが口の端を歪めて言った。「アリスはあの本の中でカードをやりとりするんだから」

「関係のある情報を全部揃えることは無駄ではないよ」アヴァロンはしたり顔で言った。

「さて、そこでだ」トランブルは言った。「『不思議の国のアリス』の中の不思議な省略について考える段取りになったわけだが……不思議な省略ってのは何だ、いったい？　その点は何か思い当たる節はおありですか、アトウッドさん？」

「いえ」アトウッドは言った。「『アリス』は子供の頃読んだきりですから。もちろん、この遺言の件が持ち上がるまではですが。正直に言って、わたしは一度も面白いと思ったことがないんです」

「これはしたり」ドレイクが低く言った。

　アトウッドはそれを聞きとがめてきっとドレイクに向き直った。「他の人にとっては面白い本なのかもしれませんよ。それは敢《あ》えて否定しません。ただ、わたしはどうもああいう言葉の遊びは好きでないのです。でも、サンダーズがあの本が好きだったのはわかりますね。彼のユーモアのセンスは、どちらかと言うとがさつで幼稚でしたから。まあそれはそれとして、わたしは省略を見つけてやろうと思いながら読み直したものですから、余計つまらなかったということはあるのです。あんなふうにして本を読みたくはないですね。甥に相談すれば、何か知恵を貸してくれると思ったのですが」

「英文学の教師じゃあとても」ルービンは侮蔑を込めて言った。

「きみは黙っていろ、マニー」トランブルが言った。「甥御さんは何とおっしゃいましたか、アトウッドさん？」

「それが、実はですね」アトウッドは言った。「ルービンさんのおっしゃるとおりでしてね。甥はまったくお手上げでした。ルイス・キャロルの手書きの原稿にはあって、本では削られている文章がいくつかあると甥は言うんです。実は、本になる前の状態の版が今複刻されて出ているんですね。わたしはそれを一冊手に入れて隅から隅まで読んでみました。これといって意味のありそうなところは一つもありませんでしたよ」

ゴンザロが言った。「あのねえ、ヘンリーがいつも言ってるだろう。われわれがどこで間違うかっていうと、むずかしく考えすぎるからなんだ。メッセージそのものをよく見ればいいんだよ。本なんて読まなくてもいいんじゃないのかな。メッセージは『アリスの不思議な省略』だろう。メッセージ自体、不思議な省略があるじゃないか。本の題は『不思議の国のアリス』だ。ただ『アリス』じゃない」

アヴァロンは傷ついた沈黙からようやく立ち直った。「それを言うなら『不思議国におけるアリスの冒険』だよ」

「ああ、そうか」ゴンザロは言った。「『不思議国におけるアリスの冒険』ね。だったら、その題名をよく考えてみようよ。そのメッセージから何が省略されているか……そうだろう、ヘンリー？」

サイドボードの傍にじっと立っていたヘンリーは言った。「なかなか面白いご指摘でございますね、ゴンザロさま」

「何が面白いものか」トランブルが言った。「どこが不思議なのさ？　便宜上の省略じゃないか。世の中、『アリス』で通用してるんだ」

ホルステッドが言った。「ちょっと話は違うがね、『不思議国におけるアリスの冒険』と言ってみたところで、どうも大して意味があるとは思えないんだ。もとのメッセージと同じで、何のことやらわからない。わたしの考えは、こうだ。『不思議の国のアリス』いや、失礼、ジェフ、『不思議国におけるアリスの冒険』には、詩がたくさん出てくるね。あれはみな、当時有名だった詩のパロディだ……」

「凡作だよ」ルービンが言った。

「そんなことはどうでもいいんだ」ホルステッドは言った。「ところが、パロディとしては不完全なんだね。いくつか省略された節がある。たとえば、アリスが〝小さな鰐《わに》さんごきげんよう〟ではじまる詩を読むところがあるけれども、あれはアイザック・ワットの〝小さな働き蜂よごきげんよう〟という残酷詩のパロディだよ。詩の題名はこのとおりじゃあなかったと思うがね。アリスは二節しか読まないけれども、ワットの詩は少なくとも四節まであったはずだよ。答は、だから、その省略されている節の中にあるんじゃあないかね」

「それが〝不思議〟な省略かね？」トランブルが言った。

「それは何とも言えないさ。元の詩は最初の一行しか憶えてないんだが、当たってみる必要はあると思うね。他のパロディの元歌も調べてみなきゃあ」

「それは是非調べましょう」アトウッドはあらたまって言った。「その点はわたしも気がつきませんでした」

ドレイクが言った。「何の役にも立つまいね。メッセージは『アリスの不思議な省略』なんだ。つまり、今ある形のアリスを調べろということで、それ以外のところまで間口を拡げる必要はないんだよ」

「そんなことは調べてみなければわからないぞ」ホルステッドは言い返した。

「そうだ、問題はそこだよ」トランブルが言った。「たぶん、正しい答が出れば、これだっていう手応えがあると思うね。何かひねり出してみても、それが新しい謎を生むだけだとしたら、要するにそれははずれだよ」

アヴァロンが言った。「うーん。どうもこれ以上は知恵が浮かばないね。ヘンリーの意見を聞くとしようか」

アトウッドが首をかしげるのを見てアヴァロンは言った。「言っておきますがね、アトウッドさん。ヘンリーはこうやって給仕をすることが生き甲斐だという顔をしていますが、どうして、彼の推理はまさに快刀乱麻ですよ」

ゴンザロは言った。「それをさっきわたしは言ったんだ。それなのに皆耳を貸そうとしないんだから……ヘンリー、答は題名そのものにあるんだろう?」

ヘンリーは悲しげに笑って言った。「皆さま、わたくしに荷が余ることを押しつけようとなさっては困ります。わたくし、もちろん読んだことはございますけれども、『アリス』はあまり詳しくございませんのです。わたくしにこの謎が解けるといたしましたら、答はおよそ単純なことでなくてはなりますまい」

「およそ単純なことだったら」アトウッドは言った。「今までにわかっているだろう」

「あるいはそうでございましょう」ヘンリーは言った。「しかし、やはりわたくしには、単純なことのように思えるのでございます。ご友人のサンダーズ氏は、結局はあなたが遺産をお受け取りになることを望んでいらしたのでございましょう。それをゲームに仕組んで、知恵くらべにされたのでございますね。そういうことをなさるお方でしたから。けれども、あなたが勝たれることを願っていらしたことは間違いございません」

アトウッドはうなずいた。「それは、そうでしょう」

「でしたら、その方があなたにもおわかりだろうとお考えになった非常に単純なこととはいったい何でございましょうか。おそらく、ちょっとひねったことで、ゲームが面白くなる何かでございましょう。先程も申しましたように、わたくし、この本のことはあまり詳しくはございませんので、二、三お訊きしなくてはなりません」

アヴァロンは陰にこもって言った。「『アリス』のことなら任せておいてくれ、ヘンリー。何を訊かれても答えてみせるよ」

「よろしくお願いいたします。トランブルさまは、『不思議の国のアリス』にはカードが出てくるとおっしゃいました。わたくし、何よりもディズニーの漫画映画でよく憶えておりますのですが、ハートのクイーンがのべつ〝そやつの首を切っておしまい〟と叫びますですね」

「そうだよ」アヴァロンは言った。「女ヘンリー八世だ。ハートのキングとハートのジャックも出てくる」

「他にどんなカードがございますか?」

「全部出てくるよ」アヴァロンは言った。「ハートは王家の一族。クラブは兵隊。ダイヤは廷臣。スペードは職人だ。スペードの三枚は科白《せりふ》もある。2と5と9……でしたね、アトウッドさん?」

「ええ」アトウッドはむずかしい顔で言った。「読んだばかりですから」

トランブルが言った。「ヘンリーはまさかどのカードが省略されてるかなんて言いだすんじゃないだろうな。特にはっきりと出てくるのはほんの数枚で……」

「さっき言った六枚は」アヴァロンが言った。「ハートのキングとクイーンとジャック。それにスペードの2と5と9だよ」

「だからどうだって言うんだ?」トランブルは言った。「必要なやつは何の何とちゃんと断わってあるけれども、あとはその他大勢でうしろに控えてるんだ。それは〝不思議〟でも何でもないじゃないか。もっと〝不思議な〟という点に注目すべきだとわたしは思うね」

ヘンリーはうなずいた。「アトウッドさまは、聖公会派でいらっしゃいますか?」

「聖公会の家で育ちましたが、それが何か?」

「先程のお話で、サンダーズ氏があなたの高教会趣味を揶揄《からか》われたということがございまして、ご自身はプロテスタントだとおっしゃいましたから、それとこれとを考え併せまして、聖公会でいらっしゃるのではあるまいかと……あの、チェスをお持ちでいらっしゃいますか、アトウッドさま？」

「ええ、ありますとも」

「ご自分のでございますか？　それとも、サンダーズ氏からの贈りもので？」

「いやいや、わたしのですよ。なかなか立派なセットでね。父のものだったんだが。それでよくサンダーズとさしましたよ」

ヘンリーはうなずいた。「それをお訊きいたしましたのは、『不思議の国のアリス』がもっぱら議論されておりましたが、その続編がまるで話題にならなかったからでございます」

「『鏡の国のアリス』」アヴァロンが言った。「そうだ、それもある」

「『アリス』と申しました場合、そちらのほうも含めて考えるべきではございませんでしょうか？」

アヴァロンはうなずいた。「それはそうだ。正式な題名は『鏡の中でアリスは何を見たか』だがね。だから、当然もう一つの本と同様、『アリス』でいいわけなんだ」

「『鏡の国のアリス』はチェスの駒の話ではございませんでしたでしょうか？」

「そのとおり」アヴァロンは鷹揚に言った。権威に祭り上げられて彼はすっかり気を好くしていた。「赤と白のクイーンが芯の役でね。白のキングも科白があるが、赤のキングと来たら、木の下で寝ているだけだ」

「騎士《ナイト》も出てまいりますですね?」

アヴァロンはうなずいた。「白のナイトが赤のナイトと闘って、その後アリスを最後《ファイナル・スクウエア》の目まで連れていく。二冊を通じてこの白のナイトはもっとも好ましい性格に描かれているし、アリスに対してただ一人好意的なんだ。一般的には、この白のナイトはキャロル自身だと言われているね」

「わかった、わかった」トランブルがもどかしげに言った。「で、きみは何が言いたいんだ、ヘンリー?」

「わたしは、何が省略されているのか考えているのでございます。冒頭の部分で、たしか白の歩兵《ポーン》が出てまいりますですね」

アヴァロンは言った。「あまり詳しくないなんて、どうしてなかなかよく知ってるじゃあないか。リリーっていう白のポーンは第一章に出てくるよ。アリス自身も白のポーンの役を務める。で、最後には白のクイーンになるんだ」

「飛車《ルーク》はいかがでございましたでしょうか?」ヘンリーは言った。

アヴァロンはしばらく眉を寄せて考えてから頭をふった。

アトウッドが横から言った。「出てきますよ。いえ、本当です。わたしはこのつまらない本を二冊とも、ほとんど暗記しているくらいなんですから。第一章でアリスが鏡の家に入っていくと、チェスの駒が動いています。それを見てアリスが言うところがあります。『あそこに城将《キャスル》が二人手を繋いでいくわ』キャスルは言うまでもなく、別の呼び方ではルークです」

ヘンリーは言った。「そういたしますと、これで、キング、クイーン、ルーク、ナイト、ポーンが出たわけでございますね。六種類の駒のうち残っておりますのは、僧正《ビショップ》だけでございます。ビショップは本の中で何か役どころがございますでしょうか？　あるいは、どこかに触れられておりますでしょうか？」

アヴァロンが言った。「どこにも出てこない」

アトウッドは言った。「第一章の挿絵が二枚あるうちの片方にビショップが二つ描いてありますよ」

「それは、テニエルが描いたものでございましょう」ヘンリーは言った。「キャロルの書いた中には出て参りませんですね。ビショップがまったく出てこないというのは、これは不思議な省略ではございませんでしょうか？」

「それはどうかな」アヴァロンはゆっくりと言った。「ルイス・キャロルは根っからのヴィクトリア朝人種だったから、教会に対する非礼を恐れたのではないかね？」

「それほどまでに非礼を避けるというのは不思議ではございませんか？」

「で、それが不思議だとして？」ホルステッドが先を促した。

ヘンリーは言った。「わたくし、アトウッドさまはお手持ちのチェスの、四つのビショップをお調べになるべきだと存じます。サンダーズ氏はアトウッドさまがそれを大切にしていらして、お売りになったり、お捨てになったり、あるいはお失くしなさるようなことはないのをご存じでした。おそらく、マイクロフィルムはビショップのどれか一つの中にあるだろうと存じます。頭のところがはずれるようでしたら、取って中をご覧になったらよろしいと存じます。頭がはずれませんようでしたら、台の底のフェルトをはがしてご覧になればよろしいかと存じます」

皆々首をかしげたまま口をつぐんだ。「それはちとこじつけが過ぎるよ、ヘンリー」トランブルが言った。

「そうでございましょうか」ヘンリーは引き下がらなかった。「先程のお話にもたびたびありましたが、サンダーズ氏のユーモアのセンスは、なかなか意地の悪いところがあったそうでございますね。アトウッドさまのご信仰をいつも笑いの種になさったのでございましょう。おそらく、この最後のメッセージは、その冗談の続きであると存じます。アトウッドさまは聖公会派《エピスコバリアン》でいらっしゃるわけでございますが、もちろん、その言葉の意味はご存じでいらっしゃいますね」

「ギリシャ語の僧正《ビショップ》だ」アトウッドは咽喉を詰まらせて言った。

「ですから、わたくし、思いますのに」ヘンリーは言った。「サンダーズ氏はビショップの駒にメッセージを隠すのは傑作だとお考えになったのでございます」

アトウッドは立ち上がった。「わたし、これで失礼します」

「お送りしますよ」ホルステッドが言った。

「雪は止んだようでございますが」ヘンリーは言った。「どうぞ安全運転で」

あとがき

これは、ある意味では二度書かれた話である。

この〈ブラック・ウィドワーズ〉のシリーズを書きだす前のことだったが、私はユニオン・カーバイド社から絵解きのない短いミステリを書いてくれと頼まれた。従業員が絵解きを考えて、それを懸賞にしようという話だった。最終的に優秀作を決めるのは私の役目だった。

で、私は今お読みいただいたような中身の短いミステリを書いた。懸賞はなかなかうまくいった（他に二人の作家が短編を提供した）。応募作品の絵解きもそれぞれに面白かった。

けれども、私はいったん自分が書いた短編が活字にならずに終わるのが少々面白くなかった（応募者たちに贈られた『シャーロック・ホームズの冒険』のカバーには印刷されていたのだけれども）。それは徒労であると思われた。私は文学上の徒労をゆるすことができないのだ。それに、私自身の絵解きがないままになっているのも寝覚めが悪かった。

そこで、私はこの話を大幅に脹らませて、〈ブラック・ウィドワーズ〉の一編として全面的に書き直した。これで私はすっきりした。何しろこれには、私の絵解きがついているのだから。

12　死角

〈黒後家蜘蛛の会《ブラック・ウイドワーズ》〉の月例の会食もはやたけなわを過ぎ、ちらほらと残っているソーセージとイマニュエル・ルービンの皿のまるで手をつけていないレバーを除いては、焼肉料理もあらかた片づきかけていた。と、その頃になって喧々囂々《けんけんごうごう》の議論が巻き起こった。

ルービンは、疑いもなくそもそもレバーが出たことに激怒していた。いつもに輪をかけて険のある声で彼は言った。「詩は響きだよ。目で見るもんじゃない。ある時代、ある国の文化が韻だ、頭韻だ、反覆だ、調和だ、あるいは韻律だといろいろやかましいことを強調したとしてもだね、要するにそれはすべて耳で聞いた時の響きを問題にしているんだ」

ロジャー・ホルステッドが声を荒らげることは絶えてなかったが、その代わり、彼のその時時の感情の具合は広い額の色で正確にわかる仕掛けだった。今しも、彼の額はかつて生え際であったと思われる線を越えて深い桃色を呈していた。彼は言った。「一般的な話をしたところでどうなるっていうんだ。マニー？　そもそも、公理や定理で組み立てられた絶対に穴のない論理の体系というものがなかったら、一般論はおよそ一般的ではありえないんだ。文学は……」

「表象詩を持ち出す気なら」ルービンはむきになって言った。「余計なことは言わないほうがいいぞ。あれはヴィクトリア朝のがらくただよ」

「何だ、その表象詩ってのは?」マリオ・ゴンザロが退屈そうに言った。「ルービンの出まかせかね、ジェフ?」彼は当夜のゲスト、ウォルドマー・ロングの細密な似顔絵のぼさぼさ頭に仕上げの筆を加えた。食事がはじまって以来、ウォルドマーは黙々としてひたすら食べていたが、その場のやりとりを一字一句逃さずに聞いていることは明らかだった。

「いや」ジェフリー・アヴァロンは物知り顔に言った。「議論に勝つだけのためにマニーが口から出まかせを言うようなことは断じて許さないがね。表象詩というのはね、言葉やあるいは語句を、活字を組むように並べて、視覚的な表象を作り出すことによって言わんとするところを強調した詩を言うんだよ。『不思議の国のアリス』の中に出てくる〝鼠の尻尾〟がそのいい例だ」

ホルステッドの穏やかな声は、無差別に飛び交う大音声にはとても太刀打できなかった。彼はスプーンで水のグラスを叩きながら、喧噪の鎮まるのを待った。

彼は言った。「ちゃんと理屈を追って話をしようよ。今問題になっているのは、詩一般じゃあないんだ。詩の一つの形式としてのリメリックについて話しているんだよ。わたしが言いたいのはね、繰り返して言うよ、マニー、リメリックの価値は主題によって決まるのではないということなんだ。優れたリメリックはすべからく猥褻《わいせつ》でなくてはいけないというのは、それは間違いだよ。それはむしろやさしい……」

ジェイムズ・ドレイクは煙草をもみ消し、白いものの混じった口髭をぴくりとふるわせてしゃがれ声で言った。「何だってきみは艶笑リメリックを猥褻なんて言うんだ？　最高裁が黙っていないぞ」

ホルステッドは言った。「それは、きみたちみんなが理解できる二字の言葉だからさ。性的糞尿嗜好的冒瀆的かつごった煮の荒唐無稽とでも言えっていうのかい？」

アヴァロンが言った。「いいから、いいから、ロジャー。先を話せよ。言いたいことをはっきりさせろよ。ほかの連中の雑音は気にしないで」彼は房々とした眉の下から厳しい視線で一座を見渡した。「彼の話を聞けよ」

「何を？」ルービンは言った。「話も何もありゃあしないじゃないか……わかったよ、ジェフ。伺いましょう、ロジャー」

「まあ、聞いてくれよ」ホルステッドはやっと自分の間違いをまわりから認められたとでもいうような沈んだ声で言った。「リメリックの良い悪いはね、最後の一行の意外性と、結びの韻の巧みさで決まるんだ。実際には、ふざけた中身のほうがそれ自体価値があるし、技巧を凝らす必要もないように見えるかもしれない。しかし、それはリメリックとしては決して上等とは言えないんだ。ところで、韻は、伏せておいて、綴字法《オーソグラフィカル》の習慣で踏ませることもできる」

「何だって？」ゴンザロが言った。

「スペリングだよ」アヴァロンが説明した。

「そうした場合には」ホルステッドは言った。「綴りを見て、一瞬音がわからない。それがかえっておかしみを増すわけだよ。しかし、その場合は目で見なくては駄目だ。耳で聞いたのでは、そのおかしさは生きてこないからね」

「一つ例を挙げてくれないかね」ドレイクが言った。

「何を言うかはわかってるんだ」ルービンが大声で割り込んだ。「M・AとC・Dが韻を踏むって言うんだろう。つまり文学修士《マスター・オブ・アーツ》と槍投げ選手《キャスター・オブ・ダーツ》さ」

「よく使われる例だね」ホルステッドはうなずいた。「しかし、それは極端な場合だよ。音がわかって、なるほどと思うまでちょっと時間がかかりすぎる。じれったいので、せっかくのおかしみも死んでしまうんだ。実はね、今わいわい言っている間に、一つリメリックが浮かんだんだ……」

ここに至ってトーマス・トランブルがはじめて議論に加わった。陽焼けして深い皺の刻まれた顔を陰険に顰《しか》めて彼は言った。「今浮かんだだって。本当はきのう考えて、そいつをここでやりたいばっかりに、わざとこの下らない議論をおっぱじめたんだろう。そいつがまた例の『イリアス』だったら、ただじゃあおかない。ここから放り出してやるからな」

「『イリアス』じゃあないよ」ホルステッドは言った。「このところ、あれはやっていないんだ。声に出して読んじゃあ意味がないから、書いて回すよ」

彼は新しいナプキンに黒々と活字体で大書した。

YOU CAN'T CALL THE BRITISH QUEEN MS.
TAIN'T AS NICE AS ELIZABETH IS.

BUT I THINK THAT THE QUEEN
WOULD BE EVEN LESS KEEN
TO HAVE HERSELF MENTIONED AS LS.

ミズとは呼ばれぬイギリス女王
エリザベスとて名にし負う
　しかし天下の女王さま
　世の習いとて呼ばるるまま
リズと言えるはなお不興

ゴンザロは回ってきた戯詩を見て声を立てて笑った。「なるほど。ＭＳがミズだと知っていりゃあ、ＬＳはリズとなるわけか」

「わたしはまた」ドレイクは厭味に言った。「ＬＳは〝ラニュスクリプト〟かと思ったよ。ＭＳと韻を踏むんだから（ＭＳをマニュスクリプトと見立てた）」

アヴァロンは口をすぼめて頭をふった。「TAIN'Tを使っているところに難があるねえ。音節を一つ落とすなら他にやり方があるはずだよ。それと、厳密を期するならＩＳで韻を踏ませるところは、ただSとだけ書くべきではないかな」

ホルステッドは真顔でうなずいた。「その指摘は正しいよ。わたしもそうしようかと思わないではなかった。でも、そうするとわかりにくくなって、なかなか笑ってもらえないんじゃないかと思ってね。それと、もう一つ、そこがこのリメリックとしては一番凝っているところでね。LSが頭に比べてずっと軽い感じになる」

「どうでもいいけど、そういう落書きに大層な理屈をつけなきゃあならんのかね、本当に？」トランブルが言った。

「これでわたしの言いたいことはわかってもらえたはずだよ」ホルステッドは言った。「おかしみは目に訴えることもできるんだ」

トランブルは言った。「じゃあ、もうその辺にしてくれ。きょうのホストはわたしだからね。命令だ。……ヘンリー、デザートはまだか？」

「はい、ただいま」ヘンリーは静かに言った。トランブルの催促がましい言い方に少しも動じるふうもなく、彼はてきぱきとテーブルを片づけてブルーベリーのショートケーキを並べた。

すでにコーヒーは注がれていた。トランブルのゲストは低い声で言った。「わたしには紅茶をもらえますか？」

ゲストは上唇が横に長く、それに釣合いを取るように顎も長かった。髪の毛は濃かったが髭はなかった。彼は熊を思わせる前屈みの姿勢で歩いた。はじめて紹介された時、ルービンだけは彼の名前に心当たりがあるらしかった。

彼は言ったのだ。「航空宇宙局《NASA》においでじゃあありませんか？」

ウォルドマー・ロングは半ば不本意ながらも身分を隠しているところを見顕《みあら》わされたとでも

いうように、ぎくりとして「ええ」と言い、眉をひそめた。ヘンリーが紅茶を注ぐ間、彼は再び眉をひそめて、ひっそりと鳴りをひそめていた。

トランブルは言った。「この辺でそろそろゲストにも話に加わってもらって、とりわけ愚劣なやりとりに終始した今夜の席に、いくらかまともな話題を提供してもらう」

「いや、いいんだよ、トム」ロングは言った。「他愛のない話も結構じゃないか」彼の声はよく通る美しい響きを持っていた。そして、その声には深い憂いがこもっていた。彼は言った。「わたしは、自分では軽口を叩けない男だけれども、人がおかしなことを言うのを聞くのは好きなんだよ」

ホルステッドは相変わらずリメリックにこだわって、突如やけに力んで言った。「今夜はマニーに尋問の任に当たらせるべきではないと思う」

「ほう」ルービンは挑戦的にまばらな髯を逆立てた。

「そうさ。勧告しておくよ、トム。マニーに尋問を任せてごらん。彼はまた、今までにもう何度も話した宇宙計画の話を蒸し返すに決まっているんだ。NASAの関係だからね。宇宙の話だの、月に住めるかどうかなんていう話はもううんざりだよ」

「わたしに比べたら、まだまだでしょう」ロングは意外にも言った。「わたしは宇宙探検の話など、もう一切したくありません」

彼の突き放すような言い方に、一座はすっかり白けきった。ホルステッドすら、一瞬話の接ぎ穂を失った。NASAの人間を相手に宇宙以外の何を話題にするべきか彼は知らなかった。

ややあって、ルービンは椅子の上でもぞもぞと腰を動かしながら言った。「察するところ、ドクター・ロング。あなたのそういう態度は、ほんの最近のことでしょう」

ロングはきっとルービンに向き直ると、目を細めて言った。「どうしてそんなことをおっしゃるんです、ルービンさん？」

ルービンは小さな顔にめったに見せたことのない薄笑いを浮かべた。「なあに、そう大袈裟なことじゃありませんよ、ドクター・ロング。あなた、去年の冬アポロの打ち上げを見学に行った団体の船に乗っておられたでしょう。わたしも知識社会の文芸部門代表ということで招待されたんですが、行かれなかったんです。でも、案内書を貰いましてね、その中にお名前がありました。何か、宇宙計画の問題について講演をなさることになっていましたね。内容は忘れましたが、あなた、ご自身その講演を買って出られたんでしょう。だとすれば、あなたが宇宙の話なんぞはしたくないとおっしゃるようになったのは、あの船旅以降六か月の間ということになるじゃありませんか」

ロングは小さく何度も繰り返しうなずいて言った。「どうやらわたしは、ほかの何よりもあの件で世間に知られているようですな。あの馬鹿げた船旅のお陰で、わたしは有名にもなったわけだ」

「まだありますよ」ルービンは調子づいて言った。「船旅の途中で何かがあって、あなたは宇宙探検に厭気がさした。NASAを辞めて、全然別の世界へ移ることを考えておいでなんじゃありませんか」

ロングの目はすわっていた。彼はルービンに指を突きつけた。その長い人差指は微動だにしなかった。「あんまりお調子に乗るな」言うなり彼は怒りをこらえて立ち上がった。「申し訳ない、トム。どうもご馳走さま。わたしはこれで失礼するよ」

一同は口々に何やら言いながら立ち上がった。ルービンだけは茫然とした顔で坐ったままだった。

トランブルは大声で皆を制した。「まあ待てよ、ウォルドマー。いいから、みんな坐れよ。ウォルドマー、きみもだ。何をそう興奮してるんだ？　ルービン、いったいどういうことなんだ？」

ルービンは空《から》のコーヒーカップを覗き込み、コーヒーがあればひと口啜《すす》って時間を稼げるのにとでもいいたげにそれを持ち上げた。「ぼくはただ、論理の連鎖というものを披露しただけのことさ。こう見えても、ミステリを書いているんだからね。どうやら、それが神経に障ったらしいよ」そして、彼はかたじけなさそうに言った。「ありがとう、ヘンリー」彼のカップには濃いコーヒーがなみなみと注がれていた。

「論理の連鎖だって？」トランブルは詰め寄った。

「つまりね、こういうことさ。ドクター・ロングは、『あの馬鹿げた船旅のお陰でわたしは有名にもなったわけだ』と言った。〝にも〟というところに力が入っていたね。ということは、何かほかのこともあったわけさ。で、そこで話題になっているのは、宇宙探検にかかわる一切に対する彼の嫌悪だったから、ぼくはそのほかの何かが彼に嫌悪を植えつけたに違いないと推論した。彼の態度から、ぼくはその嫌悪が仕事を辞めてしまいたいと思うほど激しいものらしいと推量したんだよ。それだけのことさ」

ロングは前とまったく同じように小さく何度も繰り返しうなずいて席に戻った。「わかりましたよ。失礼しました、ルービンさん。ついかっとなってしまって。正直な話、わたしはNASAを辞めます。事実上、すでにわたしはもう辞めているんです。どうせもうお払い箱ですから。それだけのことですよ……話題を変えましょう。トム、きみはここへ来れば気晴らしになると言っていたけれども、どうやらその効果はなかったね。それどころか、わたしの辛気臭い気分が影響して、せっかくの集まりを台なしにしてしまったみたいだ。皆さん、どうも申し訳ありません」

アヴァロンはきれいに刈り揃えた灰色の口髭をそっと撫でながら言った。「どういたしまして、われわれにとっては実に恰好な機会を提供してくださいましたよ、われわれの好奇心を煽るという。その件について、お尋ねしてもよろしいですか?」

「やたらに話すべきことではないのです」ロングは予防線を張った。

トランブルが言った。「話す気があったら話せよ、ウォルドマー。細かいことは言わなくていいんだ。それに、何事であれ、この部屋で話されたことは、一切外へは洩れないからね。それから、念のために言っておこう。これを言う必要がある時には、わたしは必ず断わることにしているんだが、この秘密の同盟にはわれらが尊敬すべき友人、ヘンリーも加わっているんだよ」

サイドボードの脇に立っていたヘンリーはにっこり笑った。

ロングはやや躊躇《ためら》ってから言った。「実を言いますと、皆さんの好奇心にお応えするのはたやすいことなのです。それに、少なくとも推理はお手のものとおっしゃるルービンさんは、すでにだいたいのところを察しておいでだろうと思います。わたしは、故意ないしは不注意による機密漏洩《ろうえい》の嫌疑をかけられているのです。いずれにしたところで、建前としてはそうではないとしても、わたしは将来、自分の専門の分野で冷や飯を食わされることは目に見えています」

「村八分ですか」ドレイクが言った。

「そのとおりです」ロングは言った。「誰もそうは言いません。しかし、結果としてそういうことになるのです」

「あなたは機密漏洩など犯していないわけですね」ドレイクが言った。

「ところが、わたしは犯してしまったのです」ロングは頭をふった。「わたしは否定しませんでした。ただ、具合の悪いことに、当局はわたしが認めた以上に根は深いと考えているのです」

しばらくの沈黙の後アヴァロンがいかにもあらたまった様子で言った。「ひとつ、はじめからお聞かせ願えませんか？　ここで話していただけることはありませんか。それとも、今までのお話以上はさしつかえますか？」

ロングは片手で顔をこすり、椅子を下げてうしろの壁に頭を凭《もた》せた。

彼は言った。「およそつまらない話ですよ。ルービンさんがおっしゃったように、わたしはその船に乗っていました。ある宇宙計画について講演することになっていたのです。これはかなり大掛かりな計画でして、わたしはまさにその進行中の雄大な計画に沿ってかなり詳しい話をするつもりでいました。ここでその詳しい話というのを申し上げるわけにはいきません。わたしは苦労して資料を集めました。中には機密事項とされていることもあったのですが、講演の中でそれに触れてもいいという許可を得ていました。ところが、いよいよあす講演という日になって、わたしは無線で講演差止めの連絡を受けたのです。機密扱いは解かれていないということでした。

「わたしはかっとしました。そうなんです、わたしはすぐにかっとなる性質でして。それに、わたしは準備なしで講演することが大の苦手なのです。わたしは時間をかけて草稿をまとめて、それを朗読することにしていました。講演としては、うまいやり方とは言えません。それはわかっているのですが、わたしはそうしないと駄目なのです。それなのに、大枚の金を払ってわたしの話を聞きに船に乗ってきた人たちを前にして、わたしはしゃべることがなくなってしまったのです。何とも、これには困りました」

「で、どうなさいました?」アヴァロンが尋ねた。

ロングは頭をふった。「次の日、わたしは何ともお粗末な質疑応答でお茶を濁しましたよ。まるでうまくいきませんでした。あれなら、はじめから演壇に上がらなかったほうがよっぽどましです。いや、その時はすでに、わたしは厄介なことになっているのを知っていました」

「とおっしゃいますと?」アヴァロンが言った。

「娯楽読物ふうのおはなしをお聞きになりたいですか」ロングは言った。「まあ、こんなふうでした。すでにお気づきのことと思いますが、わたしは食事の席ではあまりしゃべるほうではありません。ところが、その無線の連絡を受けてからディナーの席へ行った時、わたしはまるで憤怒の形相で息絶えた死人とでもいったらいいような顔をしていたらしいのです。同席の人たちは一所懸命わたしに話しかけてくれました。もっとも、それはわたしのせいで座が白けてしまうのが迷惑だったからだと思いますが。そのうちに、中の一人が『ところで、ロング先生、あすはどんなお話をなさるんですか？』と言いました。わたしはついかっとして、『何も話しません。話なんかするもんですか。講演の草稿はまとめてありますがね。今、わたしのキャビンの机の上にあります。でも、講演はできないんです。中身はまだ機密事項だってことを、たった今知らされたんですから』と言ったのです」

「で、その草稿が盗まれたわけですね」ゴンザロが身を乗り出して言った。

「いいえ。いまどき、誰が盗むなんていうことをするもんですか。写真を撮ったんですよ」

「確かですか？」

「その時すぐにそう思いました。ディナーの後、キャビンへ帰ってみると、ドアの錠が開いていて、草稿をいじった跡がありました。その後、わたしが思ったとおりだということが明らかになりました。情報が洩れていることが判明したのです」

ぎごちない沈黙が一座を覆った。やがて、トランブルが言った。「犯人の心当たりは？　誰がきみの話を聞いていたね？」

「テーブルの皆さ」ロングは消沈して言った。

ルービンは言った。「あなたの声はよく通りますよ、ドクター・ロング。そんなにかっとなっておられたとすると、かなり大きな声を出されたんじゃありませんか。きっと、まわりのテーブルにも聞こえていますよ」

「いえ」ロングは首を横にふった。「歯をぐっと噛みしめていましたから、そんな大きな声は出しませんよ。それに、あの船の状態から言っても、まわりに聞こえているはずはありません。団体は定員にはるかに満たない有様だったんですよ。宣伝も行き届いていないし、実際、客も集まっていませんでした。船は定員の四割しか客を乗せていないんですから、船会社はだいぶ損をしたろうと思いますよ」

「それでは」アヴァロンが言った。「あなたの災難は別として、淋しい船旅だったでしょう」

「ところがどうして、その時まではなかなか快適だったんですよ。あのことがなければ、最後まで楽しかったろうと思います。何しろ乗組員のほうが客より多いくらいですから、サービスはもう満点でした。船内はどこへ行ってもがらがらです。食堂もゆったりと席を取って、各テーブルが小ぢんまりとまとまっている感じでした。わたしのテーブルには全部で七人でした。誰かが食事の前に、ラッキー・セヴンと言いましたっけ」ロングは一瞬ますます気が滅入ったかと思われた。「まわりのテーブルはどれも空いていました。わたしたちの話は、テーブルにいた者にしか聞こえていないはずです」

「となると、怪しいのは七人ですね」ゴンザロが眉を寄せて言った。

「六人です。わたしを数える必要はないんですから」ロングは言った。「わたしは草稿のありかも、中身も知っているんですからね。何も自分の言葉を聞くまでもないわけです」

「でも、あなたも疑われているんでしょう。そういう意味のことを言ってたじゃないですか」

ゴンザロは言った。

「わたし自身が疑うはずはないでしょう」ロングは言った。

トランブルは詰《なじ》るように言った。「わたしに話してくれたらよかったのに、ウォルドマー。このところ、どうも様子が変だと思って心配していたんだ」

「話したとして、きみはどうしたね?」

トランブルはちょっと考えてから言った。「どうもこうもないさ。まず、ここへ連れてきたろうね。……まあ、それはさておき、そのテーブルの六人のことを話してくれよ。どんな連中だね?」

「一人は船医でした。ユニフォームの実によく似合う押出しの立派なオランダ人でしたよ」

ルービンが言った。「なるほど。あの船はオランダ—アメリカ間を走っている客船でしたね」

「ええ。高級船員は皆オランダ人でした。乗組員、つまり給仕とかボーイとかは、ほとんどがインドネシア人です。三か月間英語の特訓を受けたとかで。でも、たいていは手真似で用が足りました。それはそれでいいのです。皆なかなか面白い連中で、とても真面目でした。普段より客がずっと少なかったせいもあって、実によくやってくれました」

「その船医は、どこか疑わしい節がありますか?」ドレイクが尋ねた。

ロングはうなずいた。「怪しいと言えば全部怪しいのです。船医は無口な男でした。そのテーブルでは、船医とわたしがいつも黙りこくっているのです。他の五人は、まあ実によくしゃべりました。ちょうど、ここにいらっしゃる皆さんのようにです。船医とわたしはもっぱら聞き役でした。なぜその船医をわたしが怪しいと思ったかと言いますと、講演のことを尋ねたのが彼だったからです。個人的な質問をするというのは、およそ彼らしくないんです」

「医者の立場から、あなたに気を遣っていたんじゃありませんか」ホルステッドが言った。

「あなたの気持を引き立てようとしていたのかもしれない」

「あるいは、そうかもしれません」ロングは気のない返事をした。「あの時のディナーのことはよく憶えています。何度も頭の中でふり返ってみましたから。いろいろな人種が混じっていましてね、それで、テーブルでは皆オランダ製の紙の帽子をかぶせられました。料理は特製のインドネシア料理でした。帽子はいいんですが、わたしはどうもカレー料理というやつが苦手でしてね。で、オードヴルにカレー煮の羊の小さな皿が出たところで、船医はわたしに講演のことを訊いてきたのです。上のほうのふざけたやり方にむしゃくしゃしていたところへカレーの匂いがぷーんと来たもので、ついわたしはかっとなってしまったのです。もし、カレーが出なかったら、あるいは……。

「とにかく、そのディナーの後でわたしは誰かがキャビンに入ったことに気がついたのです。機密扱いであろうとなかろうと、草稿の中身はそれ自体さほど重要なことでもなかったのですが、問題は何者かがそうやっていち早く行動を起こしたということです。船内の誰かがスパイの手先だ、ということで、そこが実際の出来事よりも深刻なのです。今回盗まれた情報が大したことはないとしても、次には決定的な情報が洩れる危険があるんですから。ですから、報告の義務があると思いました。わたしは善良な一市民として、報告したのです」

ルービンは言った。「当然、まず船医が疑われたでしょう。質問をしたのが船医だし、あなたの答を聞いているんですから。ほかの連中は聞いていなかったかもしれないでしょう。船医は高級船員として船の中をよく知っているし、あなたのキャビンへ行く近道も知っているはずですよ。合鍵も持っているんじゃありませんか。船医があなたより先にキャビンへ行く機会はありましたか?」

「ええ、ありました」ロングは言った。「わたしも今おっしゃったことを全部考えてみました。ただ、困ったことに、テーブルにいた者はみなわたしの言ったことを聞いているのです。ひとしきり、機密保持の方法が話題になりましたから。わたしは黙っていましたが、ペンタゴン・ペーパーのことが云々《うんぬん》されていたのを憶えています。それに、わたしのキャビンがどこだかも、皆知っているのです。前の晩にわたしはテーブルの人たちをキャビンへ招《よ》んでささやかなパーティを開きましたから。おまけに、キャビンの錠は、多少心得がある人なら、誰でも簡単に開けられるのです。出ていく時に閉めなかったのは失敗でしたけれども、まあ、誰であるかはともかく、かなり慌てていたんでしょう。何よりも、テーブルにいた者は全員、食事中にわたしのキャビンに行く機会があったのです」

「ほかの人たちというと、誰々です?」ホルステッドが尋ねた。

「夫婦者が二組と、若い女性が一人でした。その若い女は、仮にミス・ロビンスンとしておきますが、ぽっちゃりしたなかなかの美人でして、実にユーモアのある人でした。ただ、食事中平気で煙草を喫うのには参りましたね。どうも、その人は船医に気があったんじゃないかと思います。その人はわたしと船医の間に坐っていました。席はいつも同じなのです」

「その女性が、あなたのキャビンに行く機会があったというのは、いつですか?」ホルステッドが訊いた。

「わたしが草稿のことを言ったすぐ後です。実はわたし、考えごとをしていたものですから、その人が席を立ったのに気がつきませんでした。でも、後になって思い出したんです。ホット・チョコレート騒ぎの前にその人は戻ってきました。手を貸そうとしていたのを憶えていますから」

「どこへ行くと言いましたか?」

「その時は誰も尋ねませんでした。後で事情を聞かれて、自分のキャビンの手洗いへ行ったと言いました。それは事実でしょう。でも、その人のキャビンはわたしのキャビンのすぐ近くなのです」

「誰もその女を見てないんですか?」

「見ていないでしょう。客は全部食堂にいましたし、インドネシア人の目にはアメリカ人は皆同じに見えますから」

アヴァロンが質問を挟んだ。「その、ホット・チョコレート騒ぎというのは?」

ロングは言った。「そこで、夫婦者の片方が出てくるのです。スミス夫妻としておきましょう。もう一組はジョーンズ。逆でも構いません。どっちでも同じことです。スミスというのは、騒々しい話し方をする男でしてね。ちょうど、その、ここで……」

「ええ、ええ、わかってますよ、言われなくても」ルービンが言った。

「そうですか。では、言わずにおきましょう。スミスも講師の一人でした。実は、スミスもジョーンズも講師なのです。スミスは早口で、よく笑う男でした。何を言っても、必ず裏の意味、それも、少々露骨な意味があるような言い方をしましてね、一人で悦に入っているんです。しまいにはほかの連中もつりこまれて笑っていました。一風変わった男でしたよ。はじめて会った時にはどうしても好きになれません。馬鹿じゃないかと思ってしまうのです。ところが、付き合ってみると憎めないんですね。上辺《うわべ》はちゃらんぽらんですが、その実、それは頭の切れる男でした。今でも憶えているんですが、最初の晩、船医はスミスのことを頭の狂った患者を見るような目つきで見ていました。でも、航海が終わるころには、ぞっこん惚れ込んでいましたよ。

「ジョーンズのほうはとても物静かな男でしてね。最初のうちはスミスが露骨な話を平気でするのに辟易《へきえき》しているようでした。ところが、いつの間にかスミスの向こうを張ってきわどい話などするようになっていました。これにはスミスのほうがたじたじだったようです」

アヴァロンが言った。「二人の専門は何ですか？」

「スミスは社会学、ジョーンズは生物学です。つまり、宇宙探検はいろいろな分野の視点で考えなくてはならないという発想ですよ。趣旨はよかったのですが、実際にはずいぶん問題がありました。でも、中には実に質の高い講演もありましたよ。マリナー9号の話や、火星の新しいデータの話もあって、これなどは、非常に充実していました。いや、これは横道です。

「騒ぎの張本人はスミス夫人でした。すらりとした、細身の婦人でしてね。いわゆる美人というわけでは決してないんですが、何しろ魅力的な人柄なのです。とても控え目で、いつも他人のことを考えて暮らしているような人でした。皆、たちまちこの人のことが好きになりました。スミス自身、この奥さんには夢中だったようです。わたしが講演のことで口を滑らした晩、スミス夫人はホット・チョコレートを注文しました。チョコレートはおそろしく背の高いグラスで運ばれてきました。頭でっかちなやつです。おまけに、気取ったつもりでしょうか、盆に乗ってきたのです。

「スミスは例によって、両手をふりまわしながら盛んに何やらしゃべりまくっていました。この男は、話をする時は体じゅうを動かすのです。船が揺れて、彼の体も傾きました。いや、それはともかく、ホット・チョコレートがスミス夫人の膝にもろにひっくり返ってしまったのです。

「夫人は飛び上がりました。皆も立ち上がりました。ミス・ロビンスンがさっと夫人の傍へ行きました。それを見てわたしは彼女がいつの間にか戻っていることに気がついたのです。スミス夫人は、大丈夫と言ってさっさと食堂から出ていきました。スミスはすっかりうろたえて、オランダの紙帽子をかなぐり捨てて後を追っていきました。五分ほどして、スミスはボーイ長に向かってしきりに何か言いながら戻ってきました。それからわたしたちのテーブルへやってきて、スミス夫人が着ているものはみんな洗濯がきくから、心配しなくていいと言っている、と言いました。火傷《やけど》もしなかったし、誰が悪いわけでもない、騒ぎ立てることは何もないのだから、早く皆にそう言ってくれといってスミスを追い帰したのだそうです。

「スミスも、心配しなくていい、大丈夫だからと言いました。家内が戻るまで、皆さんテーブルにいてくださいと言うのです。夫人は着替えをしてまた出てくる、何事もなかったように、また皆でなごやかにテーブルを囲みたい。それが家内の望みだから、と彼は言いました。もちろん、わたしたちはそうすることにしました。別に他に予定もありませんでしたし」

アヴァロンが言った。「つまり、その奥さんがあなたのキャビンに行く時間はあったということですね」

ロングはうなずいた。「ええ、そういうことになると思います。まさか、あの人がと思うんですが、しかし、こういうことは上辺で判断するのは禁物でしょう」

「で、皆じっとしていたんですね?」

「船医は席を立ちました。火傷をしているといけないから、診療室から薬を取ってくると言って。でも、スミス夫人が戻るより一、二分前にテーブルに帰っていました」

アヴァロンは自分の言葉に重みを加えるかのようにゆっくりと指先でテーブルを叩きながら言った。「その時に船医があなたのキャビンに行ったとも考えられるわけですね。それから、ホット・チョコレート騒ぎの前に席をはずしたロビンスンという若い女性も一応疑えば疑える」

ルービンが言った。「ジョーンズ夫妻はどうなんです?」

ロングは言った。「まあ聞いてください。スミス夫人は戻ってきて、火傷はしていないと言いました。ですから、船医は薬を出す必要がなかったのです。つまり、船医がはたして本当に薬を取りにいったかどうか、はっきりしないわけですよ。口実だったかもしれません」

「でも、火傷をしていたとしたら？」ホルステッドが言った。

「その時は、薬が見つからなかったと言えばいいし、あるいは診療室で手当てをしようとも言えるわけです。どうにでもなりますよ。ともかく、わたしたちはまた何事もなかったようにテーブルを囲みました。そうこうするうちにディナーも終わりました。すでにその頃は、テーブルに残っているのはわたしたちだけになっていました。皆キャビンへ戻って、ジョーンズ夫人とわたしだけ後に残りました」

「ジョーンズ夫人？」ドレイクが聞き返した。

「ジョーンズ夫人についてはまだお話ししていませんでしたね。黒い髪と黒い目をしたとてもはなやかな女の人でした。匂いの強いチーズには目がないんです。チーズの皿が回ってくると必ず取って食べていました。話をする時には相手の顔をじっと覗き込むもんですから、相手はもう、自分だけが彼女の関心を独占しているというような気持にさせられてしまいます。ジョーンズは明からさまには態度に出しませんでしたが、とてもやきもち焼きらしいのです。彼が奥さんから二フィート以上離れたのは、わたしの見た限りこの時だけでしたよ。彼は立ち上がってキャビンに帰ると言いました。そうすると、奥さんはすぐに後から行くから、と言ってわたしに向き直りました。『火星の段丘氷原がどうしてそんなに重要な意味を持っているのか、説明してくださいません？　お食事の間ずっと先生にお伺いしようと思っていたんですけれど、ついその機会がなくて』ジョーンズの奥さんはそんなふうに言いました。

「ちょうど例の火星について面白い講演のあった日で、奥さんが講演をした当の天文学者ではなくて、わたしに質問してきたことで、わたしは悪い気はしませんでした。奥さんは当然わたしがその天文学者と同じくらいの知識を持っているものと思い込んでいるようでした。で、わたしは得意になって話しました。奥さんは、しきりに『まあ、面白いこと』を連発しました」

アヴァロンが言った。「で、その間にジョーンズがあなたのキャビンに行った可能性があるというわけですね」

「考えられないことではありません。後になってわたしもそう思いました。あの夫婦があんなふうに別行動を取るというのは、ちょっと珍しいことでした」

アヴァロンは言った。「この辺でひとつ、まとめてみましょう。四つの可能性が考えられますね。ホット・チョコレート騒ぎの前に席をはずしたミス・ロビンスン。スミス夫婦の共謀。スミスがわざとホット・チョコレートをひっくり返して、スミス夫人が情報を盗む段取りをつけたということは考えられます。それから、薬を取りにいくと言って席を立った船医。そして、ジョーンズ夫婦の共謀。ジョーンズ夫人がドクター・ロングを引き止めている間に、ジョーンズが情報を盗んだ」

ロングはうなずいた。「今おっしゃったことはすべて検討されました。船がニューヨークに着くのを待たずに、保安当局は六人の背後を洗いだしました。ご承知のとおり、この場合は疑惑があればそれで当局が行動を起こすには充分なのです。スパイが正体をあばかれない方法はただ一つ。疑われないようにすることです。防諜機関が目をつけたらどんなスパイだって最後には必ず化けの皮を剝がれます。徹底的な捜査の目を誤魔化すことはできませんからね」

ドレイクが言った。「結局、誰が犯人でしたか?」

ロングは溜息を吐いた。「問題はそこです。全部白なのです。六人とも。彼らが見かけどおりの人間ではないことを示す証拠は何もないらしいのです」

ルービンが言った。「〝らしい〟というのは、どういうことですか?　あなたも捜査に加わっておいでなんでしょう?」

「調べられる側なんですよ。その六人が白であればあるほど、当局にはわたしが怪しく見えるのです。わたしが当局に、六人のうちの誰かとしか思えないと言いました。そう言わずにはいられませんでしたから。ところが、彼らが六人とも白だとなると、当局はわたしが何かもっと大きなことを隠すために、話をでっち上げたと疑ってかかるしかないのです」

トランブルは言った。「まさか、そんな、ウォルドマー。それはあり得ないよ。きみが犯人だとしたら、自分から事件を報告して何の得になるって言うんだ?」

「そんなことは向こうの知ったことじゃないんだ」ロングは言った。「とにかく、現実の問題として情報は漏洩した。で、その六人の中から犯人が出てこない以上、当局としてはわたしの仕業だということにしなくてはおさまらないんだよ。動機が理解に苦しむものであればあるほど、何かおどろおどろしいものがその奥にあるように当局は考える。というわけで、わたしは進退きわまっているんだ」

ルービンが言った。「本当に、その六人以外には考えられませんか？　誰かほかの人間に話したようなことは、絶対にないと言いきれますか？」

「絶対にありませんよ」ロングはそっけなく言った。

「誰かに話したのを、忘れてしまったということだってあるかもしれませんよ」ルービンは言った。「ほんの何の気なしに話していたかもしれないでしょう。絶対に話してないと言えますか？」

「言えますね。無線連絡があったのはディナーの直前です。だから、ディナーの前に誰かに言う時間はありませんでした。ディナーの後も、テーブルからまっすぐキャビンに帰りましたから、誰にも、何も話したりしてはいません。何もです」

「無線のやりとりを誰か聞いていませんでしたか？　盗聴されていたかもしれないでしょう」

「たしかに、船員が何人か傍に立っていましたが、わたしの上司は暗号で話しました。わたしにはその意味がわかりましたけれども、他人にはわからなかったはずです」

「あなた自身も暗号で話されたんですか？」ホルステッドが尋ねた。

「何と言ったか今でもはっきり憶えていますよ。『もしもし、デイヴ』それから、『勝手にしろ』それだけです。このふた言しか言っていません。余計なことは何も言いませんでした」

ゴンザロが突然目を輝かせてぱちんと手を鳴らした。「ねえ、今ずっと考えていたんだがね、こいつはそんなに計画的だったんだろうか？　もっと偶然なのかもしれないじゃないか。そうだろう。NASAの人間が何か面白い話をするっていうことは皆はじめから知っていたわけだよ。で、誰かが……誰だっていいさ、毎日ディナーの間船内を物色して歩いていた。そのうちに、その、あなたの草稿に出くわして……」

「いえ」ロングはきっぱりと言った。「機密に触れる講演の草稿が机の上にあるとわたしが言ってから一、二時間のあいだに、誰であれ偶然にそれを見つけるなどというのは土台考えられないことですよ。それに、草稿を読んだとしても専門家でない人にその重要性がわかるようなことは何一つ書いてはありません。わたしが機密だと口を滑らしたことで、はじめてそこに重大な情報が含まれていることが他人に伝わったのです」

アヴァロンは考え深げに言った。「テーブルにいた誰かが何の他意もなくそれを別の人間に話したとは考えられませんか。途中でテーブルを離れた時に、何の気なしに言ったかもしれないでしょう。『ロング先生のこと、ご存じですか。お気の毒にね。せっかく準備なさった講演を差止められてしまったとかで』で、それを聞いた何者かが情報を盗んだという……」

ロングは首をふった。「そうだったらいいと思います。しかし、それはあり得ません。それは、誰であれわたしのテーブルにいた顔触れがみな潔白でなくてはあり得ないことです。ところが、もしスミス夫妻が事件に無関係だったとすれば、二人ともホット・チョコレートのことしか頭になかったはずです。誰かとそんな話をする余裕はなかったでしょう。船医は薬を取りにいくことしか考えていなかったでしょう。ジョーンズが無関係だったとすれば、テーブルを離れる頃にはすでにそんなことはきれいさっぱり忘れていたに違いありません。仮に何か人に言ったとしても、おそらく、ホット・チョコレート騒ぎのことを話題にしたと思います」

ルービンが大声を張り上げた。「なるほど。でも、ミス・ロビンスンはどうです？　彼女はホット・チョコレート騒ぎの前に席をはずしているんでしょう。きっと彼女の頭にあったのは、あなたのジレンマだけですよ。彼女が何かしゃべったんじゃあないですか」

「そうでしょうか」ロングは言った。「もし彼女が白だとしたら、自分でも言ったとおりキャビンの手洗いに行ったのでしょう。食事の途中で立たなくてはならなかったくらいですから、よっぽど急いでいたんですよ。そんな状態で、立ち止まって他人のことをごちゃごちゃ言うとはとても考えられません」

沈黙が一座を覆った。

ロングは言った。「捜査は今後も続けられるでしょう。やがては真相が究明されるでしょう。何のことはない、運悪く機密が漏洩したというだけでわたしが罪に問われたことはわかりきっています。しかし、その時はもうわたしは社会的には葬られているでしょう」

「ドクター・ロング」そっと尋ねる声がした。「一つ質問させていただけますでしょうか？」

ロングはびっくりして顔を上げた。「質問？」

「わたくし、ヘンリーでございます。〈ブラック・ウィドワーズ〉の皆さまは、ときたまわたくしにも……」

「待ってました、ヘンリー」トランブルが言った。「何かわたしらが見逃していることがあるかね？」

「はっきりとは申しかねますが」ヘンリーは言った。「ドクター・ロングは犯人はその時テーブルが一緒だった六人以外には考えられないとお思いでいらっしゃいますね。捜査当局もそれを自明のことと受け取っているのでございますね……」

「そうとしか考えられないからね」ロングは言った。

「なるほど。ではお尋ねいたしますが」ヘンリーは言った。「ドクター・ロングは捜査当局に、カレーのことをおっしゃいましたでしょうか？」

ロングは問い返した。「カレーが嫌いだということを？」

「はい」ヘンリーは言った。「その点は捜査の途中で問題になりましたでしょうか？」

ロングは両手を拡げて首をふった。「いや、そんなことには触れなかったと思うよ。だって、そうだろう。関係ないことだよ。ただ、わたしが口を滑らしたことの、言い訳にすぎない。さっきそれを言ったのは、皆の同情を惹きたいという気持があったからだと思うがね、しかし、捜査のためには何の意味もありはしない」

ヘンリーはしばらく口をつぐんだ。トランブルが言った。「カレーに何か意味があるというのかね、ヘンリー？」

「わたくしはあるように存じます」ヘンリーは言った。「これはちょうど、ホルステッドさまが先程リメリックに関しておっしゃいましたことに通じるのではございませんでしょうか。リメリックのおかしみは、場合によっては耳だけでなく、目にも訴えるべきものであるというお話でございました。ある情景は、それを目で捉えなくては充分とは言えないのでございます」

「どうも、言っている意味がわからないね」ロングは言った。

「よろしゅうございますか、ドクター・ロング」ヘンリーは言った。「あなたは、船内の食堂で、ほかの六人と一緒にテーブルにお坐りになりました。ですから、あなたがおっしゃいましたことを聞いたのはその六人だけでございます。けれども、ご説明のありました情景を目の前にしたといたしますと、明らかに何かが欠けてはおりませんでしょうか？」

「いや、そんなことはない」ロングは頑《かたく》なに言った。

「たしかでございますか？」ヘンリーは言った。「今、ちょうど船の上と同じように、あなたは六人の方とテーブルに着いておいでございます。お話を聞いているのは何人でございましょう？」

「六人……」ロングは言いかけた。

　ゴンザロが横から言った。「七人だ。ヘンリーも入れて」

「そのテーブルには給仕は一人もおりませんでしたでしょうか、ドクター・ロング？　先程のお話によりますと、カレー煮の羊が出たところで船医が講演のことを尋ねた、ということでございました。で、カレーの匂いに耐えかねて、ついかっとなって機密のことを口に出してしまった、とおっしゃいましたですね。まさか、カレー煮の羊はひとりでにそこに湧いて出たわけではございませんね。実は、あなたがそれをおっしゃった時、テーブルには六人、そして、背中の死角の位置に第七の男がいたのでございます」

「ボーイが……」ロングは声にならぬ声で言った。

ヘンリーは言った。「給仕というものは、何か失礼をしたりしない限りは目立たぬものでございます。そつのない給仕は目につきません。お話によりますと、サービスは満点でしたそうでございますね。ひょっとして、その給仕はわざとホット・チョコレートをこぼして騒ぎを起こしたのではございませんでしょうか。あるいは、偶然の騒ぎに乗じてその給仕が情報を盗んだのではございませんでしょうか。給仕が大勢で客の数が少ないのでございますから、その男がしばらくいなくなったとしましても、誰も気にはしなかったはずでございます。気づかれたとしましても、用足しに行ったと言い張ればよいのでございます。給仕なら、船医と同じようにキャビンの配置をよく知っておりましょう。合鍵も持っていたのではございませんでしょうか」

ロングは言った。「しかし、インドネシア人だよ。英語はまるで話せない」

「本当にそうでございますか？　三か月の特訓を受けているのでございましょう。もしかすると、できないふりをしているだけで、本当は英語が得意だったかもしれません。スミス夫人は本当は見かけほど思いやりのある優しい方ではなかったかもしれませんし、ジョーンズ夫人のはなやかな感じも上辺だけだったかもしれません。それはお認めになりましょう。船医の立派な態度や、スミスの陽気なふるまい、ジョーンズの真面目さ、ミス・ロビンスンが用足しに立ったこと、みな見せかけだったかもしれないわけでございますね。だとしますならば、給仕が英語ができないのも、見せかけではないと申せましょうか？」

「畜生め」ロングは時計を見て言った。「こんな時間じゃなかったら、今すぐワシントンに電話するんだがな」

トランブルは言った。「誰か、自宅の電話がわかるようなら、すぐ連絡したほうがいい。きみの社会的地位の問題だぞ。給仕も調べるべきだと言うんだ。断わっておくが、誰かに知恵を借りたとは絶対に言うなよ」

「自分で思いついたって言うのか。今までどうしてそこに気がつかなかったかって言われたら?」

「そっちこそ何で気がつかなかったんだ、って言ってやれ。テーブルには必ず給仕がいることをなぜ考えなかったかってさ」

ヘンリーは静かに言った。「どなたもお気づきでなかったとしても不思議はございません。わたくしのように、給仕のことを考えたりする人間はめったにいるものではございません」

"Out of Sight"

あとがき

これは〈エラリー・クイーンズ・ミステリ・マガジン〉一九七三年十二月号に『六人の容疑者』の題名で発表された。これまた、私は自分でつけた題名のほうがいい。

私はここに書いたような船の旅をしたことがあって、その時この話を思いついた。実際この話に出てくるようなことがいくつか起こったのだ。もっとも、私の知る限り、科学上の極秘情報や、ミステリの類は何もなかった。

最後に一言。過去の経験から察するに、私のところへ、今後も〈ブラック・ウィドワーズ〉の話を書くかという質問の手紙がどっと寄せられるに違いない。そこで、私ははっきりと言っておこう。私は書く。これで手紙は大幅に減るはずである。

実を言えば、これを書いている今、すでに私は〈ブラック・ウィドワーズ〉ものを六編書き終え、うち五編は〈エラリー・クイーンズ・ミステリ・マガジン〉に、一編は〈マガジン・オブ・ファンタジー・アンド・サイエンス・フィクション〉に渡してある。というわけで、やがて『黒後家蜘蛛の会2』と題する本が出ることになるだろう。

それは私自身の望むところでもあるのだ。こういう話を書くのは大変楽しいことだから。そして、それを読んでくださる読者諸賢にお礼を申し上げる。

訳者あとがき

天才と言われ、鬼才と言われ、また時には人間タイプライターとも呼ばれるアイザック・アシモフは、どこから話の種を見つけてくるのかという問に答えて言う。

〝何もむずかしいことはない。すべては経験だ。意欲さえあれば、誰にでもできることなのだ〟

しかし、アシモフの博覧強記を知っている人間は決してこれを額面どおりには受け取るまい。たとえば、〈ブラック・ウィドワーズ〉の話にしても、

〝幾とおりかの解釈が成立って、ヘンリーに正解を言わせることができる種がありさえすればもういただきだ〟

とアシモフは言うのだが、本書を一読すれば明らかなとおり、話の味噌は、種そのものにあるよりは、そこから幾とおりもの解釈を引きだしてくるところにあるのであって、そのために、アシモフの厖大な蓄積を誇る知識と人並みはずれた好奇心がどれほど物を言っているか知れない。誰にでもできることだ、というのは、だから、彼の反語的精神と自信のほどを披瀝《ひれき》する言葉にほかならないのである。

この短編連作は、読者に知的な喜びを与えるという点において当代一のアシモフの面目躍如といったところだが、誰よりも当のアシモフ自身が〈ブラック・ウィドワーズ〉たちとの付き

合いを非常に楽しんでいる。本書最終話のあとがきの中でアシモフが自ら言っているとおり、彼は〈ブラック・ウィドワーズ〉ものを書き続けて、すでにダブルデー社から十二の短編を集めた続編が出されている（これも、追って本文庫に収録されるはずである）。

その続編のあとがきにアシモフは書いている。

――続編を完成した今、私は最初の一冊のあとがきで言ったことを、ここでもう一度繰り返そうと思う。私はこれからも〈ブラック・ウィドワーズ〉ものを書くつもりである。一つには、私はヘンリーを含めて彼ら〈ブラック・ウィドワーズ〉たちにすっかり惚れ込んでしまったからであり、おまけに私は書かずにはいられないからだ。最近では、見るもの、することすべてがまったく自動的に、無意識のうちに私の頭の中のパイプラインを通過し、私はそれが〈ブラック・ウィドワーズ〉の種になりはしないかと、パイプの出口で待ち受けている始末なのだ。

そんなわけで、〈ブラック・ウィドワーズ〉は当分解散しそうにない。この分で行くと、いずれは奥方どうし集まってカクテルパーティでも開かなくてはならないだろう。

因《ちなみ》に題名について一言。

黒後家蜘蛛（学名 Latrodectus mactans）はアメリカに分布するクモであり、数少ない毒グモの中でも特に猛毒をもって知られる種類である。その毒はガラガラ蛇の毒よりも強いといわれ、非常に恐れられているのだが、姿はきわめて美しく、一センチあまりの漆黒の体で、腹部に砂時計を思わせる真紅の斑があるのが特徴である。このクモに咬まれると激痛を覚え、時には人をして死に至らしめるとさえ言われるが、毒を帯びているのは雌に限られている。雄は雌に比べてずっと体が小さい。雌は、空腹である場合、交尾の後、雄を餌食にするそうである。

（一九七六・一〇）

解説

太田忠司

ＳＦ界の巨匠、アイザック・アシモフの愛すべき連作ミステリ短編集『黒後家蜘蛛の会』が装いも新たに刊行されることとなった。以前の版のアシモフそっくりのキャラクターが愉快なカバーも、その前のレストランのテーブルと椅子が粋なカバーも大好きだが、今度の新しいカバーがどのようになるのか楽しみでならない。この解説が読者諸氏に読まれるときには当然明らかだろうが、僕がこの文章を綴っている現在、それはまだ姿を見せていない。きっと作品に相応しい愉快で粋なものになっているだろう。

さて、シリーズ第一巻であるこの本でアシモフ及び黒後家蜘蛛《ブラック・ウイドワーズ》の会に初めて接する方も多いかもしれないので、まずは簡単な紹介をしておこうと思う。

一九二〇年生まれのアイザック・アシモフは、その名前からわかるとおりユダヤ系のロシア人で、ソビエト連邦が成立した後にアメリカに移住した。子供の頃から書物、特にＳＦに親しみ、学生時代にはすでに実作を始め、「ファウンデーション」シリーズ、「ロボット」シリーズなどで地位を確立した。僕がＳＦを読み始めた一九七〇年代頃にはすでにアーサー・Ｃ・クラーク、ロバート・Ａ・ハインラインと共に世界三大ＳＦ作家に挙げられていた。彼が提唱した

「ロボット工学三原則」は創作の域を超えて実際のロボット工学にも影響を与えている。

一方、ミステリの分野でもアシモフは歴史に名を残した。先のロボット工学三原則を背景にした『鋼鉄都市』『はだかの太陽』『夜明けのロボット』はSFでありながら優れたミステリでもある。こうしたSFミステリの分野においてもアシモフはパイオニアであり、没後三十年近く経った現在でも第一人者であり続けている。

そしてもうひとつ、アシモフがミステリで大きな成果を挙げたジャンルがある。それが「安《アーム》楽椅子探偵《チェア・ディティクティブ》」という形式の作品だ。

探偵役が一定の場所から動かず、誰かが持ち込んできた謎を、話だけを頼りにその場で解明するというのが安楽椅子探偵の定型である。実際に安楽椅子に座っているわけではないのだけど、象徴としてこの言葉が使われている。代表的なシリーズとしてはマシュー・フィリップス・シールの「プリンス・ザレツキー」、バロネス・オルツィの「隅の老人」、ジェフリー・ディーヴァーの「リンカーン・ライム」、アガサ・クリスティの「ミス・マープル」（このシリーズすべてが安楽椅子探偵ものではないけれど）、そして日本でも鮎川哲也の「三番館」、都筑道夫の「退職刑事」、北村薫の「円紫さんと私」、東川篤哉の「謎解きはディナーのあとで」など、名作が多い。その中でも質量ともに代表的なシリーズが、この「黒後家蜘蛛の会」なのである。

月に一度、ミラノ・レストランで会食をする六人の男たち。彼らはこの集まりを〈黒後家蜘蛛の会〉と称し、会員あるいは招かれたゲストが語る謎について侃々諤々《かんかんがくがく》の議論を展開する。しかし最後に真相を突き止めるのは決まって、彼らの話を静かに聞いているレストランの給仕ヘンリーだった――というのが、このシリーズに一貫する物語の流れだ。

その謎も、ときには殺人や犯罪に絡むものもあるが、多くは日常に起きる、でも放置しておくには気がかりなものばかりだ。それに対して黒後家蜘蛛の会の面々は知識と見識と話術を駆使して自説を披露する。しかしどれも決定打とは言えず議論が行き詰まりとなったところで、それまで料理や酒を供しながら話を聞いていたヘンリーが「ひと言、よろしゅうございますか、皆さま」と言葉を発する。そこから先は彼の独擅場《どくせんじょう》となる。皆の盲点を突く発想で混迷を晴らし、思いもよらない真相に辿り着くのだ。そして称賛する黒後家蜘蛛の会の面々に向かって、彼は控え目に言う。「皆さまそれぞれに違う筋道を辿られました。わたくしはただ、残った道を行ってみただけのことでございます」

アシモフはこの巻のまえがきで、本シリーズの成立過程について説明している。それによると第一作である「会心の笑い」を書いた後「一つ書くと、もう私は止められなくなった。私は立て続けに〈ブラック・ウィドワーズ〉ものを書き、一年そこそこの間に仕上げた八本を残らずＥＱＭＭに発表した」とある。これだけ読むと、あたかも最初からシリーズ化を目論んで書き始めたかのような印象を受ける。しかし三巻のまえがきを読むと、その印象はいささか違ってくる。

「私は一作こっきりのつもりだった。ところが、エラリー・クイーンことフレデリック・ダネイは〈新シリーズ登場〉と銘打ってこれを発表した。そこで私は二作目を書き、次いで第三作をものした」

以後の巻でもアシモフはダネイの提案で「黒後家蜘蛛の会」をシリーズ化したと書いている。どちらが正しいかは、「会心の笑い」を読めば明白だ。この短編はシリーズ化など意識していない、これひとつで完結したものだからだ。本作でもヘンリーは最後に謎の答えを明かすが、その意味合いは二作目以降とはまるで違う。彼は最初から答えを知っていたのだ。

独立した短編としても「会心の笑い」は優れた完成度を持っている。もしもこの後に続編が書かれなかったとしても、この作品は珠玉のミステリ短編として歴史に名を残しただろう。

しかしダネイが続きを書かせようとしたのも理解できる。「黒後家蜘蛛の会」という設定はあまりにも魅力的だし、まだこれからもこの会を舞台にした作品が生み出される可能性を感じさせるものだったからだ。多分アシモフ自身も「これ、いけるかも」と思ったに違いない。

しかし一度完結した作品をシリーズ化するには、それなりの再構築《リストラクチャリング》が必要となる。ではアシモフは何をしたか。それはヘンリーを名探偵として昇格させることだった。

前述したように「会心の笑い」でのヘンリーは答えを提供しただけで、推理によって謎解きをしたわけではない。だが第二作の「贋物（Phony）のPh」でのヘンリーの振る舞いは、明らかに名探偵のそれだ。そしてこの件で会員たちの信頼を得た彼は、以後の作品で当たり前のように推理を披露し謎を解き明かす役割を果たす。

このパターンは最後まで変わらなかった。舞台はミラノ・レストラン。登場するのは会員たちとヘンリー、そして招かれたゲストのみ。このシリーズは第三作の「実を言えば」以降、ほぼ同じパターンで六十六作まで書かれた。

あからさまに言えば、三作目以降はマンネリズムに陥っている。それを良しとしない読者もいるだろう。しかしこのシリーズの愛読者は、このワンパターンな展開こそを楽しんでいるのだ。会食中の会員たちの博識な、しかし雑駁《ざつぱく》でもある会話。供されるさまざまな料理――もう少し美味《おい》しそうに描写してくれてもいいのになあと思わないでもないが――と酒。そして議論が煮詰まった頃合を見計らったように発言するヘンリー。こうした「お約束」を何度でも楽しめるのがこのシリーズの妙味である。リアルタイムで読んでいた読者は馴染みの酒を味わうように「黒後家蜘蛛の会」の新作を待ちわびていただろう。僕がそうであったように。

これなら書くのも簡単そうだ、と思われた方もいるかもしれない。だっていつも同じパターンなんだもの。何か新しいネタさえ思いつけば、あとはすらすら書けるだろうし、と。

いやいやいやいや、事はそう簡単でない。実作者として断言する。同じパターンのものを書き続けるというのは本当に大変なことなのだ。

まず、そのパターンに当てはまるアイディアを創出しなければならない。これが結構難しいのだ。尻取りで同じ音で始まる言葉を何度も言わされたときのことを思い出してほしい。これはきついですよ。

アシモフは各作品に付したあとがきで作品の発想の元となったエピソードなどを明かしてい

るが、これを読むと彼が常日頃「黒後家蜘蛛の会」のネタとなるものを鵜の目鷹の目で探していたことが窺える。多作で知られている彼でさえ、産みの苦しみは味わっていたのだ。

そしてもうひとつ、ワンパターンな作品を書き続けていくときにハードルとなるものがある。作者自身が書くことに苦痛を覚えてしまうことだ。

同じことを繰り返すのは、結構な苦行なのだ。場を固定すると、その場を描写する言葉も限られる。何度も同じ描写はできない。

会話も同じだ。いつも同じ人間だけが出てくる話だと、もしかしたらこのやりとりは前にも書いているかも、と疑わしくなってくる。

さらに問題なのは、とっくに読者は飽きているのではないかと不安になってくることだ。読んでいるのは編集者と校閲者だけ、掲載しても読者は眼も通さない。そんなことになっているのではと疑心暗鬼に駆られてくる。

だから、作家は同じものを書くのが難しい。シリーズものであっても、何か変化を付けたくなる。登場人物を入れ換えたり、舞台を変えたり、趣向を凝らしたくなるのだ。事実、他の安楽椅子探偵ものでも作品が書き続けられると、探偵役が定位置を離れて自ら行動する話が書かれることが少なからずある。

それをあえてせず、最後まで同じものを書き続けたアシモフは、「黒後家蜘蛛の会」に対して相当の自信を持っていたのではないだろうか。もちろん読者にも絶対の信頼を置いていた。だからこそ、こんなにも長く、クオリティを保つことができたのだと思う。

名作たる所以《ゆえん》が、ここにある。

検印
廃止

訳者紹介　1940年生まれ。国際基督教大学教養学部卒業。英米文学翻訳家。主な訳書に、アシモフ「黒後家蜘蛛の会」シリーズ、ホーガン「星を継ぐもの」、ニーヴン&パーネル「神の目の小さな塵」など多数。2023年没。

黒後家蜘蛛の会 1

1976年12月24日　初版
2017年10月27日　47版
新版　2018年4月13日　初版
2023年12月15日　8版

著　者　アイザック・アシモフ

訳　者　池《いけ》　央《ひろ》　耿《あき》

発行所　(株)東京創元社
代表者　渋谷健太郎

162-0814/東京都新宿区新小川町1-5
電　話　03・3268・8231-営業部
03・3268・8204-編集部
URL　http://www.tsogen.co.jp
暁印刷・本間製本

ISBN978-4-488-16709-7　C0197

名探偵の優雅な推理

The Case Of The Old Man In The Window And Other Stories

窓辺の老人

キャンピオン氏の事件簿◆I

マージェリー・アリンガム

猪俣美江子 訳 創元推理文庫

◆

クリスティらと並び、英国四大女流ミステリ作家と称されるアリンガム。

その巨匠が生んだ名探偵キャンピオン氏の魅力を存分に味わえる、粒ぞろいの短編集。

袋小路で起きた不可解な事件の謎を解く名作「ボーダーライン事件」や、20年間毎日7時間半も社交クラブの窓辺にすわり続けているという伝説をもつ老人をめぐる、素っ頓狂な事件を描く表題作、一読忘れがたい余韻を残す掌編「犬の日」等の計7編のほか、著者エッセイを併録。

収録作品＝ボーダーライン事件，窓辺の老人，
懐かしの我が家，怪盗〈疑問符〉，未亡人，行動の意味，
犬の日，我が友、キャンピオン氏

完全無欠にして
史上最高のシリーズがリニューアル！

〈ブラウン神父シリーズ〉

G・K・チェスタトン◎中村保男 訳

創元推理文庫

新版・新カバー

ブラウン神父の童心 ＊解説＝戸川安宣
ブラウン神父の知恵 ＊解説＝巽 昌章
ブラウン神父の不信 ＊解説＝法月綸太郎
ブラウン神父の秘密 ＊解説＝高山 宏
ブラウン神父の醜聞 ＊解説＝若島 正

永遠の名探偵、第一の事件簿

THE ADVENTURES OF SHERLOCK HOLMES ◆ Sir Arthur Conan Doyle

シャーロック・ホームズの冒険

新訳決定版

アーサー・コナン・ドイル
深町眞理子 訳 創元推理文庫

◆

ミステリ史上最大にして最高の名探偵シャーロック・ホームズの推理と活躍を、忠実なるワトスンが綴るシリーズ第１短編集。ホームズの緻密な計画がひとりの女性に破られる「ボヘミアの醜聞」、赤毛の男を求める奇妙な団体の意図が鮮やかに解明される「赤毛組合」、閉ざされた部屋での怪死事件に秘められたおそるべき真相「まだらの紐」など、いずれも忘れ難き12の名品を収録する。

収録作品＝ボヘミアの醜聞，赤毛組合，花婿の正体，
ボスコム谷の惨劇，五つのオレンジの種，
くちびるのねじれた男，青い柘榴石《ざくろいし》，まだらの紐，
技師の親指，独身の貴族，緑柱石の宝冠，
橅《ぶな》の木屋敷の怪

世界中の読書家に愛される〈フィデルマ・ワールド〉の粋
日本オリジナル短編集

〈修道女フィデルマ・シリーズ〉

ピーター・トレメイン◎甲斐萬里江 訳

創元推理文庫

修道女フィデルマの叡《えい》智《ち》
修道女フィデルマの洞《どう》察《さつ》
修道女フィデルマの探求
修道女フィデルマの挑戦
修道女フィデルマの采《さい》配《はい》